U0096911

比较文学与世界文学 研究丛书

主编 曹顺庆

二编 第 **13** 册

文心雕龍：體系與應用（增訂版）（下）

黃 維 樑 著

花木兰文化事业有限公司

國家圖書館出版品預行編目資料

文心雕龍：體系與應用（增訂版）（下）／黃維樑 著 -- 初版
-- 新北市：花木蘭文化事業有限公司，2023〔民112〕
目 4+216 面；19×26 公分
（比较文学与世界文学研究丛书 二编 第 13 冊）
ISBN 978-626-344-324-2（精裝）
1.CST：文心雕龍 2.CST：文學理論 3.CST：研究考訂
810.8   111022116

ISBN-978-626-344-324-2

比较文学与世界文学研究丛书
二编　第十三冊　　　　　ISBN：978-626-344-324-2

文心雕龍：體系與應用（增訂版）（下）

作　　　者	黃維樑
主　　　編	曹順慶
企　　　劃	四川大學雙一流學科暨比較文學研究基地
總 編 輯	杜潔祥
副總編輯	楊嘉樂
編輯主任	許郁翎
編　　　輯	張雅淋、潘玟靜　美術編輯　陳逸婷
出　　　版	花木蘭文化事業有限公司
發 行 人	高小娟
聯絡地址	台灣 235 新北市中和區中安街七二號十三樓
	電話：02-2923-1455／傳真：02-2923-1452
網　　　址	http://www.huamulan.tw 信箱 service@huamulans.com
印　　　刷	普羅文化出版廣告事業
初　　　版	2023 年 3 月
定　　　價	二編 28 冊（精裝）新台幣 76,000 元

版權所有・請勿翻印

文心雕龍：體系與應用（增訂版）（下）

黃維樑 著

目

次

下　冊

《文心雕龍：體系與應用（增訂版）》乙編

《文心雕龍：體系與應用（增訂版）》
乙編

"Hati-Colt": a Chinese-oriented Literary Theory

前言：

　　以下為《「情采通變」：以〈文心雕龍〉為基礎建構中西合璧的文學理論體系》的英文改寫版本，原來的中文版本收於本書的甲編，請參看。本人的英文著述，除博士論文之外，篇數不多，目前大概難以把英文文章結集出版。把這篇「Hati-Colt」放在本書，如遇中英雙語讀者，可供閱讀。黃維樑，2022 年 10 月志。

Abstract:

In this age of literary theory and criticism, all various theories originated in the West have been imported into China; many Chinese academics have followed what the Western theorists have advocated passionately and indiscriminately.

On the other hand, Western academics have virtually paid no attention to what their Oriental counterparts have written. Traditional Chinese literary criticism has even been denounced by many as vague, lacking of analysis and conceptual system, and unsuitable for modern-day literary discourse; it is suggested that traditional Chinese criticism should transform itself to become modernized.

The author, while being benefited from Western theory and criticism, maintains that much of the traditional Chinese criticism is very valuable for its brilliant ideas, its high analytical quality, its systematic presentation and its capability for critical application. He has thus developed a literary theory based upon China's paramount classic on literature, *Wenxin Diaolong*. In the process of construction, he draws ancient and modern ideas from China and the West as materials for support, illumination, supplementation and East-West comparison. The theory is labeled "Hati-Colt" in which "Hati" means "Heart-art and tradition-innovation," and "Colt" means "Chinese-oriented literary theory."

This paper is in the main an abridged version of the author's long article written in Chinese concerning "Hati-Colt." To demonstrate the applicability of "Hati-Colt," a few examples in practical criticism are given in this paper. The author maintains that "Hati-Colt" covers important elements in the study of literature and it aspires to be a common poetics suitable for universal discourse.

Key words: *Wenxin Diaolong (WXDL)*, literary theory, comparative poetics

1. "Grand commonality" between Chinese and Western poetics

The 20th century and the present decades have been an age of literary theory and criticism. Various critical theories such as Marxism, psycho-analysis, New Criticism, archetypal criticism, structuralism, feminism, reception aesthetics, deconstruction, post-colonialism and new historicism came on stage one after another. They all originated in the West and have been imported to China where critics since the start of the 20th century have adopted these sundry theories in their critical endeavors, many of them following passionately and indiscriminately what the Western theorists advocate.[1] On the other hand, Westesrn scholars and critics have virtually paid no attention to what their Oriental counterparts, modern and ancient, have written. In treatises by T. S. Eliot, René Wellek, Northrop Frye and Terry Eagleton, to name but a few, we do not find any statement from Confucius, Liu Xie, Qian Zhongshu or James J. Y. Liu.[2] There are misunderstandings and perhaps even bias shown in some Sinologists' studies on traditional Chinese literary theory.[3]

In the meantime, Chinese academics of literary theory are found having lost the ability to speak or write about their own discipline on the international level——the so-called "suffering from aphasia," (181-223) a term made popular by Cao

---

1　Please refer to Appendix I for remarks on "difficult criticism."
2　See also Wong Waileung. "20th century literary theories: China and the West".
3　See also Wong Waileung. "On the Chinese and Western ways of thinking——an issue in comparative poetics".

Shunqing. Not a few of them have even gone so far as to denounce Chinese literary criticism as impressionistic, vague, lacking analysis and conceptual system, and unsuitable for modern-day literary discourse, while praising Western criticism for its precision, analytical quality and systematization. Some Chinese scholars have suggested that traditional Chinese criticism should transform itself to become modernized.[4]

Does this accusation against traditional Chinese literary criticism hold good, and for that matter, can we thus infer that Chinese literary criticism and Western literary criticism are vastly different?[5] To explore this issue, we may first look into the classical period of literary criticism; and perhaps to our surprise we discover that there is quite a "grand commonality" ("datong") between Chinese and Western poetics. Take Ben Jonson's long poem in praise of Shakespeare published in 1623 for example (this present year of 2016 marks the 400th anniversary of the bard's death).

4　See Part I ("Introduction") of Wong Waileung. "Heart-art and tradition-innovation: construction of a Chinese-Western literary theory based on *Wenxin diaolong*" to appear in a forthcoming issue of *Cultural Studies and Literary Theory* published by Sichuan University Press.

5　While traditional Chinese literary criticism has been denounced as impressionistic, vague, and indulgent in using metaphorical language, there is a case in which a well-respected Western critic has written his theoretical essays in such a "Chinese " style. Janet Sanders and Laurence K. P. Wong, et al, have criticized the vague language in Walter Benjamin's discourse on translation theory. Please refer to Sanders. "Divine Words, Cramped Actions: Walter Benjamin——an Unlikely Icon in Translation Studies" in *TTR*, 16.1 (2003): 163. Wong draws readers' attention to Benjamin's "Die Aufgabe des Übersetzers" ("The Task of the Translator") translated by Harry Zohn. In that article, Wong asks us to see a "heady cultural cocktail" at work, to see how "eminently quotable," how "meshed with the thoroughly enigmatic" it is. Below are a few quotations from this article: "While content and language form a certain unity in the original, like a fruit and its skin, the language of the translation envelops its content like a royal robe with ample folds" (79). "Unlike a work of literature, translation does not find itself in the center of the language forest but on the outside facing the wooded ridge; it calls into it without entering, aiming at that single spot where the echo is able to give, in its own language, the reverberation of the work in the alien one" (79-80). "Indeed, the problem of ripening the seed of pure language in a translation seems to be insoluble, determinable in no solution" (80). The above information (including the quotes from Benjamin) is quoted from Laurence K. P. Wong's book *Dreaming across Languages and Cultures : A Study of the Literary Translations of the* Hong lou meng. New Castle upon Tyne: Cambridge Scholars Publishing, 2014:43.

In his "To the Memory of My Beloved, the Author, Mr. William Shakespeare, and What He Hath Left Us," Jonson declares that he would try to appraise Shakespeare's work as fairly and objectively as he could; then through comparison, he extols Shakespeare's greatness and uniqueness. He further notes that Shakespeare cherishes nature as well as art; and that the master is gifted as well as hard working. The concepts Jonson has adopted (which might be considered commonsensical today) and the rhetoric he has used in praising the English dramatist indeed come close to those in Liu Xie's *WXDL* (*Wenxin diaolong*, which in one translation is *The Literary Mind and the Carving of Dragons*, and in another one——my own one——is *The Heart and Art of Literature*), and in other treatises of classical Chinese criticism as well. Jonson hails Shakespeare's artistic brilliance and compares the English bard to the sweet swan of Avon; these metaphors remind one of such remarks on authors and their works as "with glittering words and flying high like a singing phoenix" (Liu Xie's words), "glorious lights with a thousand-mile length" (Han Yu's words) and "morning sun and singing phoenix" (Zhu Chuan's words) in classical Chinese criticism.

Ben Jonson is definitely neither a descendant of Ban Gu nor Jiang Kuei; however, he has written, as this poem praising Shakespeare demonstrates, a piece of literary criticism with Chinese characteristics. Or, to put it in another way, Liu Xie, Han Yu and Zhu Chuan have written pieces of literary criticism with English characteristics.[6]

To be sure, there are differences and sometimes vast differences in things Chinese and things Western; nevertheless, as the late Qian Zhongshu, a scholar of great erudition, has contended, "the hearts and minds of peoples by the East Sea and by the West Sea are the same."(1) What Qian recognizes here is the sameness in the basic values, psychology and archetypal patterns of behavior of the humanity; and Qian in his works including the four-volume *Limited Views: Essays on Ideas and Letters (Guanzhuei bian)* has provided us with hundreds and thousands of pieces of

---

6 For sources concerning Jonson's criticism and other related quotations in the above paragraphs, see also Wong Waileung. "Ben Jonson's literary criticism in 'Chinese' style ——Ben Jonson's praise of Shakespeare and Chinese and Western comparative poetics".

evidence to illustrate his view.[7] The function of literary criticism is to analyze and to appraise works of literature and their authors, this idea being as Chinese as it is Western. The above-quoted metaphors used by Liu Xie and Ben Jonson, one phoenix and the other swan, are different but they are both beautiful birds; moreover, the use of metaphors is a common practice in describing literary styles among critics Chinese and Western. To cite one more comparison, the ancient great Chinese poet Qu Yuan is hailed by Liu Xie as "casting influences on generations of writers," while Shakespeare is proclaimed by Ben Jonson in the afore-mentioned poem "not of an age, but for all time."[8] Great writers of the East Sea and of the West Sea are alike in their influence——their "grand commonality."

2. Introducing "Hati-Colt" based on *WXDL* or *Heart and Art of Literature*

Since 20th century, literary criticism in the West and then in the East has become a very complex and even difficult matter with "grand diversity." Different theories one after another enter and exit on the literary stage; criticism is an academic discipline and research enterprise universally at universities. Literary criticism with a large quantity of terminology and complexity in operation has striven to become a science, with its fact-oriented, analytical, logical, systematic and objective characteristics emphasized by literary researchers. Although I for one do not believe that literary criticism is a science——simply because criticism involves evaluation and evaluation is bound to be subjective to a certain extent, we have no reason to reject a literary theory (including a critical theory of literature) with the above-mentioned scientific qualities.

As regards the accusation that traditional Chinese criticism is vague, lacking analysis and conceptual system, and therefore unscientific and unsuitable for modern-day literary discourse, I opine differently. For all the benefits I have earned from

---

7 *Limited Views: Essays on Ideas and Letters* (*Guanzhui bian*) was published in 1979 by Zhonghua Book Company. For a brief introduction to Qian Zhongshu's thought and a general discussion of "grand commonality" (*datong*) between Chinese and Western poetics, please consult Wong Waileung. "The hearts and minds of peoples by the East Sea and by the West Sea are the same——the 'Grand Commonality' of Chinese and Western cultures".

8 Ibid.

Western criticism ancient or modern, I ought to say that much of the traditional Chinese criticism is very valuable for its brilliant ideas, its high analytical quality, its systematic presentation and its potential for contribution to a common poetics. For this reason I have developed a theory of literature based upon the ideas in China's paramount classic on literature, *Wenxin Diaolong* (hereafter *WXDL),* written about 1500 years ago by Liu Xie. First of all, a few words about *WXDL*: It is a book of theory and criticism characterized by its magnificent magnitude and comprehensive coverage; it analyzes and evaluates literature; is systematic in presentation. Its main ideas are: literature is an artistic expression of the "heart" (literature is the art of language); literature has pragmatic values; to excel, a literary work should be innovative.

In the process of constructing this theory, other ancient and modern concepts are drawn from China and the West as materials for support, illumination, supplementation and East-West comparison. This theory can thus be considered as a study in comparative poetics.

This theory I label "Hati-Colt," in which "Hati" means "Heart-art and Tradition-innovation," and "Colt" means "Chinese-oriented literary theory." Here "heart" is a translation of the Chinese word *qing* meaning the emotion, inner idea, content or substance of a literary work; while "art" is a translation of the Chinese word *cai* meaning the rhetoric, language, form or technique of it. As to "tradition," it is from the Chinese word *tong*; and "innovation" is from the Chinese word *bian*. Both "*qingcai*" and "*tongbian*" are chapter titles in the 50-chapter *WXDL*. The theory is so called because its two terms "heart-art" and "tradition-innovation" can most aptly serve as the backbone of the entire theory; they should also be credited for their strength in neatly coordinating the major ingredients of the theory. I need to point out by the way that *WXDL* is itself a systematic discourse on literature; however, its organization of contents is not perfect in the sense that there have been disputes concerning the division of the entire fifty chapters into proper categories among modern experts on this classic. With all these explanations, it should be clear that "Hati-Colt" is not my own invention, but rather a restructuring (and at times interpretation) of the basic contents in *WXDL* with the additions of various Chinese and Western ideas of literature.

"Hati-Colt" has five main parts, namely,

(I) "Heart-art" (content and form);

(II) "Heart-art," "style" and "genre";

(III) "Analysis of heart-art" (practical criticism);

(IV) "Tradition-innovation" (evaluation through comparison of various works/authors);

(V) "Great values of literature"

Further division of contents of "Hati-Colt" is as follows:

(I) "Heart-art" (content and form)

(1) "Heart": "It is endowed with seven [various] emotions; when moved, they are naturally expressed in words."

(2) "Art": It is seen everywhere——"in the sun and moon, in the mountain and river" and "in the books of the sages."

(3) "Heart" occupies the main position and "art" is subordinate in literature; ideally "heart" comes first and "art" follows.

[The concept of "the oyster produces pearl when diseased" in *WXDL* is comparable to the theory of tragedy and that of psycho-analysis in the West.]

[From "heart" to "art," the concept of "imagination" is involved, which is comparable to the same Western concept.]

(II) "Heart-art", "style" and "genre"

(1) "Physical world"; "time"; "talent"; "learning"——factors casting impacts on the "heart-art" and style of a literary work

(2) Classification of "styles"

[The style "sublime" in *WXDL* is comparable to Longinus's "sublimity" and to Matthew Arnold's "grand style."]

(3) Classification of "genres"

[The concept "physical world" in *WXDL* is comparable to the theory of archetypal criticism, and that of "humorous and comical" to melodramatic theories in the West.]

(III) "Analysis of heart-art" (practical criticism)

(1) "Difficulty in appraisal"; "difficulty in encountering a discerning critic"

(A) Difficulty in "deep understanding of a work"

(B) "Each critic holding fast to his own interpretation "

[This is comparable to theories of reader's response and reception aesthetics in the West.]

(2) "Objective and balanced judgments" (ideal attitude in criticism)

(3) First four points of the "Six-point" theory

(A) "Theme-structure-style-genre"

[The emphasis on structure is comparable to the Aristotelian concept of structure.]

(B) "Subject-matter and ideas"

(C) "Rhetoric"

(D) "Musicality"

[Principles of "rhetoric" and "musicality" are comparable to traditional rhetoric, 20th century Russian Formalism and New Criticism in the West. This part of "Hati-Colt" can be enriched by narrative theories in the West which may come under the heading "theme-structure-style-genre." By the same token, feminism, post-modernism, post-colonialism, neo-historicism, and gay-lesbian-queer theories, etc, can be put under the umbrella of "subject-matter and ideas."]

(IV) "Tradition and innovation" (comparing the performance of authors and their works)

(1) The last two points of the "Six-point" theory

(A) "Conformity and counter-conformity"

(B) "Tradition and innovation"

[The concept "tradition and innovation" is comparable to the ideas in T. S. Eliot's widely influential essay "Traditional and the Individual Talent."]

(2) "Tradition and innovation"; literary history; literary canon; comparative literature

(A) "Time changes and literature in content and form also changes." (literary history)

(B) "A classic is that which reigns supreme and does not perish." (literary canon)

(C) Comparative literature

[Comparative approach in criticism is commonly found in *WXDL* but obviously there was no such discipline as comparative literature in Liu Xie's time.]

(V) "Great values and functions of literature"

(A) "Glorifying the sages and promoting such virtues as benevolence and filial piety" (contributions of literature to the society)

[These ideas are comparable to the pragmatic theories in the West including Marxism.]

(B) "Devotion to literature being the only way to achievement and fame" (attainment of fame by means of literature)

With the above added sub-divisions, this framework is still a simple structure. The reader is referred to my fifty-thousand-character article written in Chinese which, to appear in a journal, is a largely amplified version of the above skeleton (hereafter "amplification"). In this skeleton, words, phrases and sentences in quotation marks ("") are all from *WXDL*[9]; in the "amplification," major ideas and related quotations are also from *WXDL* and other Chinese treatises on literature (which are to be combined and compared with their Western counterparts). This signifies that "Hati-Colt" has strong Chinese characteristics. It should be noted that the Chinese philosophical concept *yin-yang* (connoting a binary opposition as well as a binary cooperation) is also in the theory since both of the key terms "heart-art" and "tradition-innovation" are with such a *yin-yang* nature. With all its "Chineseness," this theory (both the skeleton and the "amplification") also has strong Western characteristics because, apart from the existence of Western terms and concepts in the theory, almost all of its key words and concepts can be similarly or at least roughly expressed in English, a very important Western language.

Translation can never be perfect; inaccurate translation is found everywhere. Translation may even become a "creative treason" against the original text, as Xie

---

9 See also Wong Waileung. "Heart-art and tradition-innovation: construction of a Chinese-Western literary theory based on *Wenxin diaolong*" to appear in a forthcoming issue of *Cultural Studies and Literary Theory* published by Sichuan University Press.

Tianzhen has argued. (Xie 13) Furthermore, terms appearing identical or similar in Chinese and in a Western language are not necessarily identical or similar. We also need to bear in mind that a translated term may carry a certain amount of national "colors" of the target language, as Cao Shunqing's "variation theory" (*bianyi xue*) has maintained. (Cao 153) In spite of what have just been mentioned, this theory aspires to be a common poetics, which is based upon the afore-said "grand commonality" principle (although this theory does not overlook differences between the East Sea and the West Sea); it is a poetics combining the Chinese and Western essential elements in literary study. Even if one is opposed to the idea of "grand commonality" and the reliability of translation, I still contend that in the above skeleton of the theory, we as theorists and critics can find common grounds for our dialogues, and that no one would deny that all of its key terms represent common points of interest and common issues for discussion in any literary discourse, be it Western or Oriental.

3. Application of "Hati-Colt" and the "Six-point" principle as a critical system

For the whole contents of "Hati-Colt," please refer to the "amplification." Instead of elaboration on the contents of "Hati-Colt," let us here have some glimpses of the applicability of the theory. Discourse in rhetoric is a major element in *WXDL*; among its fifty chapters, there are at least five devoted to rhetorical figures including simile-metaphor, hyperbole and antithesis. These three major figures in rhetoric have been cherished by critics since Aristotle in ancient Greece to the 20th century New Critics. We may use Shakespeare's *Romeo and Juliet* as an example to demonstrate the applicability of a relevant concept in *WXDL*. Shakespearean scholars agree that *Romeo and Juliet (RJ)* is particularly rich in rhetoric among all the works of the playwright; there have been monographs and articles analyzing wordplay, oxymoron (language of paradox) and other figures of speech in this drama. With the concept of "parallel-verbal-pairing/antithetical-verbal-pairing" (*lici*) in *WXDL* as a tool for analysis, we discover a feature in *RJ* that is otherwise overlooked. In this play, phrases and sentences frequently appear in "pairs," which are strictly or loosely symmetrical both in syntax and in meaning.

In Act 1 Scene 1, the Prince of Verona has this to say when he reprimands the feuding young people:

> That quench the fire of your pernicious rage
>
> with purple fountains issuing from your veins,

"Purple fountains issuing from your veins" and "fire of your pernicious rage," though not   symmetrical in syntax, are an antithetical verbal pair, "fountains" and "fire" being opposite in physical nature. The father of Romeo inquires about the cause of the feud, asking "Who set the ancient quarrel new abroach?" Here "ancient quarrel" and "new abroach," symmetrical in syntax, are also a pair. Many more pairs follow in the dialogues or soliloquies of the play. Perhaps the most quotable one is this:

> Love goes toward love, as schoolboys from their books;
>
> But love from love, toward school with heavy looks. (II,ii)

Here "toward love" vs "from love" and "from their books [meaning "from school"] vs "toward school" form the core of the *lici* of this couplet. To be sure, the above-quoted phrases or sentences are not *lici* in the strict sense of the Chinese term; still, the perception of this Chinese term would certainly sharpen the eye of the critic in discerning an important ingredient of the rhetoric in *RJ* which has not been noted by a Western critic. Furthermore, as Robert O. Evans has argued that oxymoron in *RJ* contributes to forming the theme and structure of the play which is about love-hatred and life-death, one may venture to say that, in addition to the antithetical nature of love-hatred and life-death in *RJ*, the acts of matching, pairing and coupling of the two young lovers Romeo and Juliet might be linked to the eminent existence of *lici*. The abundant use of the rhetorical device *lici* also plays an important role in achieving a luxuriant style of this drama.[10]

Martin Luther King's famous speech "I Have a Dream" is another example. It is well known and analyzed that this speech is heavily loaded with similes and metaphors such as "great beacon light of hope," "flames of withering injustice," "joyous daybreak," "long night of captivity," "lonely island of poverty" and "great

---

10 For *Romeo and Juliet* in the light of *WXDL*, and the statement from Evans, see also Wong Waileung. "Applying Chinese theories to the criticism of Western literature: an analysis of Shakespeare's *Romeo and Juliet* using Liu Xie's concepts".

vaults of opportunity." Again, applying the concept of *lici* in *WXDL*, we would say that while the simile-metaphor figure is certainly important in catching the ears or eyes of the audience, the device of "antithetical-verbal-pairing" has added a striking effect to the speech. King has his similes-metaphors posited in antithetical pairs, such as "great beacon light of hope" vs "flames of withering injustice"; "joyous daybreak" vs "long night of captivity"; "lonely island of poverty" vs "great vaults of opportunity." Here *lici*, which frequently joins hand in hand with simile-metaphor, is the most important rhetorical figure in this address. From the two instances, one concerning *RJ* and the other King's oration, we see that the use of antithesis as a rhetorical device is common in Chinese and Western literature; we further discover that by applying the *lici* concept in practical criticism, we have a better understanding of how the theme of antithesis is used.[11]

As stated in "Hati-Colt," "promoting such virtues as benevolence and filial piety" is a function that a work of literature should perform if it is deemed valuable. The Korean TV series *Daejanggeum* (or *DJG*, debut in 2003) is such a work that would win high praise from the author of *WXDL* if he were a viewer. Well-structured with a line of characters properly delineated, the melodrama *DJG* is elegantly produced with colourful costume, delicate cooking, herbal medicine, natural landscape, comic figures and an enduring romance; above all, with a heroine embodying all Confucian virtues and great beauty. The drama is most ably wrought to achieve the style *yali* (elegant and beautiful) that is highly regarded in *WXDL*. Although we could interpret *DJG* in the light of various Western critical theories, *WXDL* has indeed provided an appropriate critical base for analyzing and evaluating this Korean TV series that has been tremendously popular in Asian countries.[12]

As a Chinese-oriented literary theory, "Hati-Colt" has doubtlessly proven itself very valuable in dealing with Chinese literature. Take Qu Yuan's masterpiece "Encountering Sorrows" ("Lisao") for instance. Experts on the great ancient poet

---

11 For King's "I Have a Dream" viewed in the light of *WXDL*, see also Wong Waileung. "Let the carved dragon fly——examples of applying theories in *Wenxin diaolong* to modern Western literature".

12 See also Wong Waileung. "Korean TV series *Daejanggeum* viewed in the light of *Wenxin diaolong*".

and his works have different opinions regarding the lyrical and narrative structures of this long poem, the problem being that for centuries there has been no consensus as to how to divide the entire poem into small sections or paragraphs. I myself have tried to find a clear line of progression of events and emotions in the poem but failed. This failure might be attributed to an authorial lack of orderly design of the work. Liu Xie has warned that "if the author indulges himself in words, he, being prolix, would suffer from confusion". This might be the case of Qu Yuan while writing his "Lisao." The heart of the poet was apparently sorrowful, grieved, puzzled and confused in his tragic encountering of life; he did not work his experiences and emotions into an orderly structure. I contrast Qu Yuan's case with those of Du Fu and Dante, both saddened and very likely puzzled in their hearts when putting their life experiences in words, but the principle of orderly structure was upheld and carried out in their writings of "Qiuxing" ("Autumn Meditation") and *Divine Commedia* respectively.[13]

"Hati-colt" is proved very valuable in treating modern Chinese literature as well. Let us here apply the theory to the works of the contemporary poet-essayist-critic Yu Guangzhong, who is versatile, prolific and widely admired and influential in the Chinese communities around the world, and see how the ancient theorist Liu Xie could contribute to our task. In an article "The *WXDL* [*The Heart and Art*] of Yu Guangzhong" written in Chinese[14], I "open" Yu's heart to reveal his themes of love, patriotism, politics, diaspora and environmental protection, etc., and illustrate his art of literature as rich imagery (Yu is a master of simile and metaphor), clarity and readability (which is not generally existent in contemporary poetry written in Chinese) without sacrificing bountifulness of artistic significance. Concerning his craftsmanship of imagery, I invoke a passage in *WXDL* to describe his performance: "To the eye, it is brocade or painting; to the ears, sonorous music; it is sweet and mellow in taste, and fragrant as scented pendants [flowers]. In these achievements, one reaches the pinnacle of literary writing." Yu has established a literary style by blending the Chinese and Western traditions and then producing fresh pieces of art

13 See also Wong Waileung. "On the structure of Qu Yuan's 'Encountering Sorrows' ('Li Sao'): a commentary based on the theories in *Wenxin diaolong*".
14 Wong Waileung. "The *WXDL* [*The Heart and Art*] of Yu Guangzhong".

of his own——he is like a superb craftsman carving dragons (the words *diaolong* in the title of *WXDL* can mean "carving dragons"). Yu Guangzhong's works demonstrate great diversity in content and skill; one sentence in *WXDL* aptly captures the brilliance of this poet-essayist: "with splendid language and high-flying spirit, he is a singing phoenix in the literary sky." In this piece of criticism I do not hesitate to summon the help of 20th century theories such as post-colonialism to reveal the "heart" of Yu's writing; this maneuver is exactly in line with the way I have taken in constructing "Hati-Colt": it is *WXDL*——oriented while enriching itself with other Chinese and Western critical concepts.

4. "Hati-Colt" as a common poetics

In "Hati-Colt", emphasis is given to the "Six-point" (*liuguan*) principle as a system of practical criticism. Critics since the 19th century have hoped to make literary criticism a science; now it is still an art, at best a semi-science, or a "sweet-science." Of course we can use basically scientific methods to analyze the "heart" and "art" of a literary work, including the type of imagery it presents, the number and type of allusion it has, the number and type of simile-metaphor it employs, the point-of-view it uses as a narrative, the school of thought or philosophy it embodies, and so on; when we come to evaluation, the scientific method fails because evaluation is often a matter of taste, a matter of subjective judgment. Can a critic be objective? It is very difficult but he can try to be less subjective. *WXDL* advises that "One can be considered a good musician only after one has played a thousand tunes, and a collector of arms can be considered a connoisseur only after he has seen a thousand swords. So broad experience and learning are *sine qua non* of true wisdom." It also maintains that a good critic should "judge impartially, like a balance; and reflect [the reality] without distortion, like a mirror."[15]

We could borrow the word "anatomy" from Northrop Frye's seminal *Anatomy of Criticism* to describe the operation of the "Six-point" principle. A work of

---

15 Two quotations here are both from the chapter "*zhiyin*" in *WXDL*. In this paper, quotations from *WXDL* are my own translations or those by Vincent Yu-chung Shih; please refer to Shih, translated and annotated, *The Literary Mind and the Carving of Dragons*.

literature should not be judged from a single point of view, but from as many points as we think appropriate. As charted above, there are six aspects: "theme-structure-style-genre"; "subject-matter and ideas"; "rhetoric"; "musicality" "conformity and counter-conformity"; and "tradition and innovation." The "Six-point" principle is meant to be comprehensive and systematic, suitable for anatomizing and evaluating literature traditional and modern, Chinese as well as Western.

The fact that modern-day theories such as Marxism, feminism, post-modernism, post-colonialism, and Gay-lesbian-queer theories were not in the mind of the author of *WXDL* and thus apparently absent from his book is not necessarily a problem if we remember, as afore-mentioned, these Western theories could be included in one of the six points, i.e., "subject-matter and ideas." If the Confucian-honored values in *WXDL* seem to be at odds with the thought of a Western author who believes in Christianity, there again is a solution: Liu Xie advocates that literature should, again as quoted in the chart, "glorify the sages and promote such virtues as benevolence and filial piety." Here "sages" are the "hidden God," be it Christian or Islamic or belonging to some other religions[16], and we believe that human virtues do not exclude honesty, courage, justice, sympathy, etc.

I have in the past two decades written critical essays employing concepts and terms in *WXDL* with Western concepts and terms incorporated (but the writing of the "amplification" and this present article was just completed in recent months). Chinese and Western elements meet in my critical endeavors without any conflict. In particular, I have produced a number of essays using the "Six-point" methodology in a point-by-point systematic manner[17]; however, since a systematic methodology may turn mechanical and monotonous, I did not encourage myself to frequently do practical criticism in this way. Keeping the possibility of the practice becoming mechanical and monotonous in mind, we can still take up the practice of the "Six-point" methodology in teaching undergraduates how to analyze and evaluate in a

---

16 I borrow the term "the hidden God" from Cleanth Brooks's book title, *The Hidden God* (New Haven and London, Yale University Press, 1963).
17 The first article I published using the "Six-point" methodology was written in Chinese. This article has an English version: "A Look at Pai Hsien-yung's 'Ashes' through Liu Hsieh's 'Six-point' Theory".

comprehensive manner a piece of literature; of course, the students should be warned that substantial evaluation cannot be achieved without a wide breadth of learning of literary works.

Criticism is, in the words of Douglas Bush, "to define and analyze both the substantive materials and the aesthetic components of a particular work, both being considered as the means of expressing a theme; it seeks also to interpret that theme and to assess the total value of the work in itself and in relation to comparable works." (703) All the key elements in Bush's statement are included in the "Hati-Colt." It is my belief that a proper application of critical principles in "Hati-Colt" will do justice to a work of literature. However, if one finds this Chinese-oriented theory inadequate in any respect, one can supplement it. Again quoting Bush's opinion, when it is found that the old literary history, the history of ideas and myth-and-symbol critics do not contain any criteria of aesthetic value, the critic "may acquire such criteria from elsewhere and use them" in his practical criticism. (702) To put it metaphorically, if we would like to develop more theoretical sub-branches and leaves, "Hati-Colt" is a huge growing tree capable of doing so; if we would like to accommodate more critical concepts, it is a big umbrella capable of doing so; if we would like to cover more headings of literary discourse, "Hati-Colt" is an extra-large-size hat ("hat" from the abbreviation "Hati") capable of doing so. It is, in short, an open-ended theoretical system.

The establishment of this "Six-point" methodology and, more importantly, the construction of the whole theory of literary art "Hati-Colt," to speak from the bottom of my heart, is a rebuttal of the accusation that traditional Chinese literary criticism is handicapped by vagueness, lack of analysis and system, and is unsuitable for modern usage. Chinese scholars including comparatists like Wang Ning have urged that Chinese literary theories should go to the world (83) or that we should develop a theory of literature with our own features. I well understand that my "Hati-Colt" is but a prototype and there is room for enhancement and adjustment. Having put forth the skeleton of the theory (in a drafted version) in the 1990s and having repeatedly applied concepts and terms in *WXDL* including the "Six-point" methodology in my critical practices, my humble voice intended to do "poetic justice" to traditional

Chinese poetics has been heard and supported by dozens of academics.[18] I hope to receive even more responses in the future. Most importantly, I hope that *WXDL*, the "carved dragon" will become a flying dragon, first flying over the land of China and then further and further reaching across the entire globe.

[An additional note: This paper is in the main an abridged version of my article written in Chinese and entitled《"情采通變"：以《文心雕龍》為基礎建構中西合璧的文學理論體系》("Heart-art and tradition-innovation: Construction of a Chinese-Western Literary Theory Based on *Wenxin diaolong*"). With fifty thousand characters in length, this article will appear in a recent issue of《中外文化與文論》(*Cultural Studies and Literary Theory*) published by Sichuan University Press. Apart from the abridged content of the original article, certain ideas related to literary criticism are added in this paper.]

Appendix I: On "difficult criticism"

There is a kind of criticism which may be labeled "difficult criticism": it usually comes with a great amount of new technical terms, mostly fashionable at the time of writing the piece of criticism, or of the author's own coinage; the terms are often not clearly defined; there are usually long and complex sentences; the theme of the text is difficult to grasp. A number of critics are opposed to "difficult criticism"; for example, Douglas Bush in 1963 complained that texts of criticism are filled with "horrid pseudo-scientific diction embedded in shapeless, jagged, cacophonous sentences"; he also remarked that "jargon does not make simple ideas scientific and profound; it only inspires profound distrust of the user's aesthetic sensitivity." (The statements are quoted from Douglas Bush, "Literary criticism and Literary History," in W. J. Bate, ed., *Criticism: The Major Text,* enlarged edition, New York: Harcourt Brace Jovanovich, Inc. 1970; This article is a speech delivered at the Ninth Congress International Federation for Modern Languages and Literature held at New York University, August 25 to 31, 1963.)

---

18 I would like to take this opportunity to announce that my new book entitled Wenxin Diaolong: *A Chinese-oriented Theory and its Application* (*Wensin Diaolong*: tixi yu yingyong) which includes most of my articles mentioned in this paper is planned for publication in October, 2016.

Another complaint is from C. T. Hsia 夏志清 who in 1970s said that the theory of structuralism is "somewhat like calculus; it is several times more difficult than algebra and geometry that we had studied in high school." Please refer to C. T. Hsia's book《人的文學》published in 1977 by 純文學出版社 in 臺北, p.126-127.)

Still another one is from Qian Zhongshu 錢鍾書 who remarked in 1980 in a personal letter to this author that there has been misuses of jargons in present-day criticism, quoting an European scholar reprimanding his peers whose "technical terms are pushed to and fro, but the investigation stands still."

The persistently fashionable "difficult criticism" reached a ridiculous "climax" when Professor Alan Sokal had his submitted and reviewed article published in the *Social Text* spring/summer 1996 "Science Wars" issue. Entitled "Transgressing the Boundaries: Towards a Transformative Hermeneutics of Quantum Gravity," Sokal's article is in fact a hoax, its author identifying it as "a pastiche of left-wing cant, fawning references, grandiose quotations, and outright nonsense......structured around the silliest quotations [by postmodernist academics] he could find about mathematics and physics." This kind of "criticism" is more than difficult; it is "outright nonsense" but it had passed through peer-reviews and got published. "Difficult criticism" continued to appear after Sokal's Hoax.

Wayne Booth in 2003 wrote to deplore the loss of intelligibility in critics' writing. In a letter to "The Future Editors of *Critical Inquiry*" published in the Winter 2004 issue of *Critical Inquiry,* Booth sadly stated that in *Critical Inquiry* "a surprising number of current entries leave me (and other older readers I've talked with) utterly confused and turned away"; he wished that he could have taught [some VIP critics whose names are omitted in this present quotation] how to construct intelligible sentences and paragraphs"; he urged the journal to "publish no article that the editors themselves don't fully understand, even if the author happens to be famous." (pp. 3501-352)

A considerable number of Chinese academics have welcome Western criticism in a wholesale manner; they study their works (often through less-than-accurate translations), and write their papers which are often less than intelligible. Sometimes they complain about the "difficulty" of Western critics like Jacques Derrida but admire and follow their theories anyway.

Appendix II: Terms in "Hati-Colt" with Chinese characters and *hanyu pingyin* inserted

In order not to bother the reader who does not read Chinese with the original Chinese terms in *hanyu pingyin*, all those terms are omitted in the main text. They are now supplied in the following.

(I) "*qingcai* 情采" or "heart-art" (content and form);

(II) "*qingcai* 情采" or "heart-art", "ti 體" or "style" and "wenbi 文筆" or "classification of genres";

(III) "*pouqing xicai* 剖情析采"or "analysis of heart-art" (practical criticism);

(IV) "*tongbian* 通變" or "tradition-innovation" (evaluation through comparison of various works/authors);

(V) "*wente* 文德" or "values of literature" (functions of literature).

Further division of contents of "Hati-Colt" is as follows:

(I) "qingcai 情采" or "heart-art" (content and form)

(1) "*qing* 情" or "heart": It is endowed with seven emotions; when moved, they are expressed in words.

(2) "*cai* 采"or "art": It is seen everywhere——in the sun and moon, in the mountain and river and in the books of the sages.

(3) "*qing* 情"or "heart" occupies the main position and "art" is subordinate in literature; ideally "heart" comes first and "art" follows. (discussion on relationships between content and form)

[The concept of "*bangbing cheng zhu* 蚌病成珠" or "the oyster produces pearl when diseased" in *WXDL* is comparable to the theory of tragedy and that of psycho-analysis in the West.]

[From "*qing* 情"or "heart" to "*cai* 采"or "art", the concept of "*shensi* 神思" or "imagination" is involved, which is comparable to the same Western concept.]

(II) "*qingcai* 情采" or "heart-art", "ti 體" or "style", and "*wenbi* 文筆" or "genre"

(1) "*wuse* 物色"or "physical world"; "*shixu* 時序" or "time"; "*caiqi* 才氣"or "talent"; "*xuexi* 學習" or "learning" —— factors casting influences on the "heart-

art" and style of a literary work.

(2) classification of "ti 體" or "style"

[The style "*zhuangli* 壯麗"is comparable to Longinus's "sublimity" and to Matthew Arnold's "grand style."]

(3) "*lunwen xubi* 論文敘筆" or "classification of genres"

[The concept of "*wuse* 物色"or "physical world" in *WXDL* is comparable to the theory of archetypal criticism, and that of "*xie* 諧" or "humorous and comical" to melodramatic theories in the West.]

(III) "*pouqing xicai* 剖情析采" or "analysis of heart-art" (practical criticism)

(1) "*wenqing nan jian* 文情難鑒" or "difficulty in appraisal"; "*zhiyin nan feng* 知音難逢" or "difficulty in encountering a discerning critic"

(A) difficulty in "*pi wen ru qing* 披文入情" or "deep understanding of a work"

(B) "*ge zhi yiyu zhi jie* 各執一隅之解" or "each critic holding fast to his own interpretation."

[This is comparable to theories of reader's response and reception aesthetics in the West.]

(2) "*pingli ruo heng, zhaoci ru jing* 平理若衡，照辭如鏡"or "objective and balanced judgments" (ideal attitude in criticism)

(3) the first four points of the "liuguan 六觀" or "Six-point" theory

(A) "*weiti* 位體" or "theme-structure-style-genre"

[The emphasis on structure is comparable to the Aristotelian concept of structure.]

(B) "*shiyi* 事義" or "subject-matter and ideas"

(C) "*zhici* 置辭" or "rhetoric"

(D) "*gongshang* 宮商"or "musicality"

["*zhici* 置辭" (rhetoric) and "*gongshang* 宮商" (musicality) are comparable to traditional rhetoric and 20th century Russian Formalism and New Criticism in the West; this part of "Hati-Colt" can be enriched by narrative theory in the West which may come under the heading "*weiti* 位體" (theme-structure-style-genre); by the same token, feminism, post-modernism, post-colonialism, neo-historicism, and Gay-lesbian-queer theories, etc, can be put under the umbrella of *"shiyi* 事義" or "subject-matter and ideas".]

(IV) *"tongbian* 通變" or "tradition and innovation" (comparing the performances of authors and their works)

(1) the last two points of the *"liuguan* 六觀" or "Six-point" theory

(A) *"qizheng* 奇正" or "conformity and counter- conformity"

(B) *"tongbian* 通變"or "tradition and innovation"

[The concept *"tongbian* 通變"or "tradition and innovation" is comparable to the ideas in T. S. Eliot's widely influential essay "Traditional and Individual Talent."]

(2) *"tongbian* 通變"; literary history; literary canon; comparative literature

(A) *"shiyun jiao yi, zhiwen dai bian* 時運交移，質文代變" or "Time changes and literature in content and form also changes." (literary history)

(B) *"hengjiu zhidao, bukan hongjiao* 恒久至道，不刊鴻教" or "a classic is that which reigns supreme and does not perish." (literary canon)

(C) Comparative literature

[Comparative approach in criticism is commonly found in *WXDL* but obviously there was no such discipline as comparative literature in Liu Xie's time.]

(V) *"wende* 文德" (values and functions of literature)

(A) *"guangcai xuansheng, bingyaorenxiao* 光采玄聖，炳耀仁孝" or "glorifying the sages and promoting such virtues as benevolence and filial piety" (contributions of literature to the society/nation)

[These ideas are comparable to the pragmatic theories in the West including Marxism.]

(B) *"tengsheng feishi, zhizuo eryi* 騰聲飛實，製作而已" or "devotion to literature being the only way to achievement and fame" (attainment of fame by means of literature)

Appendix III: Essays on *Wenxin diaolong* penned by this present author

(1) "Hati-Colt: A Chinese-oriented Literary Theory, " a paper delivered at the 7th

Sino-American Comparative Literature Symposium, held on July 1-3, 2016 at Chengdu, Sichuan, China; sponsors of the symposium: Sichuan University and Pennsylvania State University.

(2) "*Wenxin diaolong* and Western Critical Theories," in M. Galik, ed., *Proceedings of the 2nd International Sinological Symposium, Smolenice Castle, June 22-25, 1993*; published by Institute of Asian and African Studies of the Slovak Academy of Sciences, Bratislava, 1994; pp.191-197.

(3) "The Carved Dragon and the Well Wrought Urn——Notes on the Concepts of structure in Liu Hsieh and the New Critics," in *Tamkang Review*, autumn 1983-summer 1984; pp.555-568.

(4) "'Rediscovering the Use of Ancient Chinese Culture': A Look at Pai Hsien-yung's 'Ashes' through Liu Hsieh's Six Points Theory," in *Tamkang Review*, Autumn,1992; p.757-777.

Article (3) in the above order was written in 1983 while article (1) was freshly completed and presented in a July 2016 conference on comparative literature. There is a time span of thirty-three years: I was a lecturer at The Chinese University of Hong Kong when I wrote article (3) and when the 2016 article was done I am a retired professor. I have gained in seniority but *WXDL*, the paramount Chinese classic in literary theory and criticism, remains young and fresh. The 1500 years old book looks radiant and ageless.

WXDL analyzes and evaluates literature. It contends that literature is an artistic expression of the "heart" (literature is the art of language) and has pragmatic values; it advises the writer that to excel, a literary work should be innovative. If these ideas are commonsensical, they are also durable and universal; *WXDL* excels itself in its eloquent discourse and systematic presentation; in the realm of literary criticism, it is known for its magnificent magnitude and comprehensive coverage. I have in over three decades tried to demonstrate its great worth by doing comparison between it and Western poetics, and by applying its ideas to practical criticism of literary works ancient and modern, Chinese and Western. The articles in this group are part of the results of my unwavering efforts.

Bibliography:

1. Brooks, Cleanth. *The Hidden God*. New Haven and London: Yale University Press, 1963. Print.

2. Bush, Douglas. "Literary criticism and Literary History," in W. J. Bate, ed., *Criticism: The Major Texts;* enlarged edition. New York: Harcourt Brace Jovanovich, Inc. 1970: 699-706. Print.

3. Cao, Shunqing 曹順慶. *Comparative literature and literary discourses——a new development* 比較文學與文論話語——邁向新階段的比較文學與文學理論 (Bijiao wenxue yu wenlun huayu——maixiang xinjieduan de bijiao wenxue yu wenxue lilun). Beijing: Beijing shifan daxue chubanshe, 2011. Print.

4. Frye, Northrop. *Anatomy of criticism.* Princeton, New Jersey: Princeton University Press, 1957.

5. Qian, Zhongshu 錢鍾書. *Limited Views: Essays on Ideas and Letters* 管錐編 (*Guanzhui bian*) Beijing: Zhonghua book company, 1979. Print.

6. Qian, Zhongshu 錢鍾書. *On the Art of Poetry* 談藝錄 (*Tanyi lu)* Beijing: Zhonghua Book Company, 1984. Print.

7. Shih, Vincent Yu-chung 施友忠. Translated and annotated, *The Literary mind and the carving of dragons.* Hong Kong: The Chinese University Press, 1983. Print.

8. Wang Ning 王寧. *Comparative literature: theoretical reflection and literary interpretation* 比較文學：理論思考與文學闡釋 (Bijiao wenxue: lilun sikao yu wenxue chanshi) Shanghai: Fudan University Press, 2011. Print.

9. Wong, Laurence K. P. *Dreaming across languages and cultures: a study of the literary translations of the* Hong lou meng. New Castle upon Tyne: Cambridge Scholars Publishing, 2014. Print.

10. Wong, Waileung 黃維樑. "A Look at Pai Hsien-yung's 'Ashes' through Liu Hsieh's 'Six-point' Theory", *Tamkang Review,* 1992: 757-777. Print.

11. Wong, Waileung 黃維樑. "Notes on Chinese and Western ways of thinking——an issue in comparative poetics" 略說中西思維方式——比較文論的一個議題 (Lueshuo zhongxi siwei fangshi——bijiao wenlun de yige yiti). *Hong*

Kong literary circles (香江文壇 Xiangjiang wentan) November (2002): 8-14. Print.

12. Wong, Waileung 黃維樑. "On the structure of Qu Yuan's 'Encountering sorrows' ('Li sao'): a commentary based on concepts in *Wenxin diaolong*" 委心逐辭，辭溺者傷亂：從《文心雕龍·熔裁》論《離騷》的結構 (Wei xin zhu ci, cinizhe shangluan: cong *Wenxin diaolong* rongcai lun "Bian sao" de jiegou). *Journal of Yunmeng* 6 (2005): 21-24. Print.

13. Wong, Waileung 黃維樑. "Sameness of hearts and minds of peoples by the East Sea and by the West Sea——on the 'Grand commonality' of Chinese and Western cultures" 東海西海，心理攸同——試論中西文學文化的大同性 (Donghai xihai, xinli youtong —— shilun zhongxi wenxue wenhua de datongxing). *Comparative Literature in China* 1 (2006): 84-99. Print.

14. Wong, Waileung 黃維樑. "Let the carved dragon fly——examples of applying theories in Wenxin *diaolong* to modern Western literature" 讓雕龍成為飛龍——《文心雕龍》理論 "用於今" "用於洋" 舉隅 (Rang diaolong chengwei feilong——*Wenxin diaolong* lilun "yong yu jin" "yong yu yang" juyu) in Huanglin 黃霖 ed., *In search of science and innovation——proceedings of the 2nd international symposium on Chinese literary theory held at Fudan University* 追求科學與創新——復旦大學第二屆中國文論國際學術會議論文集 (Zhuiqiu kexue yu chuangxin——fudan daxue dierjie zhongguo wenlun guoji xueshu huiyi lunwenji). Beijing: Zhongguo wenlian chubanshe, 2006: 56-63. Print.

15. Wong, Waileung 黃維樑. "20th century literary theory: China and the West" 20世紀文學理論：中國和西方 (Ershi shiji wenxue lilun: zhongguo he xifang). *Beijing daxue xuebao (zhexue shehui kexueban)* 3 (2008): 65-72. Print.

16. Wong, Waileung 黃維樑. "Korean TV series *Daejanggeum* viewed in the light of *Wenxin diaolong*" 從《文心雕龍》理論視角析評韓劇《大長今》(Cong Wenxin diaolong lilun shijiao xiping hanjv *Da chang jin*). *Comparative Literature in China*, 4 (2010): 116-127. Print.

17. Wong, Waileung 黃維樑. "Ben Jonson's literary criticism with Chinese characteristics——Ben Jonson's praise of Shakespeare and Chinese and

Western comparative poetics" Ben Jonson 有中國特色的文學批評——班·姜森的莎士比亞頌和中西比較詩學 (Ben Jonson you zhongguo tese de wenxue piping——"To the memory of my beloved, the author, Mr. William Shakespeare, and what he hath left us" he zhongxi bijiao shixue). *Zhongwai wenhua yu wenlun* 19 (2010): 79-87. Print.

18. Wong, Waileung 黃維樑. "Applying Chinese theories to the criticism of Western literature: an analysis of Shakespeare's *Romeo and Juliet* using Liu Xie's concepts" 中為洋用：以劉勰理論析莎劇《鑄情》(Zhong wei yang yong: yi liuxie lilun xi shaju *Zhuqing*). *Comparative Literature in China* 4 (2012): 82-92. Print.

19. Wong, Waileung 黃維樑. "The WXDL [The Heart and Art] of Yu Guangzhong" 余光中的"文心雕龍" (Yu Guangzhong de wenxin diaolong) in Wong Waileung 黃維樑. *Sublimity and Beautifulness: On Yu Guangzhong* 壯麗：余光中論 (Zhuangli: Yu Guangzhong lun) Hong Kong: Wensi chubanshe, 2014. Print.

20. Xie tianzhen 謝天振. *Medio-translatology* 譯介學 (*Yi jie xue*) Shanghai: Shanghai wai yu jiao yu chu ban she, 1999. Print.

Author Profile:

Wong Wai-leung (Huang Weiliang, 黃維樑): PhD; formerly professor, Department of Chinese Language and Literature, The Chinese University of Hong Kong; H. H. Humphrey Visiting Professor, Macalester College; "985" Visiting Chair Professor, Sichuan University. Author of about 30 books. Research interests: Chinese literature and comparative poetics. Email: wlwongsz@163.com.

This essay was completed on August 7, 2016; published in *Comparative Literature & World Literature*, vol.1, no. 2 (2016), pp. 30-42.

《文心雕龍》和中國比較文學史的撰寫

前言：

　　2008 年 10 月 12～14 日中國比較文學學會年會暨國際學術研討會在北京語言大學舉行，本人應邀參加，發表以下這篇論文。

內容提要：

　　如何撰寫文學史，有不少理論；既有的中外各種文學史的體例，也可供修史者參考。本文指出，中國古代文論經典《文心雕龍》〈史傳〉篇提出了中肯的修史法則，〈時序〉篇則為一文學通史的原型；二者具指導意義。本文認為比較文學史的撰寫，和文學史的撰寫，其理相通，也可借鑑《文心雕龍》的理論與原型。本文以中國比較文學史為例，論述比較文學史可有的撰寫模式。

關鍵詞：《文心雕龍》；文學史理論；中國比較文學史

一、引言

　　文學創作一般分為四種體裁：詩、小說、戲劇、散文。廣義的散文，可包括文學論文，也就是文學研究、文學評論那類文章。文學史述論的對象，是上述四種體裁的作品，以及這些作品的作者；當然還有文學的發展，以及與文學相關的各種現象。

　　比較文學（準確地說，是不同語種不同文化傳統的文學的比較研究）是文學研究的一個項目。比較文學的研究成果，是一篇篇的論文，一本本的專著，是廣義散文中的「文學論文」，而非一般意義的文學創作。既然如此，比較文學史論述的對象，自然是「文學論文」，以及這些「文學論文」的作者（也

就是比較文學學者）；當然還有比較文學的發展，以及與比較文學相關的各種現象。

比較文學史不同於文學史，有如上述。不過，比較文學史的撰寫，與文學史的撰寫，卻應該有共同的模式和原則。

二、轉化自《文心雕龍‧史傳》的文學史撰寫法則

文學史是通史、分期史、分類史等諸種史書中的一種。劉師培說：「文學史者，所以考歷代文學之變遷也。」我們可以說，論述某個時代（包括朝代）或連綿若干時代（包括朝代）的文學，說明其演變發展的歷程，這樣的著述是文學史。《文心雕龍‧史傳》說：「原夫載籍之作也，必貫乎百氏，被之千載，表徵盛衰，殷鑒興廢。使一代之制，共日月而長存；王霸之跡，並天地而久大。」這說的是以國家政治盛衰為主軸的歷史。其中「貫乎百氏，被之千載」言內容之繁富、時間之綿長；「表徵盛衰」言事物之遞展變化；「一代之制，共日月而長存；王霸之跡，並天地而久大」言有重大貢獻的典章制度、人事業蹟可藉史籍而傳諸久遠，涉及的是這類史籍的功用。以上所說同樣適用於文學史的著述。

〈史傳〉篇又說明撰寫歷史的主要法則為：「尋繁領雜之術，務信棄奇之要，明白頭訖之序，品酌事例之條。」這裡根據牟世金的語譯，四者羅列如下：

1. 從繁雜的事件中，抽出綱要來統領全史的方法；
2. 力求真實可信，排除奇聞異說的要領；
3. 明白交代起頭結尾的順序；
4. 斟酌品評人事的原則。

在四項原則之後，劉勰寫道：「曉其大綱，則眾理可貫。」即是「能夠掌握這個大綱，編寫史書的各種道理就都可貫通了。」這四者，何嘗不是撰寫文學史的主要法則？

三、《文心雕龍‧時序》具備的文學史要素

《文心雕龍》的一個傑出之處，在於理論之外，還有實踐。其〈時序〉篇只得一千七百字，卻是具體而微的一部中國文學通史：從唐虞到宋齊三千年，涉及將近一百個作者的文學，劉勰以大手筆，簡要地論述了。

劉勰這樣開頭：「昔在陶唐，德盛化鈞，野老吐何力之談，郊童含不識之

歌。」這裡說的是作者佚名的民間歌謠：〈擊壤〉唱的「吾日出而作，日入而息，鑿井而飲，耕田而食，堯何等力」；堯帝所聽到的童謠「立我蒸民，莫匪爾極，不識不知，順帝之則」。〈時序〉簡短的十四個字，就介紹了中國文學的源頭──民間歌謠。接下去劉勰論述「有虞繼作」的〈薰風〉和〈卿雲〉，也很精簡。《文心雕龍‧辨騷》暢論屈原的作品，予以高度評價。〈時序〉說「屈平聯藻於日月」，並極言其影響。屈原是〈時序〉突顯出來的大作家。到了漢代，筆墨增多；論及漢武帝時代，是「濃墨重彩」了：

> 逮孝武崇儒，潤色鴻業，禮樂爭輝，辭藻競騖：柏梁展朝讌之詩，金堤制恤民之詠；征枚乘以蒲輪，申主父以鼎食；擢公孫之對策，歎兒寬之擬奏；買臣負薪而衣錦，相如滌器而被繡。於是史遷壽王之徒，嚴終枚皋之屬，應對固無方，篇章亦不匱；遺風餘采，莫與比盛。

至建安，是另一個鼎盛時期：

> 自獻帝播遷，文學蓬轉，建安之末，區宇方輯。魏武以相王之尊，雅愛詩章；文帝以副君之重，妙善辭賦；陳思以公子之豪，下筆琳琅；並體貌英逸，故俊才雲蒸。

曹操、曹丕、曹植三父子都妙善詩文，且禮敬才士；俊彥的文人，自然如雲聚集。劉勰接下去介紹了後來史稱「建安七子」中的六人（仲宣、孔璋、偉長、公幹、德璉、元瑜），加上楊修（德祖）、路粹（文蔚）、繁欽（休伯）、邯鄲淳（子叔），一共十個「英逸」之士。

〈時序〉篇突出了屈原，還突出地論述漢武帝時代和建安時代的文學，正符合上述的第一項法則：突出重點。誠然，司馬相如、司馬遷、曹氏三父子在這兩個時期出現，這就像中國後來李白、杜甫之在唐玄宗王朝，英國莎士比亞、馬羅之在伊利莎白時代一樣，是應該大書特書的。〈時序〉的論述以作家作品為主，這正是文學史之為文學史必需的做法。還應該顧及作家作品與政治社會的關係，闡釋不同時期文學別具風貌的文化歷史因素。這些方面，劉勰在〈時序〉中是傾力以赴的。下面分為四項加以說明。

（一）文學與政治的關係。劉勰說陶唐「德盛化鈞」，有虞「政阜民暇」、「大禹敷土」、「成湯聖敬」，姬文「德盛」，而文學有「何力」「爛雲」等等的歌頌；意思是在政治清明的時代，文學如實反映和樂的社會情況。反過來說，「幽厲昏」、「平王微」的時代就有「〈板〉〈蕩〉怒」、「〈黍離〉哀」的作品；

意思是政治腐敗國運式微時，文學就表現了憤怒與哀怨。在列舉「何力」之談到〈黍離〉之哀眾多例子後，劉勰下了一個結論：「故知歌謠文理，與世推移；風動於上，而波震於下者。」由陶唐至東周，文學這樣「與世推移」；春秋戰國以下，一直至劉勰寫《文心雕龍》時的齊、梁時代，在他眼中，文學與政治的關係就是這樣的密切。作家對亂世昏君，不掩怨怒；對盛世明君，自可歌功頌德。

文學受政治社會的影響，撰寫文學史者莫不知曉。王瑤《中國新文學史稿》開宗明義這樣說：「中國新文學的歷史，是以『五四』的文學革命開始的。……五四運動是發源於反帝的。」朱棟霖等主編的《中國現代文學史 1917～1997》這樣開始：

> 中國現代文學，是中國文學在 20 世紀持續獲得現代性的長期、
> 複雜的過程中形成的。在這個過程中，文學本體以外的各種文化的、
> 政治的、世界的、本土的、現實的、歷史的力量都對文學的現代化
> 發生著影響。

西方學者撰寫的文學史，也必先闡述產生文學的政治社會背景；如論述都鐸皇朝和伊利莎白時代的文學，通常先描寫一下當時的政治、宗教和科技的情形。

（二）學術文化也影響文學，劉勰深明此理。屈原、宋玉等的《楚辭》，充滿瑰麗雄奇的想像，即他所說的「暐曄之奇意」，而這是受「縱橫之詭俗」（縱橫家詭異的時尚風俗）影響的。〈時序〉指出，東晉時士人崇尚玄談，「江左稱盛，因談餘氣，流成文體。是以世極迍邅，而辭意夷泰；詩必柱下之旨歸，賦乃漆園之義疏」。老子（柱下）、莊子（漆園）的學術思想在東晉的詩文反映了出來。這好比二十世紀有心理分析學、存在主義等學術文化思想，詩人、小說家受其影響，筆下自然多有性器的意象以及「虛無」的思想。為文學作史的人，當然知道這樣的時世文風，而且應該如實記錄。

（三）帝王也影響文學。在帝制的古代，帝王如果喜好、提倡文學，那麼「上有好者，下有甚焉」，文學必然獲得扶持。劉勰說漢武帝崇儒，「潤色鴻業，禮樂爭輝，辭藻競騖」，這是有名的例子。同樣有名甚至更有名的是，曹魏三父子「雅愛詩章」，一言已九鼎，三呼而千應，而「俊才雲蒸」了。〈時序〉篇還提到晉明帝「雅好文會」，宋文帝和孝武帝「彬雅」「多才」，也使「英采雲搆」，這些皇帝同樣對文學的繁榮做出貢獻。劉勰這裏的論述，自然教人想起華夏的唐玄宗（李隆基）、清高宗（乾隆），以及西方的奧古斯都（Augustus）

和伊利莎白；在他們主政時，文學環境利好，有了興隆發皇的良佳時機。

（四）文學影響文學，劉勰也注意到這個現象。屈原、宋玉的《楚辭》，「籠罩雅頌」，這裏的「籠罩」頗有受影響而又超越了的意思。換言之，《詩經》影響了《楚辭》，又被《楚辭》所超越。《楚辭》受前代文學影響，又影響了後世。〈時序〉說的「爰自漢室，迄至成哀，雖世漸百齡，辭人九變，而大抵所歸，祖述《楚辭》，靈均餘影，於是乎在」等語，正是此意。這正如英國文學史一類著作中，因為艾略特（T. S. Eliot）影響大，而有「艾略特時代」的標識。〈時序〉這裏對文學發展演變的軌跡，對作家如何繼承與發揚，都解說得很清楚。

〈時序〉篇突出了重要作家和作品，又議論文學與政治、學術文化、帝王的關係，探討文學本身的傳承，歸結以「文變染乎世情，興廢繫乎時序」的道理；文學史該有的種種內容，是頗為完備了。

四、中國比較文學史的撰寫：突出重要學者和論著

劉勰在上述的「中國文學通史」中突出了屈原及其〈離騷〉等《楚辭》作品，突出了漢武帝和建安時代的文學。這是由於他既博覽，又具眼光。《文心雕龍‧知音》說：「操千曲而後曉聲，觀千劍而後識器；故圓照之象，務先博觀。」為比較文學撰寫歷史的個人或小組成員，必須本身是比較文學學者，有深厚的理論修養，對中外古今的文學有基本的認識，在博覽不同時代的相關論著後，力求客觀、公正地論述相關時期的重要學者及其論著。

在繼續討論之前，先談一、兩個不是問題的問題：什麼是比較文學？比較文學有危機、式微了、死亡了？這些是西方學者最近三數十年來經常提出的問題。其實，根據西方和中國「比較文學」的發展來解釋，比較文學就是不同國家不同語言的文學的比較研究。其主要內容，一是影響研究，二是平行研究；如果要加添內容，「廣義」一下，則文學與歷史、與哲學、與音樂、與電影……的比較（即跨學科的比較），也可稱為比較文學。比較文學的性質和研究範圍，本來清晰明瞭，西方以至東方的一些學者卻對比較文學的定義大感迷茫、迷惑，也可說是咄咄怪事了。說到比較文學的危機、死亡，這在西方或許真的是問題，在華山夏水，情形可大不一樣。近閱劉象愚的〈比較文學「危機說」辨〉（刊於《北京大學學報哲學社會科學版》2008 年第 3 期），深感它對上述種種疑問與迷惑，做了慎思明辨的功夫，意見中肯，謹推薦此文，這裡就不喋喋了。

　　二十世紀哪些中國學者在影響研究、平行研究與跨學科比較上有成績、有重大成就、有傑出貢獻，修撰中國二十世紀比較文學史的作者或寫作小組，述而論之，這就是該書的主要內容。徐志嘯在其《20世紀中國比較文學簡史》（修訂本，湖北，2005年）中，特別標舉朱光潛、錢鍾書、季羨林等的成就，並析論其相關著作；王臘寶在其「The Nervous Nineties——Comparative Literature in Mainland China」（The Globalization of Comparative Literature: Asian Initiatives, Taipei, Soochow University, 2002）一文中，指出1990年代的三位「高度受敬重」的比較文學學者是樂黛雲、曹順慶、方漢文（頁102）。徐、王二位都作了「三突出」——分別突出三位重要學者及其著作，這就像《文心雕龍・時序》中標舉重要作家及其創作一樣，就像王瑤、劉綬松分別在其中國新文學史（稿）中標舉魯（迅）、郭（沫若）、茅（盾）、巴（金）一樣，是撰史者應有之義。當然，所標舉的諸家，是否為學術界的共識，人人都有權利發表意見。

五、中國比較文學史的撰寫：論述研究取向和時代學術文化背景的關係

　　《文心雕龍・時序》說：「文變染乎世情，興廢繫乎時序。」文學創作如此，學術研究也如此。在政治上封閉的時代，文學創作與文學研究不得西化，不得資產階級自由化。管它是法國學派的影響研究，或是美國學派的平行研究，1949年至1970年代末期止，比較文學就因為政治的理由，而不得道於中國大陸，而在台灣和香港興起。至於比較文學「中國學派」一說，大概三十年前在台灣提出來，近年大陸學者，不但同聲響應，而且討論得頗為熱烈。為什麼有這樣的學說、這樣的研究取向？時代因素、文化因素使然。西方有法國學派、美國學派，東方怎能沒有中國學派？說不定印度、日本、韓國捷足先登，登高一呼，快要隆重其事建立其印度學派、日本學派、韓國學派；開放改革的中國怎能不及早加入世界文明先進的行列？（韓國人要把端午節拿去「申遺」，中國人如不奮進，就要落後了。）二十世紀中國比較文學史的修撰者，自然要在重要學者及其著作之外，剖析研究取向和時代學術文化背景的關係。

　　上述不過是略舉一、二例子而已。本文寫得簡要，論據未能充分鋪陳，論點未能充分發揮；而所說所議，實在沒有石破天驚之論。為什麼還要撰寫本文？為了讓《文心雕龍》成為文論飛龍而已。用一句話概括本文：比較文學史的撰寫，和文學史的撰寫，其理相通；而《文心雕龍》的理論與原型，可為借鑑。

符號學「瑕疵文本」說
——從《文心雕龍》的詮釋講起

前言：

　　2019 年 8 月 24～26 日「2019 年文化與傳播符號學研討會：文化‧傳媒‧設計」在桂林市舉行（主辦者為中外文藝理論學會文化與傳播符號學分會、中國新聞史學會符號傳播學研究委員會、四川大學文學與新聞學院），本文是該研討會上宣讀的論文，後來發表於《文心學林》2019 年第二期，又載於《符號與傳媒20》（2020 年 4 月由四川大學出版社出版），頁 1～8。

內容提要：

　　趙毅衡指出，「符號學即意義學」；如何尋求符號文本的確切意義，趙毅衡提出「伴隨文本」理論。李衛華論文《從伴隨文本釋「文之為德也大矣」》據趙氏理論尋求一個文本的意義，但發現對此文本（出自《文心雕龍》的一個句子）的解釋眾說紛紜，未能確解。筆者認為「文之為德也大矣」和《文心雕龍》的《風骨》篇一樣，都可稱之為「瑕疵文本」，即文本本身含義不清或互相矛盾。古今中西的「瑕疵文本」所在多有，本文略舉數例說明之。本文以《文心雕龍》的《論說》篇和《指瑕》篇，作為「瑕疵文本」之所以存在的背景說明；換言之，此二篇可作為解釋「瑕疵文本說」的「伴隨文本」。

關鍵詞：符號學；伴隨文本；瑕疵文本；《文心雕龍》

一、符號學「瑕疵文本」概念的提出

　　符號學論著豐碩，在這一門學問領導群倫的趙毅衡，對符號學做了言簡意

賅的解釋：「符號是用來承載意義的，不用符號無法表達、傳送、理解意義，符號學即意義學。」〔註1〕文字是人類的一種符號，甚至可說是最重要的符號；由文字構成的文本（text），尤其是文本中的經典（classic）文本，其一詞一句一段以至全篇的意義為何，這樣的討論，當然屬於符號學的範疇。這樣的討論，涉及中國傳統的訓詁學、來自西方的詮釋學（hermeneutics），也與中西的文學批評理論如中國的箋注和評點、西方的 explication de text 和 close reading 等密切相關。如何理解以至確定（如果可能的話）某文本（或稱「符號文本」；本文中「文本」和「符號文本」二詞交互使用）的意義，符號學有其理論和方法。趙毅衡提出了「伴隨文本」這個概念。他指出：伴隨文本是「伴隨著符號文本一道發送給接收者的附加因素」〔註2〕；他在一個講座中曾再解釋，以下是該講座的報導的一個片段：

> 他〔趙毅衡〕認為，伴隨文本是文本「邊上」攜帶的大量符號元素，包括副文本、型文本、前文本、同時文本、鏈文本、先文本和後文本幾種類型。「我們的思想意識本來就是一部合起的伴隨文本詞典，等著文本來翻開，來激發而已」，他強調，「沒有伴隨文本，就無法理解任何文本。」〔註3〕

　　筆者對符號學認識有限，曾讀過一篇符號學論文，用「伴隨文本」的理論來解釋經典文本的，即李衛華的《從伴隨文本釋「文之為德也大矣」》一文。筆者打算從李氏此文對《文心雕龍》全書首句「文之為德也大矣」的解釋說起，提出「瑕疵文本」的概念，看看是否可作為符號學理論的一個小小補充。如果同樣或類似的「瑕疵文本」概念已有人提出過，筆者自然要請知識者賜教。先引李文的提要如下：

〔註1〕引自趙毅衡《符號學作為一種形式文化理論：四十年發展回顧》一文首段，此文發表於《文學評論》2018 年第 6 期，另載於四川大學《符號學——傳媒學研究所電子月刊》中的趙毅衡文集，2018 年 12 月 5 日上載的。

〔註2〕轉引自李衛華文章《從伴隨文本釋「文之為德也大矣」》一文，李文刊於《符號與傳媒》2019 年第 1 期第 185～198 頁；趙毅衡本人的解釋，見於其《符號學》（南京大學出版社，2012）一書，相關解釋見頁 143 等。

〔註3〕引自《符號與意義——趙毅衡：「論伴隨文本」》，此為「數位文化與傳媒研究中心公眾號：cdcm-uestc」，發佈時間：2018-10-24。趙毅衡在他處闡釋過伴隨文本，其他學者如陸正蘭也使用此一術語。筆者手邊參考資料不多，又由於種種原因沒有「跑」圖書館尋覓借閱；本文參考文獻不足之處，請原諒，並請高明指教。謝謝。

　　《文心雕龍》開宗明義即為《原道》，而《原道》開篇之句「文之為德也大矣」，是極為重要也極富爭議的一句話，是一個浸透了社會文化因素的複雜構造。要正確理解這一句話的含義，必須從它的伴隨文本入手。將「文之為德也大矣」視為一個文本，其最重要的伴隨文本就是《原道》篇中的其他文字。對「文之為德也大矣」的解釋，必須放在《原道》篇的具體語境中，做到上下順暢，文脈相承。而《原道》篇之外、《文心雕龍》之外的其他所有文化文本，則作為文外伴隨文本，影響著讀者對「文之為德也大矣」的理解和解釋。〔註4〕

二、「文之為德也大矣」詮釋眾說紛紜

　　李衛華徵引歷來多位《文心雕龍》學者對「文之為德也大矣」的解說，而這些學者解說時，基本上是根據種種可有的伴隨文本——即「文之為德也大矣」這句話、《原道》全篇、《文心雕龍》全書、《文心雕龍》的時代及以前甚至以後的多種文獻，特別是與「德」這個詞語，以及「文之德」、「文之為德」不同構詞式引起的可能不同解說——來解釋「文之為德也大矣」這句話的意義；換言之，包括李衛華在內的歷來《文心雕龍》學者根據的伴隨文本，就是上面趙毅衡講座所說的「副文本、型文本、前文本、同時文本、鏈文本、先文本和後文本」。可以補充說明的是：歷來對「文之為德也大矣」（以至對其他很多經典文本語句）的詮釋，都在不同程度、不同層面上利用過伴隨文本；而趙毅衡的伴隨文本理論，乃對這個詮釋現象涉及的種種文獻，以及上述提及的種種詮釋理論和方法，在學理上做了釐清，做了系統化論述，使伴隨文本成為符號學的一個術語。

　　李衛華論文的結論是：

　　　　《原道》全篇均可視為「文之為德也大矣」的文內伴隨文本，以全文意義的通暢為標準，「文之為德也大矣」之「德」，無論釋為德教、性情、功用、規律或道的體現，都有不足或牽強之處。而將「X之德」、「X之為物」作為「X之為德」的文外伴隨文本，通過對三者表意的比較則不難發現，「X之為德」重在「X」而不重在「德」，「之為德」通常只起複指作用。中國古代文論重感悟而輕概念，將字義落得太實往往反而破壞了文意的表達。因此，不如就將

〔註4〕引自李衛華文章《從伴隨文本釋「文之為德也大矣」》，頁185。

「之為德」視為對「文」的複指，將「文之為德也大矣」直接譯為
「文真是很偉大呀！」反而更為貼切。」〔註5〕

把「德」解釋為「德教、性情、功用、規律或道的體現」，李衛華是將龍
學者范文瀾、馮春田、羅宗強、王元化、楊明照、張光年、趙仲邑、周振甫的
諸種說法，加以整理綜合而成。筆者這裡另外隨機抽樣地列舉幾位龍學者對
「德」的解釋——張少康：「劉勰此處〔即『文之為德也大矣』〕之『德』，指
的是『文』和天地並生的特點」〔註6〕；王運熙、周鋒：「德：性質、意義」
〔註7〕王志彬：「德：有多種解釋，此處按『事物的屬性』和『道的形式表現』
作解」〔註8〕。

加以比照，就可發現張少康、王運熙、周鋒、王志彬四位的說法，和上述
李衛華所整理綜合的諸說，不盡相同或大為不同。可能還有多種不同的解釋。
2005年出版的戚良德《文心雕龍分類索引》告訴我們，解說《原道》篇的論著
共有173篇（章），涉及的作者不止這裡所列的范文瀾等這一批，和張少康、
王運熙、周鋒、王志彬四位。《索引》所列的篇章，解說《原道》篇時，不免
會對首句「文之為德也大矣」加以詮釋；而對「德」字怎樣詮釋呢，可能和上
面所引各種說法有所不同。換言之，「德」的意義，可能更是眾說紛紜。「德」
是個非常複雜的「符號」。

三、《風骨》篇語意含糊、矛盾，是個「瑕疵文本」

《文心雕龍》另一個複雜的符號，比「德」的解說更為眾說紛紜的，是
以「風骨」為論述焦點的《風骨》篇。《原道》篇的「德」字，字義欠清晰，
有瑕疵。《風骨》篇則內容互相矛盾，關鍵詞的意義，令人解釋不清，瑕疵太
很多。

先引述《風骨》篇的一些句子：「是以怊悵述情，必始乎風；沈吟鋪辭，

〔註5〕引自李衛華文章《從伴隨文本釋「文之為德也大矣」》，頁196。這裡所引李衛
華的意見中，有「中國古代文論重感悟而輕概念」之語。這個說法可斟酌。中
國古代文論裡，諸如《毛詩序》的風雅頌賦比興等，都是概念；《典論·論文》
的奏議、書論、銘誄、詩賦等「四科」，也都是概念；《文心雕龍》裡面的麗辭、
比興、事義等等，也都是概念；……中國古代文論對相關概念的解說，也許
不夠詳明細緻，但我們不應該說中國古代文論「輕概念」。
〔註6〕張少康《文心雕龍新探》（濟南：齊魯書社，1987），頁24。
〔註7〕王運熙、周鋒《文心雕龍譯注》（上海古籍出版社1998），頁3。
〔註8〕王志彬譯注《文心雕龍》（北京：中華書局，2012），頁3。

莫先於骨。故辭之待骨，如體之樹骸；情之含風，猶形之包氣。」引文分別解釋了「風」和「骨」的意義；類似的分別解釋「風」和「骨」的句子還有不少。本篇中另外又有「風骨」合起來成為一詞的解釋，如「若風骨乏采，則鷙集翰林；采乏風骨，則雉竄文囿。」

1987 年陳耀南撰《文心風骨群說辨疑》一文〔註9〕，分析數十篇有關《風骨》篇論著的說法，其作者包括黃侃、范文瀾、周振甫、王運熙、祖保泉、張長青、張文勳、石家宜、牟世金、王更生、蔡鍾翔、張少康、曹順慶、目加田誠等人。諸家對《風骨》的解釋，差別甚大，陳氏把諸種不同的解釋分為十餘類。1995 年出版的《文心雕龍學綜覽》〔註10〕中，汪湧豪綜述「風骨」研究成果，指出對此詞的解釋，主要有 12 種說法。其中第 1 種：「風即文意，骨即文辭。」；第 6 種：「風即文辭，骨即文意。」請注意，兩個說法對「風」和「骨」意義的解釋，正好相反。「風骨」一詞呢：「9. 風骨是風格形成的基本條件。10. 風骨即風格。11. 風骨即格調。12. 風骨是力。」

由於「風骨」眾說紛紜，對其意義為何，學者沒有共識，陳耀南認為《風骨》篇的內容與文字，有點「撲朔迷離，閃爍不定」。汪湧豪只綜述各家的說法，其本人沒有加以評論。另一位龍學者周振甫在其主編《文心雕龍辭典》的《釋風骨》一文裡說：「從《風骨》篇看，劉勰的講風骨有矛盾。」〔註11〕

筆者讀《文心雕龍》，欽佩其體大慮周、高明而中庸之際，極言其價值之際，希望讓「雕龍」成為「飛龍」廣播四方之際，並沒有把此書神聖化，認為它一字一句都是文學理論的真理，都是無懈可擊的。筆者在臺北出版的 Tamkang Review 1994 年春夏號發表「Fenggu」一文，指出《風骨》語意有含糊處、矛盾處，篇章本身有問題，此篇可說是《文心雕龍》的一個瑕疵。「風骨」一詞意義難明，《文心雕龍》英譯者施友忠（Vincent Y. C. Shih）乾脆把此詞翻譯為「the Wind and the Bone」；筆者沒有良策，只好音譯為「fenggu」。研究我認為有瑕疵的這個篇章，困惑歎息之餘，倒是收穫了「唯藻耀而高翔，固文筆之鳴鳳也」這意象鮮明的句子——我嘗試這樣解讀：有「風骨」的文學作品，就是「藻耀而高翔」的「鳴鳳」；雖然「風骨」和「鳴鳳」兩者，在想像裡既不形似也不神似。

〔註 9〕此文收入陳著《文心雕龍論集》（香港：現代教育研究所，1989）。
〔註 10〕此書由上海書店出版。
〔註 11〕此書由北京的中華書局於 1996 年出版，引文在頁 187。

有才有識的老中青龍學者，不論怎樣集思廣益，不論怎樣經歷「腦部風暴」（brainstorming，或稱腦力激蕩），不論怎樣祭出各式各樣的「伴隨文本」以助解說，都未能對「文之為德也大矣」和「風骨」的解釋達成基本的共識（不敢祈求「定於一尊」的「定義」）。這表示這一句、這一篇用詞有不精准處，或內容有含糊處，有矛盾處，其文本誠然有問題。筆者稱這樣有問題的文本為「瑕疵文本」（flawed text）。《文心雕龍》還有別的瑕疵文本，本文未及舉例並論述。

四、「瑕疵文本」古今中西不少見

瑕疵文本古今中西並不少見。莎翁名劇《漢穆雷特》的名段，首句的「To be or not to be」，究竟是什麼意思，向來解說紛紜，各種漢語翻譯也就差別甚大。例如，朱生豪翻譯為「生存還是毀滅」，卞之琳翻譯為「活下去還是不活」，梁實秋翻譯為「死後還是存在，還是不存在」，真是各譯其釋（根據譯者的解釋而翻譯）；之所以如此，因為「To be or not to be」這個符號文本本身有問題，有瑕疵。莎翁戲劇的其它名段，如《馬克白》中的「To-morrow, and to-morrow, and to-morrow」片語，意思清晰，它不是瑕疵文本。

劉季春指出，喬志高所翻譯的美國作家菲茨傑拉德（Scott Fitzgerald）的《大亨小傳》（The Great Gatsby），譯文有句子費解；他對照原文，發覺原文就是費解的。這裡說的費解譯文「對人不亂下斷語是表示一種無窮的希望」來自費解的原文「Reserving judgments is a matter of infinite hope」。〔註12〕蔡思果翻譯狄更斯的《大衛·考坡菲爾》（David Copperfield），曾一邊翻譯一邊告訴文友：大小說家的文句多有砂石以至錯誤的地方。卡夫卡的小說手稿，根據整理者和出版者的講述，也有諸多不善不妥的字句。韋勒克（Rene Wellek）在其現代文學批評史中指出，艾略特（T. S. Eliot）的批評文章裡，每有用詞意義含糊以及內容前後齟齬的地方。凡此種種有問題的語句和篇章，都可稱之為瑕疵文本。

文學研究者細讀小說文本，古人張竹坡發現《金瓶梅》的人物年歲前後對應不妥；今人潘銘燊發現《紅樓夢》敘事時間有先後錯亂者，人物年齡有時大時小者〔註13〕。雖說是經典名著的「大醇小疵」，到底是瑕疵，也因此，《金瓶梅》和《紅樓夢》是另一類型的瑕疵文本——可說是大的瑕疵文本，因為其瑕

〔註12〕 參看劉季春《我讀喬志高譯〈大亨小傳〉——兼談文學和翻譯批評》，刊於《上海翻譯》2018 年第 6 期，所引文句在頁 81。

〔註13〕 參看潘銘燊《石頭記年日考》（香港：中國學社，1988）頁 iii～viii。

疵是讀了整個《金瓶梅》或《紅樓夢》文本才被發現的。葛浩文（Howard Goldblatt）翻譯了莫言的好幾部長篇小說，夫子自道，說他翻譯時，往往對原著內容加以刪削，甚至把情節結構加以調整改動。莫言的小說，在葛浩文眼中，在某種意義上，也是一種瑕疵文本——也是大的那一種。〔註14〕

追求完美的人，容不得瑕疵的存在。然而，任何傑出以至偉大的寫作人，誰的書寫能自誇為白璧無瑕呢？無論如何精心寫作、刻意經營，作品篇幅一多，作品數量一多，能白璧微瑕就已經難能了。《文心雕龍》非常重視文字的妥善運用，《練字》篇指陳「綴字屬篇」的毛病，要操翰者避免。《指瑕》篇指陳寫作的種種毛病，包括用詞含義模糊不清；它指出：「晉末篇章，依稀其旨，始有『賞際奇至』之言。」「依稀其旨」即含義模糊不清的意思。「文之為德也大矣」、「風骨」、「To be or not to be」、「Reserving judgments is a matter of infinite hope」等都是含義模糊不清的詞句。

《文心雕龍》有《論說》篇，劉勰解釋「論」這種文體，意謂議論性文章，有一個「鋒穎精密」的要求。「鋒穎精密」的「鋒穎」指筆鋒要銳利，「精密」指立論要嚴謹精密。對於「精密」的要求，《論說》篇有下面的補充：「必使心與理合，彌縫莫見其際；辭共心密，敵人不知所乘。」牟世金這樣譯為語體：「必須做到思想和道理統一，把論點組織嚴密，沒有漏洞；文辭和思想密切結合，使論敵無懈可擊。」〔註15〕《論說》篇還有「義貴圓通」和「要約明暢」的說法，意思是論文的立論要能夠自圓其說，不會前後矛盾；用詞要簡約明白，而非含糊不清。

然而，知易行難，古今中外如一，白璧微瑕甚至白璧多瑕是種種人為勞作的常態，劉勰豈有不知？也因此《指瑕》篇曰：「古來文才，異世爭驅。或逸才以爽迅，或精思以纖密，而慮動難圓，鮮無瑕病。」好一句「鮮無瑕病」！我們要認識「文之為德也大矣」等瑕疵文本之為瑕疵文本，要瞭解其整個符號學背景，《指瑕》篇和《論說》篇可作為這個議題的伴隨文本來加以說明。

〔註14〕葛浩文的文章大概二三年前發表在上海出版的《東方翻譯》。順便說明一下，本文所舉例論述的「瑕疵文本」，其文本本身幾乎沒有形象性可言。形象性強的文本，如李商隱的《錦瑟》（「錦瑟無端五十弦，一弦一柱思華年。莊生曉夢迷蝴蝶，望帝春心托杜鵑。滄海月明珠有淚，藍田日暖玉生煙。此情可待成追憶，只是當時已惘然」），其主題有多種解釋，難定於一尊。我們應該用「象徵」（symbol）理論來理解，即一個象徵性意象可有多種涵義，也因此不應把《錦瑟》這樣的文本視作「瑕疵文本」。

〔註15〕陸侃如、牟世金譯注《文心雕龍譯注》（濟南：齊魯書社，1995），頁271。

五、《文心雕龍》：雖有瑕疵仍然偉大

對種種符號文本包括經典文本、名著文本的解釋，趙毅衡的「伴隨文本」說，告訴我們，可以動用的各種相關資料（即伴隨文本），從近到遠有哪些類別，說明我們有層次有次序地尋找答案。然而，我們所面對的文本，可能是有缺陷有瑕疵的。「瑕疵文本」這個認識，有助於我們避免過分執著，去求取文本意義的終極答案。陶淵明「好讀書不求甚解」，這位隱逸詩人的宗師，是個「普通讀者」；我們這些學者、學人，則是「專業讀者」〔註16〕，是應該求甚解的。然而，「求之不得，寤寐思服，……輾轉反側」，實在辛苦，更可能徒勞。有時應該闊達一點，大而化之一點。

「風骨」的確切意義我「求之不得」，我摘《風骨》篇的「藻耀而高翔，固文筆之鳴鳳也」，以之為文學作品的一種極佳風格的形容，以之為我研究這個瑕疵文本的一大收穫。李衛華應用「伴隨文本」說求取「文之為德也大矣」的確切意義，未能成功。她大而化之把這文本解讀、「翻譯」為「文真是很偉大啊」。〔註17〕這樣的解讀深得我心，在《「情采通變」：以〈文心雕龍〉為基礎建構中西合璧的文學理論體系》〔註18〕一文中，我對這一句正有「文學偉大」的理解。而《文心雕龍》，雖然有瑕疵，仍然是一本偉大的文論著作。

附記

戴文靜教授近年發表過好幾篇論文，論述《文心雕龍》的英文翻譯，其中《〈文心雕龍〉「風骨」範疇的海外翻譯研究》（《文學評論》2021年第二期）指出，在九部相關文獻中，對「風骨」的理解沒有相同的，有五位譯者不得已只能把它翻譯為「wind and bone」。2022年9月24～25日四川大學的一個「全人類共同價值觀」國際論壇上，譚佳教授發言時，稱她曾做過研究，發現中華學者對「風骨」一詞的解釋，多至六十四個。眾說紛紜如此，「風骨」說之為瑕疵文本，不亦明確乎？多年前我在一個研討會上說，《風骨》篇可能是劉勰神志欠清時（喝醉酒了？）寫的，龍學者不要再喋喋解說了。曹順慶教授曾開玩笑（也許是認真地）引述我的評論。2022年10月黃維樑志。

〔註16〕余光中有「普通讀者」、「專業讀者」二分的說法，見余光中《憑一張地圖》（臺北：九歌出版社，1988）中《專業讀者》一文。
〔註17〕見李衛華文章《從伴隨文本釋「文之為德也大矣」》，頁196。
〔註18〕收於黃維樑《文心雕龍：體系與應用》（香港：文思出版社，2016）中。

《文心》之為德也大矣——
試論《文心雕龍・序志》冥冥中為當今學位論文「緒論」章的「規矩」

內容提要:

　　《文心雕龍》體大慮周,為我國文學理論的元典,備受推崇。百年來「龍學」成果豐碩,而研究空間仍然廣闊。作為「龍的傳人」,筆者嘗試發揚這本書多方面的價值:通過中西比較,指出這部經典有普遍性的文學理論;通過重新組織,為它建立一個宏大的、中西合璧的、「現代化」的理論體系,筆者兼用中文和英文發表這方面的論文;從事中西古今文學作品的實際批評時,應用這部元典的種種觀點;曾「發掘」出《文心雕龍》的幾個篇章,視之為現代文學批評的一些「雛型」。又和「龍友」合作,用新創的「愛讀式」排印《文心雕龍》的重要篇章,以利推廣普及。

　　本文的論述重心是《序志》篇。筆者多年來閱讀大量的學位論文,近年在閱讀的過程中偶然聯想到《序志》篇的章法,發現當今學位論文「緒論」章的寫法,竟然好像就以《序志》篇的寫法為「規矩」。在璀璨的《文心雕龍》星空中,筆者發現了一顆新星,命名為「序志—緒論」星。本文分析數篇兩岸三地博士論文「緒論」章的內容與寫作方式,拿它們來跟《序志》篇比較,得到《序志》篇可為「規矩」的結論。至於當今中華學界博論「緒論」章的寫法,有沒有受到西方的影響?《序志》篇的寫法,是劉勰效法前人呢,還是他的新創?也做了初步的探索。

　　《文心雕龍》之道恒久,其教鴻大;筆者研讀這部經典,神思馳騁,要把大德的劉勰封為「文聖」,讚歎《文心》之為德也大矣。

關鍵詞:《文心雕龍》;《序志》;劉勰;學位論文;緒論

一、發揚《文心雕龍》這中華文論元典

百年來中華「龍學」（《文心雕龍》研究）的成果非常豐碩：各地的大學開設《文心雕龍》課程，學者發表種種相關論著、指導研究生撰寫學位論文、舉辦學術會議，如此等等。清代桐城派論學，有義理、考據、辭章三位一體之說。百年來的龍學者，考證《文心雕龍》的版本、劉勰的生平；解說此書的意義和理論；闡釋此書的辭章之美；各種論著早就汗牛充棟，如要一一排列，其長度則簡直是見首不見尾的神龍了。專論有多少百本，論文有多少千篇萬篇，一直在統計的戚良德教授，其數字日新又新。〔註 1〕就在寫作這篇論文之際，「龍友」傳來一個消息，一本名為《范文瀾〈文心雕龍注〉研究》的書出版了，作者正是這次會議的主人李平教授。研究《文心雕龍》的不同版本，論著數量已甚多，現在連研究《文心雕龍》一個注釋本的專著也面世了。龍學天地的長闊高深，實在無從精準量度。

作為「龍的傳人」，筆者嘗試發揚這本書多方面的價值：通過中西比較，指出這部經典有普遍性的文學理論；通過重新組織，為它建立一個宏大的、中西合璧的、「現代化」的理論體系，筆者兼用中文和英文發表這方面的論文；從事中西古今文學作品的實際批評時，應用這部元典的種種觀點；曾「發掘」出《文心雕龍》的幾個篇章，視之為現代文學批評的一些「雛型」。又和「龍友」合作，用新創的「愛讀式」排印《文心雕龍》的重要篇章，以利推廣普及。

本文的論述重心是《序志》篇。筆者多年來閱讀大量的學位論文，近年在閱讀的過程中偶然聯想到《序志》篇的章法，發現當今學位論文「緒論」章的寫法，竟然好像就以《序志》篇的寫法為「規矩」。在璀璨的《文心雕龍》星空中，筆者發現了一顆新星，命名為「序志—緒論」星。本文分析數篇兩岸三地博士論文「緒論」章的內容與寫作方式，拿它們來跟《序志》篇比較，得到《序志》篇可為「規矩」的結論。至於當今中華學界博論「緒論」章的寫法，有沒有受到西方的影響？《序志》篇的寫法，是劉勰效法前人呢，還是他的新創？也做了初步的探索。

筆者年輕時受到劉勰雅麗辭章的吸引而喜愛《文心雕龍》，讀到此書體大慮周的義理而重視它、研究它。劉勰孩童時做夢攀摘彩雲，「齒在踰立」夢見聖人孔子，而有「製作」的宏圖，結果是這本曠世的《文心雕龍》。我未曾夜

〔註 1〕根據戚良德《百年「龍學」探究》（上海古籍出版社，2019）的統計，龍學「有關著述已超過七百種、文章達到一萬篇、總字數約有兩億」；引自頁 371。

裡夢過劉勰其人其書，但其人其書卻在日間陪伴了我數十年。筆者在內地出生，在香港成長；接受小中大學教育，都在這個中西文化交匯的都市，又在此地教書二三十年。我習慣了用中西比較的眼光看事事物物；大學時修讀《文心雕龍》，邊讀邊聯想到西方從亞里斯多德到二十世紀歐美的文學理論。我發現多有「東海西海心理攸同」（錢鍾書語）的文論，發現多有文論的「普世文明」──奈保羅 Naipaul 有書名為 *The Writer and the World：Essays*，中譯作《我們的普世文明》。我拿《文心雕龍》的理論和西方的文論做比較。

觀察世界文化，百多年來基本上是「西風壓倒東風」。中華多的是崇洋的知識份子，文化上有強烈的西化（有些是惡性西化）的現象；與此同時，他們中不少人更看不起中國本身的文化。我和這些同胞不是「同類」。我讀我教中國文學包括文學理論，也讀也教英美文學包括文學理論；對中國文學包括文學理論深具信心，引以自豪。在中西文論比較之際，我要宣揚《文心雕龍》的巨大價值，認為它的理論具備系統性、恆久性、普世性。傑出的理論，不應該只是玄談空談，而應有實用價值；我發揚《文心雕龍》的應用價值，把其理論用於對文學作品的實際批評。

在並觀《文心雕龍》和西方的文論方面，1983 年夏天，我在臺北參加「第四屆國際比較文學會議」，發表論文「The Carved Dragon and the Well Wrought Urn──Notes on the Concepts of Structure in Liu Hsieh and the New Critics」，指出在「結構」這個概念上，它和二十世紀西方「新批評」的說法互相發明。接下來的十多年間，我陸續發表相關論文，指出此書的《辨騷》篇、《時序》篇、《論說》篇各有不可磨滅的現代意義：諸篇可以作為今人從事實際批評、撰寫文學史、寫作學術論文的參考和指導。《文心雕龍》理論的恆久性、普世性，於此也得到闡發。

為了說明它的系統性、它的體大慮周，更為了說明中國的文學理論不再「失語」，說明古代中國文論可以「轉換」以為今用，為了再一次說明確有「東海西海心理攸同」這回事，筆者經過長期醞釀構思之後，在 2016 年撰成題為《「情采通變」：以〈文心雕龍〉為基礎建構中西合璧的文學體系》的五萬字長文，並親自改寫成英文，先後於 2016 年和 2017 年發表。〔註2〕為了推廣、

〔註2〕這幾段說到的文章，以及下面幾段提到的拙作，都收於拙著《文心雕龍：體系與應用》（香港：文思出版社，2016）。英文的兩篇，講結構的發表於臺北的 *Tamkang Review*, autumn1983-summer 1984, pp.555～568；講「情采通變」體系的發表於 *Comparative Literature and World Literature*, vol.1, no.2（2016）。

普及《文心雕龍》，筆者和萬奇教授合力編印《愛讀式文心雕龍精選讀本》，希望高中以上文化程度的讀者愛讀這本經典偉構。〔註3〕

《文心雕龍》的理論具有當今「實際應用」的價值。1992 年我在臺北參加大型比較文學研討會，會上發表《重新發現中國古代文化的作用——用〈文心雕龍〉六觀法評析白先勇的〈骨灰〉》一文（我至今清楚記得會議上孫康宜教授開玩笑對我說：「怎麼了，你講白先勇的『骨灰』？」），此文是我「實際應用」研究的鄭重開端。此後，余光中的散文《聽聽那冷雨》，我同樣用《文心雕龍》理論作為解剖刀來對待；古代作品如屈原的《離騷》，如范仲淹的《漁家傲》，劉勰同樣為我提供評論的切入點；我還用劉勰「剖情析采」的手術（既是「內科手術」也是「外科手術」），對待西方的不同文體，如馬丁・路德・金（Martin Luther King）的演講詞《我有一個夢》，如莎士比亞的戲劇《羅密歐與朱麗葉》；我又有論文題為《炳耀仁孝，悅豫雅麗：用〈文心雕龍〉理論析評韓劇〈大長今〉》。

二、當今學位論文「緒論」章的寫作方式

在發掘《文心雕龍》的現代價值方面，前文提到《辨騷》篇和《時序》篇。是的，筆者有《文心雕龍》的兩個「雛型」說。其一：《辨騷》篇是現代「實際批評」的雛型；其二：《時序》篇是文學史修撰的雛型（也可說是「中國最早的文學史」）。這次來安徽參加盛會，我要宣佈另一個「發現」：《序志》篇是當今學位論文首章（「緒論」章）的雛型，也可以說它冥冥中為當今學位論文首章的寫法設立了「規矩」。在文學論述的空間，《文心雕龍》有很多永恆的亮點，就像天宇中繁星點點，誰夠眼力，誰就可為發現的新星命名。這裡發現了一顆小小的「《序志》星」，也可稱為「緒論星」，或「序志—緒論星」。

這裡說的學位論文，指當今大學的學士學位論文、碩士學位論文、博士學位論文；即攻讀各該學位的學生，為了滿足學位要求，而撰寫且獲評審後通過的論文。本文所舉以說明的學位論文，定為博士學位論文，共五本（或稱五

〔註3〕本書用富有創意的「愛讀式」排版，於 2017 年由北京師範大學出版社推出。順便指出，本書出版後，甚獲好評，近期的推許者包括張然教授，她在《中國古代文論研究的「兩創」如何進行？——以〈文心雕龍〉的應用和傳播為中心》一文（載於戚良德主編《中國文論》第八輯，2020 年 11 月出版）介紹「愛讀式」《文心雕龍》，參見頁 218～219。此外，張然這篇論文，以及主編在該輯所寫的《編後記》，對筆者的龍學論著詳加介紹和予以肯定，可參看。

篇）：內地三本、臺灣一本、香港一本；可說是隨意抽樣而得──論文作者為
我所認識因而被「抽樣」的。

　　當今學位論文的首章，通常題為「緒論」，乃概述這本論文所從事的研究
為何，其研究緣由為何、其成果為何等情事。所舉五本博論的作者、題目等資
料，以及其首章即「緒論」章的分節標題如下：

　　（1）陳煒舜在香港中文大學完成的博士論文《明代楚辭學研究》，2003 年
6 月通過；其「緒論」章（以下稱「緒論 1」）分為四節：

第一節　研究範圍
第二節　研究旨趣
第三節　相關資料的檢討
第四節　論文架構與研究方法

　　（2）鄭禎玉在佛光大學完成的博士論文《余光中臺灣詩研究》，2012 年
12 月通過，其「緒論」章（以下稱「緒論 2」）分為五節：

第一節　研究動機與目的
第二節　文獻探討
第三節　研究觀點與研究方法
第四節　研究範圍
第五節　內容概述與章節安排

　　（3）潘建偉在浙江大學完成的博士論文《對立與互通：新舊詩壇關係之
研究（1912～1937）》，2012 年通過，其「緒論」章（以下稱「緒論 3」）分為
六節：

一、問題的提出
二、主要研究成果評述
三、論題的創新點及研究脈絡
四、資料使用介紹
五、研究架構安排
六、其它問題的說明

　　（4）吳敬玲在四川大學完成的博士論文《1974～1985 年間香港沙田文學
群落研究》，2020 年 6 月通過，其「緒論」章（以下稱「緒論 4」）分為四節：

一、香港沙田文學群落簡介
二、研究思路和研究難點

三、國內外研究現狀和發展趨勢

四、選題的價值意義

（5）張叉在四川大學完成的博士論文《英語世界的托・斯・艾略特研究》，2020 年 6 月通過，其「緒論」章（以下稱「緒論 5」）分為六節：

一、研究的意義

二、研究的範圍

三、研究的內容

四、研究的重點

五、研究的創新

六、研究的術語

這裡加上一篇理論上的（或規範性的）「緒論」。張高評教授在《論文寫作演繹》一書指出，學位論文的「第一章・緒論」（以下稱「緒論 6」）應包括以下的分節：

一、問題意識

二、文獻述評

三、探討範圍

（一）內篇：論文寫作之脈絡

（二）相關學科之借鑒

四、研究方法

五、價值預估。〔註 4〕

根據以上各個「緒論」的分節標題，以及各該「緒論」內容的陳述，我們可把各個「緒論」的不同分節，整理概括為四個「節」，也可以整理概括為五個「節」以至八個「節」甚或更多。四個「節」最為簡明，五個「節」和八個「節」比較詳明，但論者可能會認為八個「節」有點繁瑣了。四個「節」可以這樣分：

（一）研究緣起（包括釋題、研究旨趣、問題意識等）

（二）文獻述評（或謂「文獻探討」）

（三）章節安排（或謂「論文架構」）

（四）研究方法

〔註 4〕引自張高評《〈論文寫作演繹〉自序》，刊於《華人文化研究》第九卷第一期（2021 年 6 月出版），頁 270。在成於 2021 年 3 月的「自序」裡，作者稱此書將由臺灣的五南圖書公司於近期出版。

三、《序志》作為當今學位論文的「緒論」

現在是本文「主角」的出場。當今學位論文首章有上述介紹的內容及其分節，如此模式，令人感到震驚的，是 1500 年前的中國已出現了。劉勰的《文心雕龍》是一本「大」論文，其篇幅雖然只有當今博士論文的四分之一甚至更少，其品質和價值則絕對比得上當今一般博論的四倍或 N 個四倍。此書的末章《序志》相當於今天單行本專書的序言，相當於今天一般學位論文的「緒論」。當今學位論文的「緒論」分節，上面已舉例作了詳細的說明。《序志》也可和上面那些「緒論」一樣分節，例如可以分為四節；現在依照其原來行文次序，引述如下：

（一）研究緣起（包括釋題、研究旨趣、問題意識等）

夫「文心」者，言為文之用心也。昔涓子《琴心》，王孫《巧心》，心哉美矣，故用之焉。古來文章，以雕縟成體，豈取騶奭之群言雕龍也。

夫宇宙綿邈，黎獻紛雜，拔萃出類，智術而已。歲月飄忽，性靈不居；騰聲飛實，製作而已。夫人肖貌天地，稟性五才，擬耳目於日月，方聲氣乎風雷，其超出萬物，亦已靈矣。形同草木之脆，名逾金石之堅；是以君子處世，樹德建言。豈好辯哉？不得已也！

予生七齡，乃夢彩雲若錦，則攀而采之。齒在逾立，則嘗夜夢執丹漆之禮器，隨仲尼而南行；旦而寤，乃怡然而喜。大哉！聖人之難見哉，乃小子之垂夢歟！自生人以來，未有如夫子者也。敷贊聖旨，莫若注經，而馬鄭諸儒，弘之已精；就有深解，未足立家。唯文章之用，實經典枝條。五禮資之以成，六典因之致用；君臣所以炳煥，軍國所以昭明。詳其本源，莫非經典。而去聖久遠，文體解散；辭人愛奇，言貴浮詭；飾羽尚畫，文繡鞶帨；離本彌甚，將遂訛濫。蓋《周書》論辭，貴乎體要；尼父陳訓，惡乎異端；辭訓之異，宜體於要。

於是搦筆和墨，乃始論文。

（二）文獻述評（或謂「文獻探討」）

詳觀近代之論文者多矣：至如魏文述典，陳思序書，應瑒文論，陸機《文賦》，仲洽《流別》，弘範《翰林》；各照隅隙，鮮觀衢路。

或臧否當時之才，或銓品前修之文，或泛舉雅俗之旨，或撮題篇章之意。魏典密而不周，陳書辯而無當，應論華而疏略，陸賦巧而碎亂，《流別》精而少功，《翰林》淺而寡要。又君山、公幹之徒，吉甫、士龍之筆，泛議文意，往往間出，並未能振葉以尋根，觀瀾而索源；不述先哲之誥，無益後生之慮。

（三）章節安排（或謂「論文架構」）

蓋《文心》之作也，本乎道，師乎聖，體乎經，酌乎緯，變乎騷：文之樞紐，亦云極矣。若乃論文敘筆，則囿別區分；原始以表末，釋名以章義，選文以定篇，敷理以舉統。上篇以上，綱領明矣。至於剖情析采，籠圈條貫：攡《神》、《性》，圖《風》、《勢》，苞《會》、《通》，閱《聲》、《字》；崇替於《時序》，褒貶於《才略》，怊悵於《知音》，耿介於《程器》，長懷《序志》，以馭群篇。下篇以下，毛目顯矣。位理定名，彰乎「大衍」之數；其為文用，四十九篇而已。

（四）研究方法

夫銓序一文為易，彌綸群言為難。雖複輕采毛髮，深極骨髓，或有曲意密源，似近而遠，辭所不載，亦不可勝數矣。及其品列成文，有同乎舊談者，非雷同也，勢自不可異也；有異乎前論者，非苟異也，理自不可同也。同之與異，不屑古今，擘肌分理，唯務折衷。按轡文雅之場，環絡藻繪之府，亦幾乎備矣。但言不盡意，聖人所難；識在瓶管，何能矩矱？茫茫往代，既沉予聞；眇眇來世，倘塵彼觀也。

（附）結語（即「贊曰」）：

生也有涯，無涯惟智。逐物實難，憑性良易。

傲岸泉石，咀嚼文義。文果載心，余心有寄。

前文介紹的六個「緒論」，有分為四節的，也有分為五節、六節的；《序志》篇作為「緒論」也可作其他的分節。本文比照六個「緒論」的分節內容，除了上面的四節分法外，也把《序志》分為五節和八節。分節時，筆者根據六個「緒論」和《序志》本身的內容作適量的解說，以期清楚說明可以作為當今學位論文「緒論」的《序志》，其作者是如何考慮周到（「體大慮周」的「慮周」）。這一部分較為技術性，讀者可能覺得有些地方比較繁瑣，所以筆者把這一部分當

作本文的附錄。所附「適量的解說」，篇幅不菲，應有一讀的價值。

四、《序志》篇的「緒論」式寫法是原創，還是有先例可援？

劉勰這樣寫他的《序志》，這樣寫他的「緒論」，他是「徵聖」、「宗經」有先例可援呢，還是「參伍因革」（《通變》語）轉化而來的，還是「自鑄偉辭（篇）」創新來的呢？好些論者認為《文心雕龍》有體系、富於邏輯思維，是受了佛教因明學的影響；請問佛經經文也有《序志》一樣的章法嗎？我對一室的《大藏經》是個門外漢，更不懂梵文，不能回答這些問題。可以推測的是，劉勰著作之有體系、之富邏輯性、之有《文心雕龍》五十篇每一篇那樣的寫法，其所受的影響之中，極可能包括中國的典籍如《呂氏春秋》。這個說來話長，下面點到即止。

落實到《序志》的寫法，有先例可援嗎？這裡只看《呂氏春秋》的《序意》篇。《序意》的作用有如《呂氏春秋》的「序」，傳世的這篇序，論者謂它是殘脫的。《呂氏春秋》分為八覽、六論、十二紀三部分，《序意》曰：「凡十二紀者，所以紀治亂存亡也，所以知壽夭吉凶也。」這是本研究（或謂編撰）主導者呂不韋要達成的旨趣。《序意》又說：「上揆之天，下驗之地，中審之人，若此……」這是從事本研究（或謂編撰）用的方法。此外，我們沒有找到什麼「文獻探索」、「章節安排」之類的說明了。〔註5〕

我們再看司馬遷的《太史公自序》，此文謂要「論載」「明主賢君忠臣死義之士」，要「述往事，思來者」，這是《史記》寫作的旨趣；它的研究範圍呢？篇末這樣交代：「卒述陶唐以來，至於麟止，自黃帝始。」《太史公自序》的個人因素濃重，貫串著因「己有所鬱結」而「發憤」著書的情懷；我們看不到它有《序志》那樣的內容、那樣的章法。

司馬遷因為受到宮刑的極端處罰，痛不欲生，向任安吐露心聲，抒其悲憤，並透露著述的緣由。司馬遷《報任安書》對《史記》的概述，倒是比《自序》來得詳盡一些。太史公寫道：「僕竊不遜，近自托於無能之辭，網羅天下放失舊聞，略考其行事，綜其終始，稽其成敗興壞之紀；上計軒轅，下至於茲，為十表，本紀十二，書八章，世家三十，列傳七十，凡百三十篇。」這裡講的是其研究範圍、研究方法、章節安排。至於接下來的「欲以究天人之際，通古

〔註5〕這一段所引《序意》文句，見於王范之《呂氏春秋選注》（北京：中華書局，1981），頁85。

今之變，成一家之言」，則可說是對其書價值的預估。《報任安書》對《史記》的概述，其內容近似《文心雕龍》的《序志》；但其所述的詳略、其寫作的章法，和《序志》有很大的距離。

《序志》的內容和章法，有沒有受到各種典籍（由於時間和精力等因素所限，上面只探索到《序意》和司馬遷兩篇文章）的影響，以至直接仿效某篇某文呢，這裡不能判斷。可能的情形是：劉勰自己想到應該是這樣寫的，因為這樣寫才能把和書有關的種種說得明白，說得條理井然，說得完美。劉勰聰穎博學，富創造力，這位文章高手這樣寫這本書的「緒論」，無形中為「文章學」的論著序言（或首章）寫法樹立典範；這正是《徵聖》篇說的「文成規矩，思合符契」。《總術》篇說「文場筆苑，有術有門」；「規矩」就是「術」，就是門路。《序志》文章既成，法規就訂立了，這正是章學誠說的「文成法立」。章學誠《文史通義》這句話有下文：「文成法立，未嘗有定格」，跟著又辯證地說「無定之中有一定焉」。矛盾嗎？其實這正是一種自然之道，這樣來寫「緒論」，是自然不過的道理、自然不過的章法。無論如何，「文有師焉」（也是《徵聖》篇語），劉勰成為導師，可為百世千代之師，冥冥中指導後世學者怎樣寫學位論文的「緒論」。

五、中華各地學位論文「緒論」寫法受外來影響？

當今學位論文「緒論」章的寫法，大同小異，上面已有析論。這些學位論文的作者以及其論文導師，讀了《文心雕龍》，體認到《序志》篇的寫法值得借鑒，可奉為「規矩」，於是用了，或學生（論文作者）在導師指導下用了？這是個可論證的猜測，但筆者目前沒有任何證據來否定或肯定它。近代以來，中華文化深受西方影響，包括各種教育的、學術的制度和設施。美國的眾多著名大學，在學術制度和設施，更是發展中國家所馬首是瞻。在學術論文（包括學位論文）的寫作方面，定有種種規範，這些規範常為其他國家的學者所遵循。中華各地的學位論文首章的寫法，也受到美國的影響？這問題值得探索。

筆者為此做了個小小的調查統計：找來了美國六所大學分別在 1981 年至 1988 年完成的六本（篇）博士論文，都是關於英美文學的；我讀了這六本論文的首章，考察其寫作方式。六所大學分別是：（1）加州大學愛文校區、（2）密西根大學、（3）懷恩州立大學、（4）萊斯大學、（5）威斯康辛大學麥迪森校區、（6）馬里蘭大學。不想本文夾雜太多外文，這裡說的六本論文的比較詳細

資料將在附注中呈現。〔註6〕

如果把上文所歸納出來的「緒論」四節式或五節式（五節式見於附錄）寫法作為一個「標準」，則這裡所列的六本博論，其「緒論」（或「導論」即Introduction，指論文的首章）沒有一篇達標，有的距離「標準」甚遠。

「博論1」（即上面所列大學1的博士論文，下面依此類推）的導論開門見山直接展開對論文主題的論述，根本不分節，和「標準」格式截然不同。這篇「博論1」有「提要」（Abstract），其內容為指出論文主題為何，又撮述每章的大要。

「博論2」首章不稱為Introduction，它也是開門見山直奔主題，展開論述。它連「提要」也沒有。

「博論3」有六章，六章之前為「前言」（Preface），佔全本論文的三頁，略述與其研究相關的文獻，述此研究在相關研究中四方面的貢獻，並介紹這本博論的章節安排。雖然簡略，這本博論是距離我們這裡的「標準」比較接近的。

「博論4」先有「提要」，其內容為指出此研究的主題為何，並撮述此博論每章的要義。有「導論」（Introduction）章，為首章；「導論」章內容為相關文獻的概述。

「博論5」沒有「導論」章，也沒有「提要」，一開始（即第一章）就奔向主題，展開論述。

「博論6」先有「提要」，內容是對若干相關文獻的述評，並道出研究的主要論點；論文的正文先來一篇「導論」，跟著是第一章；我們看不到「標準」那種寫法的蹤影。

美國學術界多年來出版過很多「論文寫作指導」之類的工具書，教人如何尋找研究題目，如何尋找資料，如何寫作論文（包括如何引用資料，如何寫附

〔註6〕1是University of California at Irvine 1981年的一本博論，研究的是十九世紀的四個女詩人。2是The University of Michigan 1982年的一本博論，研究的是Malory批評。3是Wayne State University 1983年的一本博論，研究的是艾略特（T. S. Eliot）的神秘主義。4是Rice University 1985年的一本博論，研究的是喬叟Wife of Bath故事的背景。5是University of Wisconsin at Madison 1987年的一本博論，研究的是喬叟的《坎特貝利故事》。6是Maryland University 1988年的一本博論，研究的是現代文學中的身份挑戰。在這裡，我要順便向下列諸位致謝：兩岸三地的五位博士，他們讓我引用其博論「緒論」章的內容；香港中文大學的陳煒舜教授，和杭州師範大學的潘建偉教授，他們兩位或其研究助理，為我尋找到美國的「論文寫作手冊」一類書籍的資料，以及六本美國博論首章內容的資料。

注，如何列寫參考文獻），以至如何向學報或雜誌投稿等等。1970 年代我在美國當研究生，撰寫碩士論文和博士論文，都參考過這類工具書。為了撰寫這次蕪湖《文心雕龍》會議的論文，我找來這類工具書閱讀，看看它們在指導撰寫學位論文方面，有沒有特別提出對首章寫法的指導性意見。

有一本名為《怎樣寫一篇學士學位論文》（*How to Write a B. A. Thesis*）〔註7〕的，對「導言」的寫法有這樣的建議：講一個有趣的故事，舉個具體的事例，道出真是人生的迷惑處，來一個有力的全文概述；解釋你所研究的問題，說明你將覆蓋的材料，指出你的論點是什麼；告訴讀者接下來的章節中你的論述為何。另一本是屠瑞辯（Kate L. Turabian）長銷數十年的著作《研究論文和各級學位論文寫作手冊》（*A Manual for Writers of Research Papers, Theses, and Dissertations*）〔註8〕對「導言」的內容則有以下的建議：「過去的相關研究如何，做個上下文式交代；強調你的議題前人並不知曉，或者沒有完全瞭解；陳述你的議題的意義；陳述你的論斷。」此外有同類論文寫作手冊或指引，對「導言」內容所作的建議，和這裡兩個例子差不多。

上面實際考察了六本博論，又介紹幾本「寫作手冊」所提的建議。「導論」章（或謂「緒論」章，總之就是論文的首章）具備的內容，或應具備的內容，和本文前面所訂的「標準」，其詳略頗有差別；最明顯的差異是：「標準」的「緒論」章有分節（分為四節、五節或六節），而美國這些博論沒有分節，寫作手冊也沒有清楚建議要分節。上面說過，中國的很多學術建制受到西方特別是美國的影響。從筆者收集到的資料看來，有分節的「標準」式「緒論」章（上面那六個例子）寫法，有沒有受到美國影響呢，難以判斷，因為看到的資料實在有限。如果沒有受影響，則當今學位論文「緒論」章的寫法，應是中國人的一種創制。

六、《序志》成為「規矩」‧劉勰應封「文聖」

「緒論」章（或「導論」章）應有的內容具備了，這最重要，因為這是實質；有沒有三四五六的分節，屬於形式問題。我們都說實質重於形式，但也不能忽視形式的作用。記者寫新聞報導，其報導的首段必須包括六項元素，即有名的「六何」：何時、何地、何事、何人、如何、為何。熟練的記者，一揮筆

〔註 7〕 此書作者為 Charles Lipson，由芝加哥大學出版社於 2005 年出版。
〔註 8〕 此書有副題《學生和研究人員可依循的芝加哥格式》（*Chicago Style for Students and Researchers*）在 2018 年推出第九版，即本文下面所根據的版本。

一敲鍵，六個元素就包含在首段之中。會不會有時有遺漏呢？不怕，「六何」逐一數一數就行了。實質重要，「緒論」章內容重在有實質。如果這一章分了節，每節冠以標題，如此「綱領明矣」、「毛目顯矣」，豈非更好？〔註9〕該有的內容是否都有了，是否周全了，數一數就知道，就是「形式主義」的優點。「標準」式的「緒論」章分節，四分，五分，六分，再分下去吧，可以湊夠八項，那末「緒論」章不就成為「八股文」嗎？八股文有可以批判之處，不過，八股文有八股，律詩有八句，西方的十四行詩有十四行，古今中外的「形式主義」事物數之不盡。形式有「規範」或「提醒」內容的作用。〔註10〕

　　上面探討分節的「標準」式學位論文「緒論」究竟起源於何時何地何人，因為資料少，沒有答案。可以肯定的是：無論把「標準」式「緒論」章的內容分為四節或五節或八節或多少節，《文心雕龍》的《序志》篇內容，正含有當今學位論文「緒論」章可含或應含的所有內容。我們說這本偉大的文論經典「體大慮周」；含有當今學位論文「緒論」章可含或應含的所有內容，就是一種「慮周」。當然我們還可以說，劉勰有「遠見」，他「高瞻遠矚」，為今天的我們定下了「規矩」。我們還可以說，何只「東海西海心理攸同」（錢鍾書語），簡直是「今人古人心理攸同」；我們還可以說，「至道宗極，理歸乎一；妙法真境，本固無二」，「緒論」章應載的「道」（內容）、應合的「法」（規矩），古今中外本來就應該一致的。

　　我們稱讚《文心雕龍》的偉大，筆者極言其理論的恒久性、普遍性和實用性，過去已有多方面的論證（如文首所引述）；本文對《序志》篇之可作為「緒論」章寫法的「規矩」，《文心雕龍》的意義和價值，又一次得到印證。《序志》篇定立「緒論」的「規矩」，《知音》篇的「六觀」法，以及前文介紹過的一些

〔註9〕「綱領明矣」、「毛目顯矣」引自《序志》篇，乃說明整本《文心雕龍》有章節安排的好處。

〔註10〕關於學術論文的寫法，順便說一個真人真事。香港的一位同行黎教授，一向勤奮治學，樂於助人，做研究特別重視最新資訊和論文格式。他經常在港內外籌辦學術研討會，邀請各地文林高手參加。他要求論文提供作者簡介、撮要、注釋、參考書目——這四項完全合理。他還規定有英文撮要、文中所有被提到的人須附生卒年份或出生年份，論文要點須列寫十條（看官，已有中英文撮要了！）；加起來，一共七大項。還有第八項：參考書目內須引用五年內學報相關論文至少五篇（注意，是學報；專著不算，因為專著的出版可能窮年經月，其觀點其資訊已不「時新」了）。這位研討會主持人的「規矩」，頗為震撼了小圈子的香港內外學術界。我戲稱他的規定是黎克特製（Richter magnitude scale）八級地震，震得文林人仰馬翻。後來我想到另一個名字：黎氏現代學術八股文。

「雛型」，宣示了與文學和文學評論有關的種種模式或法式；劉勰這些創制，不禁令人聯想到「文聖」周公的制禮作樂。我們可為劉勰加冠，稱他為「文聖」？偉大詩人杜甫是「詩聖」，偉大文論家劉勰封為「文聖」，不亦宜乎？〔註11〕《宗經》篇說：「經也者，恒久之至道，不刊之鴻教也。」《文心雕龍》表述文論的種種「至道」，成為後世不能磨滅的「鴻教」。中國古代有五經，後來增益為十三經，都是儒家經典。以儒家思想為其核心的《文心雕龍》，可有人會考慮為「文聖」的文論元典加冕，尊之為「經」，而成為第六經或第十四經？這些都只是一個「龍的傳人」的遐想神思。無論如何，這部文論經典、這部「中國文化的教科書」，其價值、其功用、其貢獻，鴻矣至矣。《文心雕龍》之為德也大矣。

附錄　把《序志》這篇「緒論」分為八節和五節，並加以解說

　　整理本文所舉例的當今學位論文六個「緒論」，可將其內容概括為四項或五項或多少項。分為四項的，已在本文正文加以說明。以下的「緒論」分為五項，即五節：

　　　　（一）研究的旨趣（包括緣起、動機、目的、中心思想、問題意識等）

　　　　（二）研究的範圍（即說明研究所涉及的物件和材料）

　　　　（三）文獻探討（或謂「文獻述評」、「對相關研究成果的檢討」）

　　　　（四）研究方法（上述「緒論5」沒有這樣措辭的一節，筆者相信其「研究的重點」、「研究的創新」、「研究的術語」三節，其內容應涉及「研究方法」）

　　　　（五）章節安排（或謂「論文架構」；「緒論4」和「緒論5」沒有「章節安排」或「論文架構」的「節」，但「緒論5」的「研究的內容」有講述整本論文七個部分的內容安排，如第一個部分是英語世界艾略特的批評史研究；第二個部分是〔……〕」。）

　　關於「緒論6」的「價值預估」。「緒論1」到「緒論5」都沒有這「價值預估」的「節」，雖然如此，我們相信「緒論1」到「緒論5」都有這樣的預期。學術研究重在有新發現、提出新觀點，也就是有創新。「緒論5」的第五節「研究的創新」，即預先對其研究價值的肯定，表示論文作者的自信。「價值預估」這個意思，在「緒論1」和「緒論2」的第一節（「研究的旨趣」）中，我們發現都有暗示或者說明。「緒論1」第一節寫道：「在本論文中，筆者通過重新整

〔註11〕　「聖人」的作品，不一定十全十美；對《文心雕龍》的一些說法，我就有過批評。「聖人」的人品也不可能至美至善；不過，關於劉勰也好，杜甫也好，歷代的學者並沒有找到他們人品方面的重大瑕疵。

理、評價明人楚辭學資料，希望達到三個目的：〔……〕。」目的達到了，論文的價值就彰顯了。這段話，可視為論文作者對其研究價值的預估。「緒論 2」第一節說明「研究的目的」有四個，包括發掘「余光中臺灣詩中的情思與臺灣意涵」；目的達到了，論文的價值就彰顯了。這段話，可視為論文作者對其研究價值的預估。

關於「緒論 2」的「研究動機」。做什麼研究，總是有個原因，有個緣起，有個動機的；在六個「緒論」中，只有「緒論2」的本章綱目中寫著「第一節研究動機與目的」，這裡有「動機」一詞。動機就是啟動某種作為的機緣，意思和「緣起」差不多。其他五個緒論沒有「動機」或「緣起」之類的「節」，不過，我想在各個緒論的前面部分，作者很可能都會道及其研究的緣由、起因等情事。

關於釋題。在「緒論」中說明研究緣起當然有需要，如果論文題目不是一般讀者一讀就清楚明白的，那就更有解釋題目的需要了。《1974～1985 年間香港沙田文學群落研究》這題目中，「沙田」可能需要解釋；「沙田文學群落」也需要，可能更需要。「緒論 4」的第一節題為《香港沙田文學群落簡介》，就是對論文題目的解釋，簡稱之即「釋題」。

上面我把六個「緒論」共有的「節」，概括為五個，然後根據非共有的「節」的性質，整理出新的三個，合起來共有八個，也就是八節，即（一）釋題；（二）研究緣起；（三）研究旨趣；（四）文獻述評；（五）研究範圍；（六）章節安排；（七）研究方法；（八）研究價值預估。應略加注意的是，八節的次序非一成不變，中間那幾節尤其可以前後調動。

以下把《序志》這篇「緒論」分為八節。下面我抄錄《序志》篇的全文，把它分為上面整理所得出來的八節，每一節冠以上面所用的八個標題。

（一）釋題

夫「文心」者，言為文之用心也。昔涓子《琴心》，王孫《巧心》，心哉美矣，故用之焉。古來文章，以雕縟成體，豈取騶奭之群言雕龍也。

（二）研究緣起

夫宇宙綿邈，黎獻紛雜，〔……〕於是搦筆和墨，乃始論文。

【黃維樑按：劉勰這裡講做夢的故事，講人生觀，寫出個性，寫出感情；一般學位論文的寫作態度都是客觀理性的、「無我」的、不帶感情的。有些學

位論文在卷首或卷末有「致謝」頁，筆下可帶感情，可講一兩個與論文相關的小故事。劉勰論文，重情重采，主張「為情造文」，所以這裡有事有情的敘述。】

（三）研究旨趣

　　　蓋《周書》論辭，貴乎體要，尼父陳訓，惡乎異端，辭訓之奧，宜體於要。

【黃維樑按：劉勰這裡指出寫作《文心雕龍》乃為了說明「文」的本體是什麼，「文」的要義是什麼（「貴乎體要」、「宜體於要」）；上面「（二）研究緣起」對「離本彌甚」提出批評，乃為了把「文」納入正道。劉勰和孔子（「尼父」）一樣「惡乎異端」。劉勰論文，以「雅麗」為最高標準，雅者正也。】

（四）文獻述評

　　　詳觀近代之論文者多矣：〔……〕不述先哲之誥，無益後生之慮。

【黃維樑按：劉勰這裡對「近代之論文者」有褒有貶，他們最大的問題在於「未能振葉以尋根，觀瀾而索源」，也就是《文心雕龍》首幾篇所說的，他們未能「原道」、「徵聖」、「宗經」。劉勰對「近代之論文者」的評論，很有見地。例如，他認為「陸賦巧而碎亂」，這是確評；陸機《文賦》的精見巧思很多，但內容重複拖遝，的確予讀者「碎亂」之感。】

（五）研究範圍

　　　蓋《文心》之作也，本乎道，〔……〕其為文用，四十九篇而已。

【黃維樑按：劉勰沒有清楚交代其「研究範圍」，不過，從《序志》篇這裡所引看來，我們知道劉勰要研究的是「文」的所有重要元素（「宜體於要」），他要尋「文」之根（「振葉以尋根」），要索「文」之源（「觀瀾而索源」），他要指出「文」之樞紐為何（「文之樞紐」），他要區分並說明「文」的兩大類別（「論文敘筆」），他要論述與「文」有關的「情」和「采」（「剖情析采」；采指各種修辭技巧），他還有與「文」有關的其他多種論述（包括論「時序」「才略」「知音」「程器」）。他的論說範圍極為廣闊，所謂「籠圈」是也，因此可說「籠圈」就是他研究的範圍。後世高評《文心雕龍》「體大慮周」，正是廣闊、周全之意。《文心雕龍》論述範圍之廣泛，內容之博大，使得周揚稱此書是「百科全書式」的，戚良德則認為可把此書稱為「中國文化的教科書」（參見戚良德《百年「龍學」探究》，上海古籍出版社，2019，頁494，和頁2；周揚語轉引自戚書）。當今的學位論文，多有「小題大做」的，臺灣和香港的這種做法一

向比較多。但劉勰是何等博學，他自然可以「大題大做」；只不過行文精煉典雅，所以全書才得那三萬七千多言。從另一個角度看其「研究範圍」，則所說「上篇」的內容如何如何，「下篇」的內容如何如何，就已清楚說明其論述範圍為何、研究範圍為何了。】

（六）章節安排

【黃維樑按：上面「（五）研究範圍」所引段落，就是此書的「章節安排」。】

（七）研究方法

　　　夫銓序一文為易，彌綸群言為難。〔……〕眇眇來世，倘塵彼觀也。

【黃維樑按：劉勰做研究，宏觀細析兼之，他綜合各種資料、言論，加以判斷，務求評論中肯公允。《文心雕龍》有《論說》篇，對如何作論，有極佳意見，我曾標舉此篇，認為很可為現代學術論文撰寫的參考。劉勰自己作論，當然根據其主張。現代的人文學者做研究，講究方法學，講究用理論。20 世紀以來的心理分析法、神話原型理論、女性主義話語、後殖民主義學說等等，大用特用。1500 年前的劉勰，自然不能預知這些理論而用之。不過，劉勰自有其研究的「基本法」，其法至今仍然有大用，主要就是上面說的「同之與異，不屑古今，擘肌分理，唯務折衷」。關於「擘肌分理，唯務折衷」之為劉勰論述的方法學，歷來多有解說。例如，涂光社認為這兩句話概括了劉勰的「藝術辯證法」；參考涂光社主編《文心司南》（南京：江蘇人民出版社，2004）中涂光社的文章，頁 80。王萬洪對「折衷思維方法論」論之甚為詳細，請參看其《中外文化與文論》第 47 輯（2021 年 5 月由四川大學出版社出版）中《〈序志〉篇及〈文心雕龍〉對「文學自覺」的理論自覺》一文，頁 277～279。此外，劉勰高明的地方，包括知道自己的不夠高明：一是知道自己不能逾越「言不盡意」這一語言難關；一是認為自己「識在瓶管」，學問不夠廣博。說「識在瓶管」是自謙之詞，就好像劉勰 1500 年後的錢鍾書把其博學宏識的著作命名為《管錐編》一樣。我有文章《劉勰與錢鍾書：文學通論》，論的正是古今這兩位文學通人，此文為拙著《文心雕龍：體系與應用》書中的一章。】

（八）價值預估

　　　贊曰：生也有涯，無涯惟智。〔……〕文果載心，余心有寄。

【黃維樑按：劉勰要發揚「文」之義，要「建言」（《序志》篇首段說的「樹

德建言」)，要達成「（三）研究旨趣」所定的目標，達到了，就是這個研究的價值。我認為劉勰有自信，不過這裡用假設性語氣（「文果載心」的「果」），是其謙遜處。】

如果要刪減節數，回到前面的五節，則改為如下編排就是：

（一）研究的旨趣（包括緣起、動機、目的、中心思想、問題意識等）

夫「文心」者，言為文之用心也。〔……〕辭訓之異，宜體於要。

（二）研究範圍

於是搦筆和墨，乃始論文。

【黃維樑按：「文」的各個方面，就是劉勰的「研究範圍」。他的研究範圍極廣，正因為如此，後人才一致認為《文心雕龍》「體大慮周」。關於「研究範圍」，詳見上面「八節」分法所述。】

（三）文獻探討（或謂「文獻述評」、「對相關研究成果的檢討」）

詳觀近代之論文者多矣：〔……〕不述先哲之誥，無益後生之慮。

（四）章節安排（或謂「論文架構」）

蓋《文心》之作也，本乎道，〔……〕其為文用，四十九篇而已。

（五）研究方法

夫銓序一文為易，彌綸群言為難。〔……〕眇眇來世，倘塵彼觀也。

〔附〕結語（即「贊曰」）：

生也有涯，無涯惟智。〔……〕文果載心，余心有寄。

本文正文把《序志》分為四節。四節和五節的不同在於：「四節」式把「五節」式的首二節合成一節，如此而已。

2021 年 10 月下旬完稿。

中國《文心雕龍》學會第十六屆年會暨國際學術研討會

原定 2021 年 11 月在蕪湖的安徽師範大學舉行，本文乃為此會議而作。

受疫情影響，研討會延至 2022 年 10 月 21～23 日才舉行。

本人線上參加是次會議，宣讀這篇論文。

閱讀李元洛：親近經典
——用「六觀法」析評其散文

一、新舊兼愛‧文心「飛」龍

　　李元洛先以詩論詩評聞名，著有《詩美學》《歌鼓湘靈——楚詩詞藝術欣賞》《寫給繆斯的情書——台港與海外新詩欣賞》等著作，贏得海內外的讚譽。不料他「移情別戀」（李氏自語），「半途出家」（余光中語）也就是「半百出家」，五十歲後拋卻詩論詩評的舊繆斯，愛上了寫作散文的新繆斯。散文集在《鳳凰遊》後，一本接著一本，《書院清池》《唐詩之旅》（又名《悵望千秋——唐詩之旅》）《宋詞之旅》《絕唱千秋》先後出版，長銷不衰。後三本集子的散文，更冠名為「文化大散文」。

　　我向來悅讀李元洛的作品，發覺他表面上「貪新棄舊」，實際上是「愛新懷舊」，或者說新舊兼愛。三本關於詩、詞的「文化大散文」不說，《鳳凰遊》和《書院清池》兩本散文集裡，多的是古今詩歌的風雅韻事、名章雋句。李元洛兄是湖南長沙人，明年屆七旬之齡。湘子多情，多的是詩情；七十而從心所欲，他所愛欲的一直是詩的繆斯。

　　筆者這裡選了李元洛兩篇散文來閱讀、解說：《夜讀岳飛》和《汨羅江之祭》。題目的「經典」一詞，有三重意義。第一重是：用《文心雕龍》這本文學批評經典的理論來解說、析評李元洛這些散文；讀者閱讀我這篇析評李元洛散文的文章，除了可加深對李氏散文的認識之外，還親近或重溫了《文心雕龍》這本經典。

　　中華學者深受西方文學理論影響，從二十世紀之首的馬克思主義，到世紀

末的後殖民主義，都以西方的馬首是瞻。在從事實際批評時，我個人也深獲西方文論之益，卻慨歎不少同行無視或輕視東方的「龍頭」：以《文心雕龍》為重鎮為高峰的中國文學理論。本文用以評析李元洛散文的「理論」是《文心雕龍》的「六觀法」：「一觀位體，二觀置辭，三觀通變，四觀奇正，五觀事義，六觀宮商。」對此法我曾多所介紹（本書多處有述說），這裡不再說明。下面使用時我對六觀的次序略作調整。

二、《夜讀岳飛》析評

一觀位體。獨坐書房，夜讀岳飛手書的諸葛亮前後《出師表》，撫今追昔，對這兩位古人——特別是精忠報國的岳飛——有無限的敬意。這就是《夜讀岳飛》的「情」、它的主題。《文心雕龍·神思》說：「文之思也，其神遠矣。」作者燈下沉思，文史中名人故事與作品，自己拜謁名人故址的經歷，都奔來眼底、筆下；他描寫景物、敘述往事，抒敬慕岳飛之情，論天下太平之理，散文的描寫、敘述、抒情、議論諸種功能都發揮了。在結構上，則情與事開闔鋪敘，意與境首尾呼應，相當緊湊。《文心雕龍·體性》論述文學的八種風格，包括「典雅」（「熔式經誥，方軌儒門」）與「顯附」（「辭直義暢，切理厭心」）；《夜讀岳飛》是一篇文筆「典雅」、表達「顯附」、具凜然正氣的勸世、益世散文。

二觀事義。《夜讀岳飛》的人、事、物等題材，以及相關的情思義理，都與其主題相應。岳飛為本篇的主角，與他相關的事物如手書《出師表》及其跋，如岳母刺字，如談論時局警世之言「只要文官不愛錢，武官不怕死，天下自然就會太平」，作者李元洛都選用了，成為本篇的「骨髓」（《文心雕龍·附會》說「事義為骨髓」，「髓」一作「骾」）。本篇的第二主角諸葛亮的相關事物，如成都武侯祠及其碑刻《出師表》，如陸游頌贊《出師表》的詩句，也成為本篇的「事義」。作者在湖南瀏陽——譚嗣同的家鄉——某書店買到《岳飛書前後出師表》，此物正是《夜讀岳飛》的讀物，而譚嗣同為國殉難，和岳飛一樣正氣浩然，當然也是值得納入本篇的重要配角。本篇對「滾滾紅塵」、「錢潮動地、欲浪拍天」的概括描寫，則為了和岳飛的清廉儉樸對比，為批判當前社會現實應有之義。

三觀置辭。《文心雕龍·附會》說：「情志為神明，事義為骨髓，辭采為肌膚，宮商為聲氣。」劉勰極為重視辭采的妥貼、有機性（organic）、新穎運用；在情不寡不偽、采不濫不詭的前提下，劉勰提倡辭采的精妙美麗（見《情采》

篇）。而美辭麗采，離不開比喻、誇張、對偶、用典這幾種技法。《文心》的《比興》《誇飾》《麗辭》《事類》等篇論的正是這些。

《夜讀岳飛》最明顯的比喻出現在首段：在春雨的夜晚，作者「獨坐書房，像獨守汪洋大海中的一座孤島」，真是一士諤諤。其他如「流行音樂卡拉OK氾濫新潮」、「錢潮動地、欲浪拍天」、「商品狂潮的驚濤拍岸」，也是比喻，且帶有誇張的成份。比喻可使作品靈動生輝、活潑有趣，是作者想像力的表現。古希臘亞里斯多德極言比喻難得，說創造比喻是天才的標誌；今人沃羅絲姬（Shira Wolosky）在其近著《詩歌藝術》（The Art of Poetry）中說比喻是「詩歌的煙花」，美矣哉！這和中國古今詩人評家所見相同。宋代陳騤曰：「文之作也，可無喻乎？」詩、文都用比喻。

對偶和近似對偶的句子則有：「錢潮動地，欲浪拍天。」「譚嗣同是封建末世的奇男子，岳飛是名標青史的偉丈夫」。「一位，少年時母親就在他背上刺下了『精忠報國』的叮嚀；一位，在危急存亡之秋向歷史和蒼生作出『鞠躬盡瘁，死而後已』的表白。」「窮鄉僻壤仍然饑腸轆轆，酒樓賓館有的人卻揮公款如揮泥土。」對偶句源於《麗辭》篇說的「造化賦形，支體必雙；神理為用，事不孤立」的原理。對偶使意與辭都整齊對稱，形成氣象，用排比則更具氣勢了。《夜讀岳飛》以「我讀人的傲然脊樑，讀民族的浩然正氣，讀歷史的巍然豐碑」鏘然收結，可為文中「岳飛是名標青史的偉丈夫」一語增效（reinforce）、背書（endorse）。

古代的詩文，一般講求精約；只用寥寥的片言一語，就可達到引用前人語句和故事的目的。現代的作品，特別是散文，篇幅少受限制，因而用典、用事往往變成引用前人詩文名句、講述前人故事。《夜讀岳飛》即如此。此文提到的古代詩文頗多，計有諸葛亮的《出師表》、杜甫的《蜀相》、陸遊的《書憤》《病起書懷》；講述的古人故事主要是岳飛與文人學士議論時局時「不愛錢」「不怕死」的警世發言。此文引述的詩文句子甚多，引述時或用括弧，或不用。前者如：「鞠躬盡瘁，死而後已」；「出師一表真名世，千載誰堪伯仲間」；「出師一表通古今，夜半挑燈仔細看」；「只要文官不愛錢，武官不怕死，天下自然就會太平」；「撼山易，撼岳家軍難」；以及近百字的岳飛書於《出師表》後的《跋》。引述時不用括弧的有如：「丞相祠堂何處尋」；「瀟瀟雨歇」；「淚下如雨」「坐以待旦」「揮涕走筆」等。大量引用詩文——特別是詩詞——名句，是李元洛散文的特色。

　　李元洛運用比喻、誇張、對偶、引用各種修辭手法，使其作品俊健多姿、文采飛揚。本文有一句子，混集上述諸法，特徵引如下：「那遒勁奔放的行草，噴自一管八千里路雲和月中的凌雲健筆，湧自一位英雄待從頭收拾舊山河的激烈壯懷。」這是廣義的對偶句，不必多說。「噴」「湧」屬於誇張法，「凌雲健筆」屬於比喻兼誇張法，殆無疑義。「八千里路雲和月」、「待從頭收拾舊山河」「激烈壯懷」（岳飛《滿江紅》原文作「壯懷激烈」）則為不加括弧的引用。

　　四觀宮商。宮商即音樂性，詩詞由於有格律的約束，其音樂性較為容易說明。散文不容易。散文的「散」與駢文的「駢」相對，散文的句子長短參差，節奏不齊一。傾向於風格典雅的散文，則參差之中，有其對偶式和四字成語式的整齊；李元洛的散文屬之，《夜讀岳飛》是一個例子。現代散文的篇幅雖然長短不一，畢竟不是只得數十言的絕句、律詩，要仔細討論其聲調、押韻、節奏，必會花費大量的時間精力。對散文而言，宮商的精細分析，似乎沒有必要。中外的批評家，無論是怎樣提倡「細讀」（close reading）的，也很少對散文作逐字逐句的音樂性考察。文章的結尾部分十分重要，往往是作者特別用心所在。《夜讀岳飛》首尾兩段都有「雨」有「潮」。尾段重現首段的意象，其結構有如奏鳴曲式（sonata form）末章的「重現」（recapitulate）首章。這可說就是《夜讀岳飛》的一種音樂性吧。文末的排比句「我讀人的傲然脊樑，讀民族的浩然正氣，讀歷史的巍然豐碑」，在文意上固然肅整有力，句末「樑」「氣」「碑」三個字分別是平仄平，而不是平平平或仄仄仄之類的安排，聲調上有抑揚而充沛（最末二字為平聲的「豐碑」）之美。不過這只是筆者的解讀，作者是否曾刻意在聲調上這樣設計，則要由他「自道」了。

　　五觀奇正，六觀通變。這兩觀留後解說。

三、《汨羅江之祭》析評

　　一觀位體。作者前往平江拜謁杜甫墓，所見一片蕭條冷落，感慨詩聖生前死後的窮困淒涼，不滿今人對前賢往哲缺乏敬意。這就是《汨羅江之祭》的主題、它的「情」。學術上的考據說理、親身體驗時的感悟，兩者兼具；筆調「典雅」「顯附」之餘，有其沉鬱之思，而沉鬱正是宋代《滄浪詩話》對杜甫詩風的準確概括。

　　二觀事義，三觀置辭。辭與義互為表裡，不容易劃清界線；這裡不依照前文法度，而把二觀合起來處理。《汨羅江之祭》的關鍵人事物自然是：汨羅江、

杜甫其人其詩其生前死後、杜甫祠杜甫墓、作者及其同游者拜謁及「拜祭」之事及其感慨。「顯附」是李元洛散文的一個特色，所以敘「事」說「義」理、「置辭」安章謀篇，都統序昭晰、脈絡鏧然。下面舉出本篇辭義特別使我感動者二、三，以與讀者分享。

（一）杜甫樂道人善，盛讚李白「白也詩無敵，飄然思不群」，王維「最傳秀句寰區滿」，鄭虔「先生有道出羲皇，先生有才過屈宋」，還稱美高適、元結、薛據、杜勤等等。杜甫真是勤於賞識同行，為人知音。身為詩評家兼散文家，李元洛也有稱賞時人之風。元洛兄說：杜甫「有至高成就」而「胸懷寬廣，厚以待人，真是最合格的全國作家協會主席的人選了」。這神來之筆，警句也。順便戲言一句：巴金去世後，中國作家協會主席之位懸空，是否因為找不到這樣一個樂道人善的大作家呢？

（二）杜甫稱美同代詩人，而其詩卻不入選殷璠的《河嶽英靈集》。他在《南征》一詩中感歎道：「百年歌自苦，未見有知音。」幸好臨歿前有郭受與韋迢的讚揚。元洛兄寫道：「雖說他們是文壇的無名之輩，雖說杜甫和他們是淺交而非深交，但在杜甫淒涼寒冷的歲月，那不是如同兩盆爐火溫暖了他那顆已經凍僵的心嗎？」李元洛的《月光奏鳴曲》一文，有「書生傷心的是傑作不傳」之語，郭、韋的美言暖語，應能撫慰老杜已傷已冷之心。再來「文本互涉」（intertextuality）一下：余光中寫杜甫歿前情景的《湘逝》一詩，篇末的四行是：

> 唯有詩句，縱經胡馬的亂蹄
>
> 乘風，乘浪，乘絡繹歸客的背囊
>
> 有一天，會抵達西北的那片雨雲下
>
> 夢裡少年的長安

這裡道出了書生、文人、詞客、作家——所有嘔心瀝血的筆耕者——的集體夢想。李元洛寫杜甫，也寫普遍的筆耕人。

（三）本篇接近尾聲處，作者說：「杜墓至今蕭條冷落，杜甫當然也無意於使自己最後的棲息之地，和遍佈湘中與國中的賓館酒樓夜總會娛樂城一爭熱鬧與繁華，然而，一個民族假如熱衷於形而下的物質追逐與享受，而對於前賢往哲缺乏應有的敬意，總不免令人感到悲哀。」錢鍾書說：賈誼《過秦論》結句「仁義不施，而攻守之勢異也」就是「居要」的「片言」，為「一篇之警策」（見《管錐編》論陸機《文賦》部分）。張少康說這「警策」就是《文心雕

龍·隱秀》說的一種「秀句」（見其《文心雕龍新探》論「隱秀」之篇）。《汨羅江之祭》作者以心拜祭、哀歎的正是這段文字，它就是此文的「警策」、中心旨要。這也是李元洛目睹當今中國文化缺失時他的縈心之念，是他散文的一個重大「母題」（motif），《文心雕龍》所說的情中最不能自已之情。

講究修辭的散文家，其作品多少有詩化的特色。《汨》文首段說汨羅江這條聖水「溫柔而溫暖的臂彎，曾先後收留中國詩歌史上兩位走投無路的偉大詩人」，這正是擬人法（廣義的比喻）。用「溫柔」形容汨羅江水甚妥貼，它不像黃河、長江那樣滔滔滾滾；「溫暖」亦然，它不在寒冷的北方。《文心雕龍·章句》說「句之清英，字不妄也」，正是這個道理。「收留」和「走投無路」是錘煉過的文字，恰切地寫出屈原和杜甫令人鼻酸的遭遇。

在事義方面可以指責的（《文心雕龍》有《指瑕》篇），也許是屈原的影子太隱約了。雖然文首有端午競渡等語，文末引詩有「大夫魂」（指三閭大夫屈原）、「流落同千古，風騷共一源」等語句，都涉及屈原；然而，我們一提到汨羅江就想起屈靈均，且屈、杜同樣愛國、同樣偉大，如此少提這古代賢哲，太委屈屈原了。

四觀宮商。《汨》中與作者同行的平江人朱平珍女士，指著杜甫祠堂一條木柱的石礎，說從其紋飾可推斷柱礎為唐代遺物，作者聽後高興地附和：「那當然是杜墓真實性的實證，不，石證了。」實證與石證同音，在這裡其義互補，這是字音的妙用。其他的音樂性論述從略。

五觀奇正，六觀通變。這兩觀留後解說。

四、李元洛散文的「奇正」「通變」和儒家思想

上文集中筆力於李元洛的兩篇散文的具體析論，如要評價其成就、地位，則必須拿它們與今人、古人的作品比較，觀其「奇正」、「通變」才行。這是六觀中最難的事，卻也是六觀之為完整文學批評體系的難能之處。為什麼說「最難」？因為「操千曲而後曉聲，觀千劍而後識器」，因為「圓照之象，務先博觀」（《知音》篇語）。批評家好批好評，而不少批評家的批評往往「褒貶任聲，抑揚過實」（《辨騷》篇語），反正批評家不像律師、醫生、工程師，不需要取得專業執照（license），就有特權（如 poetic license）肆意評斷。例如，《南方文壇》2006 年第 4 期有人議論當前散文時，就獨標余秋雨，說他「將散文當作可以縱橫馳騁的疆域進行創作實踐並大獲成功」，並謂當下散文的

「傳統資源早已被棄如敝屣，新舊觀念尚未形成」，時下中國散文已到了「窮途末路」，已「走進了死胡同」。這個批評者究竟有沒有圓通有效的理論？究竟他「博觀」了多少時下散文然後做出這樣的結論？他獨標「大獲成功」的余秋雨，果真如此？

余光中、王開林、古耜對李元洛的散文已有很高的評價。至於上面析評的作品，以至他全部的散文，是屬於帶有古典色彩的正統文章，還是屬於現代、後現代以至「後後現代的」詭異、新奇之作？我認為表現的是正統、典雅的風格。當然，這無礙於他遣詞造句的考究，無礙於雋句的令人驚喜。

李元洛散文的「通變」──繼承傳統和開拓創新──又如何？李氏常有《通變》篇所說的「參伍因革」、轉益多師的表現。現在修辭上舉一二例子。《汨羅江之祭》寫拜謁杜墓時，門一打開，猝不及防，「杜甫墓愴然轟然巍然，撞傷撞痛也撞亮了我的眼睛」。這佳句顯然脫胎自洛夫《邊界望鄉》中的詩句；同篇中說杜甫將「滿懷憂憤託付給水上的一葉孤舟」則受益於余光中《湘逝》的首行。十多年前我在評論白先勇小說時說：「所謂創新，往往只是採摘、繼承各家之長所新形成的綜合體。」劉勰說「積學以儲寶」（《神思》篇語），說以經典為宗師（《通變》篇說「矯訛翻淺，還宗經誥」），就是綜合各家之長之意，因為這樣做是創新的基礎。李元洛散文──特別是大文化散文──正是以綜合為創新。

李元洛的散文具有社會現實感慨，有憂患意識。前面析論的兩篇散文中，或多或少都有紅塵滾滾商潮滔滔與古今書生賢哲寂寞冷清的對比，這樣的「二元對立」（binary opposition），一種另類的「麗辭」，是李元洛散文「一以貫之」之道，是他「何日夜而忘之」的情結。這種憂患意識是儒家的。以儒家思想為主軸的《文心雕龍》，其作者強調文學要能「經緯區宇」（治理天下）、「發揮事業」（發展經國大業），他如泉下有知，閱讀這些篇「大文化散文」，必然成為知音，說「吾與元洛也！」

李元洛並不研究《文心雕龍》，非劉勰的傳人，而我們用劉勰的理論看李元洛散文，從采到情從情到采，發現其作品竟是劉勰理論的實踐。是訝異？還是一個證明，證明《文心雕龍》論為文之用心，論作品之經營，其見解極具永恆性、普遍性？作為「龍的傳人」，我認為答案是後者。本文用劉勰理論來解讀李氏散文，一如文首所指出的，是為了親近或重溫《文心雕龍》──一本實用價值沒有被適當重視的文論經典。

本文題目中「經典」的第二重意義，則與李氏散文經常引述的歷代經典詩文有關：透過常引經典詩詞的李元洛散文來親近、重溫經典，點滴地、集錦式地——這個方式誠然別具一格。第三重意義則是：李元洛這類散文，有的已在海峽兩岸選入中學或大學的語文科教材。如果這些作品繼續廣為人閱讀，就有可能像朱自清的《背影》、冰心的《寄小讀者》、余光中的《鄉愁》一樣，成為未來的經典。所以說：閱讀李元洛，親近經典。

本文長約一萬字，刊於長沙《理論與創作》2006 年第 5 期。

此處所載是刪節本。

余光中的「文心雕龍」

內容提要：

　　中華學者從事文學批評時，往往大量地運用當代西方的文學理論。評論余光中的作品，當然可以這樣洋為「中」用；然而，本文主要運用 1500 年前劉勰撰的《文心雕龍》的理論，西方理論只作輔佐。在龍年出生的余光中，其詩心文心彷彿與《文心雕龍》呼應。

　　〈情采〉篇說「聖賢書辭，總稱文章，非采而何」；余氏情采兼備，而「光中」就是光采奪目的中文，筆下總是奇比妙喻如龍飛鳳翔。他向中西文學傳統吸取營養，銳意鑄造新詞彙新句法，正是〈辨騷〉篇說的「取鎔經意」「自鑄偉辭」。其散文如〈逍遙遊〉為中國的散文藝術開闢新境界。

　　劉勰強調作品「首尾周密」「體必鱗次」的組織、秩序之美，這正是余氏〈民歌〉和其他詩作謀篇的特色。當然，余氏的詩歌管領風騷，其成就絕不止於結構圓美。

　　〈原道〉篇認為文學的功用在於「經緯區宇」「炳耀仁孝」，余氏詩文有感時憂國之思，對世道人心常有諷喻，有儒家精神。

　　余光中在評論、翻譯、編輯方面也卓有貢獻；金紫黑藍紅五色筆耕耘數十年，是當代文學的大師。〈體性〉篇把文學的風格分為壯麗、典雅等八類，余光中這位「藝術多妻主義者」多方嘗試、自我超越，作品有廣闊的題材、繁富的情采，其書寫風格可說涵括了上述的「八體」。他是博大型作家。

　　批評家對余氏作品雖有〈知音〉篇所論的仁智之見，其傑出表現則廣獲肯定。〈總術〉篇說美文佳章如錦繪、絲簧，甘腴而芬芳，這正道出余氏詩文的豐美。如果用〈風骨〉篇的形容，那麼，一生繫乎「文心」、以「雕龍」為志業的余光中，「藻耀而高翔，

固文筆之鳴鳳也」。

關鍵詞：余光中；《文心雕龍》

一、引言

余光中 1928 年出生於南京，祖籍福建永春。1950 年到台灣，創作不輟，詩名文名漸顯，至 1960 年代奠定其文壇地位。他手握五色之筆：用紫色筆來寫詩，用金色筆來寫散文，用黑色筆來寫評論，用紅色筆來編輯文學作品，用藍色筆來翻譯。數十年來作品量多質優，影響深遠；其詩風文采，構成二十世紀中華文學史璀璨的篇頁。

筆者在大學時代（1965～69 年）開始閱讀余氏的詩歌散文，且於 1968 年開始發表文章評論他的作品，四十年來發表了長長短短數十篇評論〔註1〕。大學時期修讀了《文心雕龍》，從此心裡有「文心」，閱讀寫作時不忘記「雕龍」。最近十幾年來，深感於許多中華學者研析文學時，唯馬克思、後殖民的馬首是瞻，成為「後學者」，忘記了自身所在的東方有一條龍——一千五百年前劉勰所撰的《文心雕龍》，於是嘗試通過中西的比較，闡述《文心雕龍》的理論，並應用其理論於實際批評，希望使雕龍成為飛龍。〔註2〕

在龍年出生、今年要歡慶八十大壽的余光中，其詩心文心與《文心雕龍》彷彿深有感應，筆者於是有了〈余光中的「文心雕龍」〉這樣的論述。〔註3〕

二、金色筆：取鎔經意，自鑄偉辭

余光中生活於學府與文苑之間，除了抗戰時逃過難之外，歲月沒有受時代風雲直接而災難性的影響；但他敏感善察，與時代社會共呼吸，其彩筆常常觸及民族以至全人類的痛苦經驗。這正是《文心雕龍·明詩》說的「人稟七情，

〔註 1〕筆者曾編著《火浴的鳳凰：余光中作品評論集》（台北，純文學出版社，1979年）和《璀璨的五采筆：余光中作品評論集（1979～1993）》（台北，九歌出版社，1994 年）二書，拙著《文化英雄拜會記：錢鍾書、夏志清、余光中的作品與生活》（台北，九歌出版社，2004 年）中有一半篇幅論述的是余氏作品和生活。筆者還著有多篇余氏作品評論，並沒有結集出版。

〔註 2〕筆者與《文心雕龍》相關的論文很多，這裏略去。

〔註 3〕筆者 1998 年發表〈璀璨的五采筆——余光中作品概說〉一文，此文後來收於《文化英雄拜會記：錢鍾書、夏志清、余光中的作品與生活》（台北，九歌出版社，2004 年）中。目前這篇〈余光中的「文心雕龍」〉的第二、三、四節，其內容以〈璀璨的五采筆——余光中作品概說〉一文為基礎，而多所增益；第五、六節則為新撰寫者。

應物斯感，感物吟志，莫非自然」〔註4〕。他咒詛文革，把他喻為「梅毒」（見〈忘川〉〔註5〕）；他責備人類對環境的破壞，說臭氧層蝕穿這類「天災無非是人禍的蔓延」（見〈禱女媧〉）；儘管二十世紀科技發達、文明進步，然而，「惶恐的人類無告又無助」（見〈歡呼哈雷〉），備受種種威脅。余光中的作品，有時透露了一種深沉的悲劇感。

不過，如果余光中只是敏感善察，以作品反映時代社會，而缺乏富贍的想像、精湛的學養、創造性的文字功力，他就不成其余光中了。《文心雕龍・情采》認為文學作品由情與采即內容與技巧構成，並指出「情者文之經，辭者理之緯」。余光中正是鍾情、多情於世間萬事萬物的作家，天文地理、藝術人生都灌注了他的文思詩情。文學是文字的藝術，文學離不開文采；余光中這位文學家的成就，彰彰明甚地離不開「采」。〈情采〉篇不贊成文章有過份的藻飾，有「繁采寡情，味之必厭」之說，然而它開頭即說「聖賢書辭，總稱文章，非采而何」，可見文采的重要。余光中情采兼備，而「采」使「情」得以傳之久遠，使其「情」通達讀者的心。

余光中這個名字，用筆者的話來解釋，代表的是光采奪目、光芒四射的中文。他筆下總是藻采斐然，奇比妙喻飛翔於佳章麗句之間，加上曾一度刻意創新詞組句法，其散文創作號稱余體，1960 年代以來，吸引了台港海外以至大陸老中青各類讀者。王鼎鈞說余氏的散文「煥發了白話文的生命」，「他的修辭方法成為時尚」。柯靈 1980 年代初期首次讀余氏散文，非常驚喜，「自此銳意搜索耽讀，以為暮年一樂」。其他作家或學者如鄭明娳、沈謙、流沙河、李元洛、何龍、雷銳、陳幸蕙等，都先後成了余氏散文的忠實讀者〔註6〕。我早在讀大學時期就開始看他的〈逍遙遊〉、〈登樓賦〉諸文，眼界大開，驚訝於這樣博麗雄奇的大塊文章。我當時的喜悅，自信比英國詩人濟慈（John Keats）初窺蔡譯荷馬史詩要大得多。下面是〈逍遙遊〉的片段及我的解說。

> 怒而飛，其翼若垂天之雲，搏扶搖而上者九萬里，噴射機在雲
> 上滑雪，多逍遙的游行！〔註7〕

〔註4〕本文所引《文心雕龍》原文，基本上根據陸侃如、牟世金《文心雕龍譯註》（濟南，齊魯書社，1995 年）一書，引時不一一註明頁碼。在引文之後，如附加語體翻譯，其譯文基本上也依據此書，也不一一註明頁碼。

〔註5〕本文所引余氏詩作，暫不註明其所見詩集。以後或補註之。

〔註6〕參閱拙著《文化英雄拜會記：錢鍾書、夏志清、余光中的作品與生活》，第115、128 頁。

〔註7〕本文所引余氏散文，暫不註明其所見散文集。以後或補註之。

噴射機這現代發明，與古代《莊子》逍遙之遊聯結在一起，這靠的是學養與想像。《文心雕龍・體性》描述的八種文學風格中，其一是「壯麗」。這幾句正有壯麗的氣象，是西方朗介納斯（Longinus）說的那種雄偉（sublime）風格。同一篇中：

> 曾經，我們也是泱泱的上國，萬邦來朝，皓首的蘇武典多少屬國。
>
> 長安矗第八世紀的紐約，西來的駝隊，風砂的軟蹄踏大漢的紅塵。

寥寥幾句就具體地寫出了漢唐盛世。除了風格壯麗之外，還因為「蘇武」「長安」「大漢」這些古代名字的出現而添了〈體性〉篇說的「典雅」之氣。長安是當時的國際大都會（cosmopolitan），就如今之紐約、倫敦、香港。「矗」字用得簡勁，形象鮮明。劉勰如果起於九泉之下，一定稱妙。又如：

> 曾何幾時，五陵少年竟亦洗碟子，端菜盤，背負摩天大樓沉重
> 的陰影。而那些長安的麗人，不去長堤，便深陷書城之中，將自己
> 的青春編進洋裝書的目錄。

60 年代台灣的青年留學美國之風極盛，留學生文學應運而興。吉錚、於梨華、白先勇、張系國等在其小說中反映留學生的生活憂喜和文化衝突。這當然也是作家「感物吟志」而有的書寫，上面引述的《文心雕龍・物色》說的。論意象之醒目、歷史感之深厚，上引余光中的詩化文句，怎能不是留學生文學的首選？1980 年代開始，噴射機載負另一批五陵少年和長安麗人從西安、上海、北京到美國，而且更為「怒而飛」，更為壯觀，他們同樣「背負摩天大樓沉重的陰影」，同樣「將自己的青春編進洋裝書的目錄」。錢寧寫的《留學美國》一書，大可把上引的句子錄於扉頁。余光中以詩為文，普通讀者覺得「將自己的青春編進洋裝書的目錄」鑄句新妙；諳於文學裡論的人，自然可以談談這類句子的「陌生化」（defamilarization）效果，或者《文心雕龍・體性》說的「新奇」性。

「當你的情人已改名瑪麗，你怎能送他一首菩薩蠻？」〈逍遙遊〉中短短這個句子，劉勰或者金聖嘆一定又要嘆為才子的大手筆。這裡藏了一個愛情故事，可能濃縮了於梨華、白先勇留學生小說的內容；這裡藏了一篇文化論文，可能概括了劉述先、杜維明中西文化論述的要義。情人不再叫做淑儀、自珍了，她取了洋名瑪麗，可能更認識了洋人彼得或保羅。她已陶醉在 Peter, Paul and Mary 樂隊的旋律中，你再送她一首〈菩薩蠻〉這樣的國粹，她還領情嗎，還

傾心嗎？這裡引述的〈逍遙遊〉片段，順著次序，一小段一小段地引。在此之
前，該文還有下面的句子：

> 腳下是，不快樂的 Post-Confucian 的時代。鳳凰不至，麒麟絕
> 跡，龍只是觀光事業的商標。八佾在龍山寺淒涼地舞著。聖裔饕餮
> 著國家的俸祿。龍種流落在海外。詩經蟹行成英文。……這裡已是
> 中國的至南，雁陣驚寒，也不越淺淺的海峽。雁陣向衡山南下。逃
> 亡潮沖擊著香港。留學生向東北飛，成群的孔雀向東北飛，向新大
> 陸。有一種候鳥只去不回。

鳳凰、麒麟、龍、雁、孔雀在這裡飛著，繽紛復淒涼，畫出一個中國文化不快
樂的時代。余光中不快樂，他的「逍遙遊」其實不逍遙。在異國，無論怎樣登
高望遠，他「眺不到長安」，這是他的「太息啊不樂」（diaspora）情懷〔註8〕。

〈逍遙遊〉寫於 1964 年，在余氏赴美教書兩年的前夕。66 年他寫了〈登
樓賦〉，文采粲然超過了王粲，而其淒涼愁懷則一。余光中在紐約登上帝國大
廈，登高能賦，以抒鬱結：

> 你走在異國的街上，每一張臉都吸引著你，但是你一張也沒有
> 記住。在人口最稠的曼哈頓，你立在十字街口，說，紐約啊紐約我
> 來了，但紐約的表情毫無變化，沒有任何人真正看見你來了。……
> 紐約有成千的高架橋，水橋和陸橋，但沒有一座能溝通相隔數英寸
> 的兩個寂寞。……終於到了三十四街。昂起頭，目光辛苦地企圖攀
> 上帝國大廈，又跌了下來。

這裡兼有王粲和卡繆（Albert Camus）兩種異鄉人的心情，既是鄉土的，也是
存在主義的，真是載不動許多愁。〈登樓賦〉是余氏「太息啊不樂」情懷更上
層樓的抒發。不過，我這裡不憚煩地引述其片段，主要目的仍在說明余氏的藻
采：他生動生輝的文字。

同年寫作的〈咦呵西部〉，其陽剛的動感，成為余體文的明顯標記。余光
中暫時拋卻文化的憂愁，融入美國西部遼闊的風景：

> 咦呵西部，多遼闊的名字。一過米蘇里河，所有的車輛全撒起
> 野來，奔成嗜風沙的豹群。直而且寬而且平的超級國道，莫遮攔地

〔註8〕近年文論界流行「後殖民」、「離散」等理論。筆者著有〈「眺不到長安」：余光
中的離散懷鄉〈逍遙遊〉〉一文，刊於《中國散文評論》2007 年第 1 期，可參
看。「太息啊不樂」是筆者對 diaspora 的音譯，兼顧及其意義。

伸向地平，引誘人超速、超車。大夥兒施展出七十五、八十英里的全速。霎霎眼，幾條豹子已經竄向前面，首尾相銜，正抖擻精神在超重噸卡車的犀牛隊。我們的白豹追上去，猛烈地撲食公路。遠處的風景向兩側閃避。近處的風景，躲不及的，反而擋風玻璃迎面潑過來，濺你一臉的草香和綠。

上引的「撒野」「豹群」「犀牛隊」「撲食公路」「濺你一臉的草香和綠」真是活脫脫的語言，彰顯了比喻大師的本色。這裡也用了與比喻經常並肩出現的誇張手法。《文心雕龍·誇飾》說：「自天地以降，豫入聲貌，文辭所被，夸飾恆存。〔……〕言峻則嵩高極天，論狹則河不容舠。」

　　比喻大師的稟賦，是想像力豐富。《文心雕龍·神思》開宗明義說：

　　古人云：「形在江海之上，心存魏闕之下。」神思之謂也。文之思也，其神遠矣。故寂然凝慮，思接千載；悄焉動容，視通萬里；吟詠之間，吐納珠玉之聲；眉睫之前，卷舒風雲之色；其思理之致乎？

這「神思」就是想像力（imagination）。莎士比亞這想像富贍的大文豪，認為瘋子、情人、詩人都是想像力彌滿的人；柯立基認為想像是創造的要素；韋勒克、韋倫在其影響深遠的《文學理論》中極言想像的重要，無想像性作品則不是文學作品〔註9〕。余光中的文心——他的感情思想——通過柯立基說的創造性想像（creative imagination），通過《文心雕龍·神思》說的「規矩虛位，刻鏤無形」（作家對抽象的意念給以具體的形態，把尚未定形的事物都精雕細刻起來）的能力而形成文采，而成為情采兼備的作品。作家創造比喻，正是想像力的表現。〈神思〉篇說神思「萌芽比興」（想像力引生出比和興），就是這個道理。〈咦呵西部〉一文中以猛獸撲食比喻高速馳車。這二者本來不相干，互為「陌生」（disfamiliar）者，如今交集在一起，饒有奇趣，正是《文心雕龍·比興》說的「詩人比興，觸物圓覽；物雖胡越，合則肝膽」。（《詩經》的作者運用「比」、「興」方法，是對事物進行了全面觀察；作者的思想和比擬的事物，雖像胡、越兩地相距極遠，但能使它們像肝膽一樣緊密結合。）

　　〈逍遙遊〉、〈登樓賦〉、〈咦呵西部〉寫中西文化，寫異國風光與情懷，為

〔註9〕莎士比亞的說法，請參看其《仲夏夜之夢》第5幕第1景；柯立基（Samuel T. Coleridge）說法見於其 Biographia Literaria. 韋氏說法則見 Rene Wellek & Austin Warren, Theory of Literature (new revised edition; Harcourt, Brace & World, Inc., New York, 1956), P.26。

中國現代散文的內容開拓新領域；作者向中西文學傳統吸納營養，而銳意鑄造新詞彙新句法，正是《文心雕龍・辨騷》說的「取鎔經意」「自鑄偉辭」；他為中國現代散文的藝術另闢境界。這些篇章，加上〈鬼雨〉、〈聽聽那冷雨〉等，建立了余氏文豪的地位。身處文化交鋒交匯的多元文化（multiculturalism）時代，余氏以其抒情采筆，縱橫捭闔，締造了一個中西古今交融的散文新天地；在二十世紀的中華作家中，大概無人能出其右。他的散文傑構極多，上述各篇之外，〈高速的聯想〉〈催魂鈴〉〈飛鵝山頂〉〈何以解憂〉等等，讀者自然是不能錯過的。余氏色彩燦麗的散文，為他贏得了名氣，也賺到可觀的潤筆。他用金色筆來寫散文。

三、紫色筆：比義敷華，首尾周密

余光中的散文不同於魯迅、周作人、朱自清、徐志摩等五四以來的散文，他的詩也不同於聞一多、何其芳、卞之琳等的新詩。六十年來，余光中寫了逾千首詩。〈等你，在雨中〉細繪池畔小情人的等待，〈歡呼哈雷〉宏觀星際大宇宙的滄桑，其時代人生詠物寫景題材的廣闊，可謂遙領二十世紀中華詩人的風騷。1979 年筆者在《火浴的鳳凰》的導言裡寫道：

> 到現在為止，余光中寫了四百多首詩。其中有長達六百行的《天狼星》，也有短僅三數行的，如〈戲為六絕句〉裡面的幾首。他的題材，有的來自現實，有的得自想像，極為廣闊多面。他從自己開始，寫情人、妻子、母親、女兒、朋友、詩人、畫家、音樂家、舞蹈家、學者、名流、哲人、政客等等。生老病死、戰爭愛情、春夏秋冬、風花雪月，從盤古到自由神像，從長安到紐約，從長江黃河到仙能渡山，從臺北到沙田，從奧林匹斯山的諸神到超級公路的現代獸群，從屈原荷馬到歐立德（或譯為艾略特）和葉珊，從嫘祖到媽祖，從黑雲石到白玉苦……。總之，從天地之大到蟋蟀之小，包羅萬象萬物。〔註10〕

1998 年出版的錢學武《自足的宇宙：余光中詩題材研究》一書〔註11〕，把余氏詩作內容分為人、物、景、事、地五大題材範疇，每一範疇再分類，每類再分目，有些目再細分，其內容的繁富多元，一目了然。1998 年至今十年，

〔註10〕此書於 1979 年由台北純文學出版社出版；所引文見第 8 頁。
〔註11〕錢著由香港的香江出版有限公司出版。

余光中寫詩不輟，題材就更廣闊了。近年余氏以佛教題材入詩，而研究者發現其詩中還有道教元素〔註12〕。在當代眾多詩人中，博大型的余光中，作品涵蓋宏遠，構成了大千世界。以不同題材情思辭采形成的詩歌類型、風格為他冠名，則余光中是愛情詩人、親情詩人、友情詩人、詠史詩人、懷古詩人、星象詩人、地理詩人、文化詩人、詠物詩人、諷刺詩人、政治詩人、社會詩人、民謠詩人、山水詩人、田園詩人、環保詩人……；也是鄉愁詩人，也是鄉土詩人〔註13〕。西方現代詩人有這樣博大題材的，可能也不多見，甚至沒有。例如，一代宗師、得過諾貝爾獎的艾略特，其作品數量及題材廣度，就不能與余氏相比。

「雖多亦奚以為？」作品數量及題材廣度自然絕非大詩人的充分條件。文學是文字的藝術；詩是文字藝術中的藝術。一切詩情詩教，必須有詩藝來承託、來增華，才成為真正的詩。賦比興是詩藝的基本，中國的說詩人二千多年來這樣認定。《文心雕龍·比興》說：歷代作家「圖狀山川，影寫雲物；莫不織綜比義，以敷其華，驚聽回視，資此效績」（描寫山水雲霞，無不運用「比」的方法來施展文采；其所以能寫得動人，主要依靠這種方法取得成功）。在西方，亞里士多德認為創造比喻是天才的標誌；雪萊直截了當地指出：「詩的語言的基礎是比喻性。」〔註14〕余光中敏於觀察，長於記憶，善於聯想，加以學養豐富，最能發現此物和彼物的關係，賦予甲物乙物新意義。他寫散文、寫詩都大量用比喻，像荷馬、莎士比亞、蘇軾、錢鍾書一樣。

余氏散文中的比喻，上文略述過了。他的很多首詩，一發表就傳誦，如〈我之固體化〉、〈民歌〉、〈白玉苦瓜〉、〈歡呼哈雷〉、〈控訴一支煙囪〉、〈珍珠項鍊〉、〈紅燭〉以及名聞四海的〈鄉愁〉等等。為什麼？原因之一，是它們都用了比喻。比喻是詩歌的翅膀，是孔雀的翠屏。去掉了比喻，詩歌飛揚不起來；去掉了翠屏，孔雀這美麗的鳥就被解構了。下面是〈我之固體化〉：

　　在此地，在國際的雞尾酒會裡，

〔註12〕例如，余氏有〈千手觀音──大足寶頂山摩崖浮雕〉一詩，刊於《人間福報》2007 年 12 月 8 日第 11 頁。2008 年 3 月 23、24 日江蘇徐州有「余光中與二十世紀華文文學國際研討會」，鄭煒明、龔敏有論文討論余氏詩中的「道教元素」；溫羽貝則有論文涉及余詩的「羊水」。

〔註13〕參閱拙文〈鄉土詩人余光中〉，刊於臺北《當代詩學年刊》，第二期 2006 年 9 月出版。

〔註14〕參閱拙文〈文學的四大技巧〉，收於拙著《清通與多姿──中文語法修辭論集》（香港文化事業，1981 年），第 93 頁。

我仍是一塊拒絕溶化的冰——

常保持零下的冷

和固體的堅度。／／

我本來也是很液體的，

也很愛流動，很容易沸騰，

很愛玩虹的滑梯。

但中國的太陽距我太遠，

我結晶了，透明且硬，

且無法自動還原。

此詩寫於 1959 年，余氏當時在美國愛奧華大學的作家工作坊。同班有不同國籍的作家，「國際的雞尾酒」指此。余氏遠離祖國，在異鄉作客，有此冰冷的感覺。余氏在此詩用了一個精彩的比喻：把自己形容為冰塊。這是「物雖胡越，合則肝膽」的又一說明。英國玄學詩人喜用的巧喻（conceit），庶幾近之。

〈民歌〉寫於 1971 年，分為四節，如下：

傳說北方有一首民歌

只有那黃河的肺活量能歌唱

從青海到黃海

風　也聽見

沙　也聽見／／

如果黃河凍成了冰河

還有長江最最母性的鼻音

從高原到平原

魚　也聽見

龍　也聽見／／

如果長江凍成了冰河

還有我，還有我的紅海在呼嘯

從早潮到晚潮

醒　也聽見

夢　也聽見／／

有一天我的血也結冰

　　　　還有你的血他的血在合唱

　　　　從 A 型到 O 型

　　　　哭　也聽見

　　　　笑　也聽見

流沙河對此詩有極精到的析評。他說：「紅海喻血液在體內，象趣迷人」。又說：「四段四層，層層進逼，銳不可擋。」〔註15〕確實如此。從黃河到長江，由北至南，地理與氣候配合。流沙河極言此詩格式嚴密，他的評說，可視為亞里士多德和劉勰理論的迴響。古代中西兩位詩學的權威，都重視結構。《文心雕龍》的〈鎔裁〉〈章句〉〈附會〉諸篇，是「結構」主義（不是二十世紀中葉流行一時的「結構主義」structuralism）的宣言。劉勰強調「首尾周密」「體必鱗次」的組織、秩序之美，這正是〈民歌〉和余氏其他詩作謀篇的特色。誠然，像余氏新詩那樣脈絡清晰、明朗可讀而又義蘊豐富的，求諸 1960 年代的台灣現代詩、1980 年代的大陸朦朧詩，極為罕見——多的是朦朧糾纏晦澀的分行散文。余氏的詩，可讀且耐讀。「從青海到黃海」「從高原到平原」「從早潮到晚潮」「從 A 型到 O 型」有對稱之美，且一如流沙河說的用詞仿如「天造地設」〔註16〕。

　　我們還可指出，「魚也聽見／龍也聽見」顯示了作者鎔鑄文辭的功力。杜甫在長江之畔寫〈秋興〉八首，有「魚龍寂寞秋江冷，故國平居有所思」之句。余氏的魚龍等語，默默用典，善讀詩者沿波討源，可上溯至老杜感時憂國的詩心。《文心雕龍‧事類》論用典，開宗明義即說：「事類者，蓋文章之外，據事以類義，援古以証今者也。」讀者應能領略〈民歌〉這裡與〈秋興〉古今互涉的文學趣味；有西方文論知識的，應該看得出這裡的「文本互涉」（intertextuality）。流沙河說〈民歌〉中「民是中華民族，歌是聲音，民歌就是中華民族的聲音」，其「悲壯情懷貫串全篇」〔註17〕。可以說，若非詩人的詩藝貫徹全篇，作品就不可能發揮悲壯感人的力量。

　　余光中詩文呈現的感時憂國之思，則符合劉勰的經世致用主張。《文心雕

〔註15〕本文引述流沙河對〈民歌〉的評論，見流沙河選釋《余光中一百首》（香港，香江出版公司，1989 年）一書有關部分。

〔註16〕本文引述流沙河對〈民歌〉的評論，見流沙河選釋《余光中一百首》（香港，香江出版公司，1989 年）一書有關部分。

〔註17〕本文引述流沙河對〈民歌〉的評論，見流沙河選釋《余光中一百首》（香港，香江出版公司，1989 年）一書有關部分。

龍‧原道》論文學的功用在於「經緯區宇」「炳耀仁孝」（治理國家；使道德倫理獲得了宣揚）。論者如胡菊人、蕭蕭都稱余光中為儒家思想濃厚的詩人〔註18〕。〈民歌〉之外，其「入世」的詩還有很多，如〈控訴一支煙囪〉。這是一首環保詩，發表後引起很大的迴響，對高雄市改善空氣質素有積極的作用。這首詩的社會功能，與其藝術魅力有關。污染空氣的工廠煙囪，被斥為「像一個流氓對著女童／噴吐你滿肚子不堪的髒話」，它「把整個城市／當作你私有的一隻煙灰碟」，害得「風在哮喘，樹在咳嗽」，「連風箏都透不過氣來」。在〈珍珠項鍊〉中，余氏把夫妻生活及其感情濃縮為三粒珠子：「晴天的露珠」、「陰天的雨珠」、「分手的日子……牽掛在心頭的念珠」，這些珠子「串成有始有終的這一條項鍊」，用來送給太太的，在他們的三十周年結婚紀念日。〈紅燭〉也寫夫妻的恩愛，把二人比喻為一對紅燭，一直並排燒著，從年輕的洞房之夜開始，到如今。「哪一根會先熄呢，曳著白煙？／剩下另一根流著熱淚／獨自去抵抗四周的夜寒」。這兩首詩「炳耀」的，是夫妻之情愛，而其詩歌藝術同樣炳耀可觀。文學家銳意創新，例如創造新的比喻。用比喻是文學的常規，用比喻這個理論卻是打不倒、創不了新的。我們可根據所造新鮮妥貼比喻的多寡，作為衡量余氏詩藝的一個標準，正如我們可以此檢視中外古今其他作家的藝術成就。余光中絕對是一位比喻大師。

余光中的詩，辭采燦然，而且章法井然。很多現代詩有句無篇，無政府主義地顛覆了傳統詩歌鎔裁組織的法則。余氏的詩，絕不如此，他維護詩藝的典章制度、起承轉合。其詩的結構有多種方式，予人變化有致之美感；至於鬆散雜亂等某些現代詩人常犯的毛病，在余氏詩集中是絕跡的。如果劉勰是「結構」主義集團的董事長，在〈附會〉篇說的「附辭會義，務總綱領；驅萬塗於同歸，貞百慮於一致；首尾周密，表裏一體，此附會之術也」是其政策，那麼余光中這位執行長（首席執行官、行政總裁，即 CEO）在其寫書的業務中，妥善地執行。他是富有古典主義章法之美的現代詩人。〈民歌〉的結構，上文已稱道過。較長的作品如〈慰一位落選人〉〈歡呼哈雷〉〈唐馬〉等，其前後呼應、嚴謹周密處，堪為許多現代主義詩人的正面教材。現代詩的困境之一是讀者少，讀者少的原因之一是詩的內容難懂，難懂的原因之一是結構混亂。余氏的詩明晰、明朗、可讀、耐讀，吸引了讀者，維護了現代

〔註18〕 參閱筆者編著《火浴的鳳凰：余光中作品評論集》中胡菊人的文章，以及蕭蕭《台灣新詩美學》（台北，爾雅出版社，2004 年）論余光中那一章。

詩的名譽〔註19〕。

　　余光中的詩藝，還見於他建立的半自由體（或半格律體）格式：詩行不很整齊，也不過份參差；押韻，但不嚴格。劉勰對文學的音樂性有精闢的意見。〈聲律〉篇一開始就說「音律所始，本於人聲」，可見文學之具備音樂性是自然之事。詩講究音韻，但押韻可能流於機械化，〈聲律〉篇說的「綴文難精，而作韻甚易」，正是此理。二十世紀中國新詩不重視嚴整的押韻，有其理由。余光中還擅於營造長句，下面以〈珍珠項鍊〉的下半篇為例加以說明：

> 每一粒都含著銀灰的晶瑩
> 溫潤而圓滿，就像有幸
> 跟你同享的每一個日子
> 每一粒，晴天的露珠
> 每一粒，陰天的雨珠
> 分手的日子，每一粒
> 牽掛在心頭的念珠
> 串成有始有終的這一條項鍊
> 依依地靠在你心口
> 全憑這貫穿日月
> 十八寸長的一線因緣

在這裡，詩行長短不同，但不太參差。「瑩」「幸」押韻，「鍊」「緣」押韻（此外，「晶瑩」疊韻，題目中的「珍珠」雙聲）。而這十一行，合起來是一個長句。這句子長而不冗不亂，具見詩人調遣文字、組織文字的功力。而這是與他的英詩修養分不開的。余光中精湛於中英文學，兼採兩個傳統的長處，融合於其作品之中。以下是余夫子的自述：

> 無論我的詩是寫於海島或是半島或是新大陸，其中必有一主題是托根在那片后土，必有一基調是與滾滾的長江同一節奏，這洶湧澎湃，從廈門的少作到高雄的晚作，從未斷絕。從我筆尖潺潺瀉出的藍墨水，遠以汨羅江為其上游。在民族詩歌的接力賽中，我手裡這一棒是遠從李白和蘇軾的那頭傳過來的，上面似乎還留有他們的

〔註19〕 筆者編著的《火浴的鳳凰：余光中作品評論集》、《璀璨的五采筆：余光中作品評論集（1979～1993）》、《文化英雄拜會記：錢鍾書、夏志清、余光中的作品與生活》三本書，對〈慰一位落選人〉〈控訴一支煙囪〉〈珍珠項鍊〉等詩，都有析評，可參看。

掌溫，可不能在我手中落地。〔……〕不過另一方面，無論在主題、
詩體或是句法上詩藝之中又貫串著一股外來的支流，時起時伏，交
錯於主流之間，或推波助瀾，或反客為主。我出身於外文系，又教
了二十年英詩，從莎士比亞到丁尼生，從葉慈到佛洛斯特，那「抑
揚五步格」的節奏，那倒裝或穿插的句法，彌爾頓的功架，華茲華
斯的曠遠，濟慈的精緻，惠特曼的浩然，早已滲入了我的感性，尤
其是聽覺的深處。〔註20〕

誠然，他的詩融匯古今中外，題材廣闊，情思深邃，風格屢變，技巧多姿。他
可戴中國現代詩的桂冠而無愧。余氏用高貴的紫色筆來寫詩。

四、黑筆紅筆藍筆：照辭如鏡，平理若衡

《文心雕龍・神思》說作家要「積學以儲寶」，文學批評家更要如此。這
是余氏創作中西合璧的基礎，也說明了其評論視野廣闊的原因。上面說他有
五色之筆，以黑色筆來寫評論。說是黑色筆，因其褒貶力求像《文心雕龍・
知音》說的「照辭如鏡」、「平理若衡」，力求公正無私，有如黑面包公判案。
余氏具有中西文學的深厚修養，撰寫詩、散文、小說、戲劇各種體裁的評論
時乃得縱橫比較、古今透視，指出所評作品的特點，嘗試安頓其應得的文學
地位。文學評論是余氏的另一項重要成就，在《分水嶺上》《從徐霞客到梵谷》
《井然有序》《藍墨水的下游》四書和其他文章裡，他的表現和專業、傑出的
批評家沒有分別。

余光中還用紅色筆和藍色筆。他是一位資深的編輯和評判，編過文學雜誌
和文學選集。《藍星》《文星》《現代文學》《中華現代文學大系》等等，其內容
都由他的朱砂筆圈點而成。他選文時既有標準，又能兼容眾家，結果是為文壇
建立了一座座矚目的豐碑。他數十年來主持或參與過無數文學評獎，如「梁實
秋文學獎」。這位編輯和評判在審閱文稿時，一絲不苟，其嚴肅處，有時和批
閱學生的文章一樣。文學是文字的藝術。文字的運用，其精粗高下，是余氏數
十年來日夕關懷的大問題。現代中文深受英文等西方語文的影響，影響有好
壞。使中文豐富、生動的西化，謂之善性西化；使中文臃腫、笨拙的西化，謂
之惡性西化。余光中和他的同道同文如蔡思果、梁錫華、黃國彬等，是清通優
美中文的守護天使，又彷彿是力戰粗劣中文這大風車的唐吉訶德。劉勰的時

〔註20〕見余光中〈先我而飛〉，刊於上海《文匯報》1997 年 8 月 10 日。

代，當然沒有西化的問題。《文心雕龍・章句》對用詞造句有明晰的要求，說「章之明靡，句無玷也；句之清英，字不妄也。」其對文字的講究，則與反對中文粗劣化、中文惡性西化的原理相通。劉勰如生於當代，一定會加入余、蔡等行列（唉，蔡思果已在 2004 年作古了），甚至成為其先鋒主將。余光中的論中文西化諸文，氣壯華夏的山河，有「文起當代之衰」的力量。

惡性西化的中文，最早出現於翻譯，而「翻譯體中文」的弊端，諸如用字貧乏、濫用副動詞尾、詞組冗長、濫用被動語氣、盲目搬用繁複彆扭的其他英文句法等，余氏從 1960 年代開始，就口誅筆伐。他從事翻譯、翻譯評論、翻譯教學數十年，主張「要譯原意，不要譯原文」：「最理想的」翻譯，當然是既達原意，又存原文。退而求其次，如果難存原文，只好逕達原意，不顧原文表面的說法了。〔註 21〕

余光中翻譯外國文學作品，卷帙頗繁，詩、小說、戲劇都有，如《英美現代詩選》《錄事巴托比》《梵谷傳》《不可兒戲》等；對詩尤其用力用心，有時用心至苦，猶如修煉譯道的苦行僧。他的翻譯固然大有貢獻於文化交流，他也以自己的翻譯為例子，說明譯文與惡性西化中文之間可以劃清界線，希望讀者獲得啟示，擇善而從。翻譯始終以信實為第一義，以「譯原意」為基本要求。余氏以藍色筆來翻譯；在色彩象徵中，藍色正具有信實之意。〔註 22〕

余光中憑其五色之筆，耕耘數十年，成為當代文學的大師。《文心雕龍・體性》把文字的風格分為八類：典雅、遠奧、精約、顯附、繁縟、壯麗、新奇、輕靡。基於不同文體的性質、不同時空的創作背景，加上他這個「藝術多妻主義者」的多方嘗試、自我超越，他的書寫風格可說涵括了上述的「八體」。他是情采燦然兼備的博大型作家。五色中，金、紫最為輝煌。他上承中國文學傳統，旁採西洋藝術；在新詩上的貢獻，有如杜甫之確立律詩；在現代散文的成就，則就有如韓潮蘇海的集成與開拓。劉勰強調作家要繼承傳統，又要開拓創新，《文心雕龍・通變》說的「文律運周，日新其業；變則其久，通則不乏」在余光中的作品中充份表現出來。本文特別強調余氏文采的豐美，誠然，其作品一如《文心雕龍・總術》說的「視之則錦繪，聽之則絲簧，味之則甘腴，佩之則芬芳」。三十年前，筆者用「精新鬱趣、博麗豪雄」形容其詩文，而把所

〔註 21〕 見余光中譯《不可兒戲》（台北，大地出版社，1983 年），第 151 頁。
〔註 22〕 筆者有論文題為〈余光中「英譯中」之所得——試論其翻譯成果與翻譯理論〉，收於《璀璨的五采筆：余光中作品評論集（1979～1993）》中，可參看。

編的余氏評論集取名為《火浴的鳳凰》。十四年前則把新編的同性質的評論集命名為《璀璨的五采筆》。如用《文心雕龍·風骨》的形容，那麼，余氏詩文「藻耀而高翔，固文筆之鳴鳳也」。

五、仁智褒貶，力求無私不偏

劉勰從事批評工作，以「褒貶任聲，抑揚過實」（〈辨騷〉篇）為戒。本文評論余光中，有沒有過實與任聲呢？平心而論，余光中創作數十年，只計算詩作，就逾千首，他的所有書寫，不可能篇篇盡善盡美，毫無瑕疵。舉例而言，鍾玲評論過其〈火浴〉一詩，認為詩中說話者在火與冰二者間選擇，卻沒有寫選擇時的矛盾；選了火浴之後，卻沒有寫火浴過程的痛苦，就跳到「完成」〔註23〕。筆者也批評過余氏的〈苦熱〉一詩，指出其酷熱天時家居背景的交代不足，以及苦熱間降下大雨後情景的描寫欠妥〔註24〕。《文心雕龍·指瑕》說：「古來文才，異世爭驅。或逸才以爽迅，或精思以纖密，而慮動難圓，鮮無瑕病。」余氏雖然是「逸才」，一向「精思」，難保沒有「慮動難圓」之處。

此外，他的作品儘管知音芸芸，「粉絲」紛紛，其亮麗以至華麗的美文卻未必人人都欣賞。柯慶明在讀大學一年級時，仿余光中《左手的繆思》《逍遙遊》的「現代散文」體作文章，就不為其老師葉慶炳所喜歡，因為這種「余體」文章太講究「辭藻意象」〔註25〕。《文心雕龍·知音》指出：讀者的性情、喜愛不同，「慷慨者逆聲而擊節，醞藉者見密而高蹈，浮慧者觀綺而躍心，愛奇者聞詭而驚聽」；不同讀者對同一作家作品可能有不同的反應（這是西方文論 reader's response theory 感興趣的議題）。葉慶炳顯然屬於「觀綺」而不「躍心」的讀者。

甚至有人認為余光中散文裡的意識有問題：余氏〈書齋·書災〉一文稱擦地板、做家務的女性為「下女」，顯示作者有居高臨下的「貴族氣」〔註26〕。余氏的作品就像任何大文豪或小作家的書寫一樣，都可議論。不過，考核這番議論，筆者認為這位批評家的一般知識不足，才有不滿余氏用「下女」一詞之

〔註23〕 參閱筆者編著《火浴的鳳凰：余光中作品評論集》中鍾玲〈評〈火浴〉〉一文。
〔註24〕 參閱拙著《香港文學初探》（香港，華漢文化事業公司，1985 年）中〈冷氣室內談〈苦熱〉〉一文。
〔註25〕 見柯慶明《昔往的輝光》（台北，爾雅出版社，1999 年）中〈台大中文系第一人——懷念葉慶炳老師〉一文，第 58 頁。
〔註26〕 見王兆勝〈論余光中散文的世俗化品格〉，收於《中國散文評論》2007 年第 1 期，第 27 頁。

論。須知道〈書齋‧書災〉寫於 1963 年，那個年代台灣仍沿襲日據時期的不少習俗。當時稱幫忙家務的工人為「下女」，就像三數十年來香港人稱來自菲律賓的女性家務助理員（domestic helper）為「菲傭」一樣。當年余光中如果不用「下女」，真不知道怎樣下筆。

還有人批評余光中，說他的作品「散播頹廢意識」、「傳播色情主義」；說他有「流亡心態，助長牙刷主義之風」，他有「崇洋意識，要把靈魂『嫁給舊金山』」〔註27〕。《文心雕龍‧知音》說西漢末年的樓護，恃著口才便給，就隨便給人下評語。劉勰認為樓護此人「學不逮文，而信偽迷真」（才學不足，誤信傳說，不明真相），大大加以斥責。對余光中作出上述批判的人，和樓護差不多。余光中的作品難免有情緒低潮的抒發；他確曾寫過幾首涉及性愛的詩篇；他確曾表示過對西方藝術文化的喜愛；然而，所謂「頹廢」、「色情」、「流亡心態」云云，不是「學不逮文」地誤解作品，就是刻意地誤導讀者。余光中在〈敲打樂〉中寫到美國西部的詩歌新風潮，用「誇飾」的手法，說美國一些詩人要「嫁給舊金山」；批判他的人，卻說余光中表示要把自己「嫁給舊金山」。這是絕對斷章取義式的扭曲〔註28〕。

創作之外，余光中的文學論評也遭非議。1970 年代余光中「批判」過鄉土文學，因此對他筆伐者眾。此事頗為複雜，且帶有政治色彩。筆者曾撰〈抑揚余光中〉一文試為平議，余氏也有〈向歷史自首？〉一文作為交代，這裡不及細表〔註29〕。《文心雕龍‧知音》說批評家如果「無私於輕重，不偏於憎愛，然後能平理若衡，照辭如鏡」；從對余氏這個事件的議論，我們可說明要做到「無私」和「不偏」的困難。

余氏為文評論過朱自清的散文、戴望舒的詩，認為一般批評家、文學史家對他們的評價偏高。余稱朱自清為「一位優秀的散文家」，卻還不能說是「散文大師」；戴望舒有其可賞處，卻還不到「大詩人」的地位。余氏的作為，頗有一點「重寫文學史」的意味。不少朱、戴的研究者、擁戴者接受不了余氏這樣的評價，乃寫文章與余氏商榷，甚至聲討余氏，說「余光中嚴辭否定新文學

〔註27〕 參閱陳鼓應等著，《「這樣的詩人」余光中》（台北，大漢出版社，1978 年），此處所引語句據此書封底的文字。

〔註28〕 參閱《火浴的鳳凰：余光中作品評論集》中筆者所撰〈重讀〈敲打樂〉〉一文。

〔註29〕 拙文刊於廣州《羊城晚報》2004 年 9 月 11 日；余文刊於該報同年同月 21 日。古遠清在《台灣當代新詩史》（台北，文津出版社，2008 年）對此事有評述，可參閱第 381～387 頁。

名家名作」〔註30〕。其實余氏並沒有抹殺朱、戴的成績，評余者不先細察余氏文章，就率爾抨擊，犯了劉勰說的「信偽迷真」的毛病。

六、藻耀高翔，文苑鳴鳳

劉勰在〈序志〉篇寫道：「夫宇宙綿邈，黎獻紛雜，拔萃出類，智術而已。歲月飄忽，性靈不居，騰聲飛實，制作而已。〔……〕形同草木之脆，名逾金石之堅，是以君子處世，樹德建言。」牟世金這樣語譯：

> 宇宙是無窮無盡的，人才則代代都有；他們所以能超出別人，也無非由於具有過人的才智罷了。但是時光是一閃即逝的，人的智慧卻不能永遠存在；如果要把聲名和事業留傳下來，主要就依靠寫作了。〔……〕人的肉體同草木一樣脆弱，而流傳久遠的聲名卻比金石還要堅固，所以一個理想的人活在世上，應該做到樹立功德，努力著作。

一生以文學為志業的余光中，希望不朽而奮力「與永恆拔河」的余光中，自許存在於「壯麗的光中」的余光中，雖然有時對不朽有所懷疑——「不朽，是一堆頑石」，像倫敦西敏寺大教堂「詩人之隅」（Poets' Corner）那堆石像？——他怎能不引劉勰為同道為同志〔註31〕！劉勰撰寫《文心雕龍》，認為「文果載心，余心有寄」；對余光中來說，他的詩文果然表達其對親友人類、山水自然、歷史政治、文化藝術的悲喜憂樂種種心情，余氏的文心寄託在這數十年的雕龍事業。儘管批評家對其作品不無仁智之見，一般來說，其文學的傑出成就、其深遠的影響，已獲得中華文學界公認。《文心雕龍》體大慮周，其理論久而彌新，足以用來研究余光中的作品，剖析其「文心」與「雕龍」，顯示其健筆五色、情采繁富、規模博大、「藻耀而高翔，固文筆之鳴鳳也」。這就是余光中的「文心雕龍」。

2008 年 4 月完稿；本文為 2008 年 5 月 24 至 25 日
台北國立政治大學文學院「余光中先生八十大壽學術討會」論文，
刊載於香港《文學評論》第 9 期〔2010 年 8 月出版〕，
收入黃維樑著《壯麗：余光中論》〔香港文思出版社 2014 年出版〕。

〔註30〕李明〈中國大陸的余光中評價之爭〉一文（刊於香港《開卷有益》1997 年 6 月號）對爭議有評論，可參看。
〔註31〕余氏有詩集名為《與永恆拔河》；「壯麗的光中」語見余氏〈五行無阻〉一詩；又余氏有散文題為〈不朽，是一堆頑石？〉。

用《文心雕龍》「六觀法」
解讀簡媜《四月裂帛》

前言：

　　蘇州大學朱棟霖教授主編《中國現代文學經典 1917～2010（精編版）》，收入多篇當代作家的散文，每篇散文都附「解讀」。其中余光中的《聽聽那冷雨》和簡媜的《四月裂帛》，朱教授請我寫「解讀」。我寫了，「別開生面」地用《文心雕龍》「六觀法」來析評。寫余光中那篇，已收在本書的「甲編」；寫簡媜的，呈現於此。朱棟霖所編書 2011 年由北京大學出版社推出，簡媜《四月裂帛》「解讀」見此書頁 554。

　　讓我們來觀看簡媜的《四月裂帛》。一觀「位體」，即體裁、主題、結構、風格。《四月裂帛》是散文。本文暗含悲歡離合、「興觀群怨」，有紅日有鬼雨，寫未了之情。本文有不同版本。1996 年的修訂版，篇首數百字，類似前言；之後分為 1、2、3、4 四節，每節述一段情事。義蘊幽玄、意象鬱茂、語法別致為此文風格。

　　二觀「事義」，即作品所寫的人事物及其涵義。很多人讀此文，說有「感覺」，卻讀不懂。有讀者以為通篇寫的是作者與一人的感情。據 1996 年版本「四段情事」的作者自道，上說不成立。四段情事為：與一個年輕醫生之情，與一個 28 歲早逝的文學愛好者之情，與一個中年商人（他是有婦之夫？）之情，與一個軍政界中年人士之情。或涉耶教，或涉釋教，而四情皆未了，終歸「幻滅」，如本文副題所示。

　　三觀「置辭」，即作品之修辭。本文形象性甚強，明喻、暗喻、象徵甚多。作者不說寫與四個人的情事，而說「把你的一品絲繡裁成儲放四段情事的暗

袋」，是形象性修辭的一例。本文是個「暗袋」，內藏很多玄機，仿如文首說的「天書」。「裂帛」有撕裂絲帛、撕裂時清厲之聲、裁剪絲帛作書信、書冊等義，題目即暗藏多意。本文多用詞性轉換手法，以求別致，「你一向甚我美麗」是一例。

四觀「宮商」，從略。五觀「奇正」，即作品風格之新奇或正統。本文幽玄隱晦、語言獨造，與傳統散文或現代梁實秋、琦君等散文風格甚為不同。26 歲的青年簡媜刻意求新求異而成篇。

六觀「通變」，即作品的繼承與創新。簡媜出身中文系，可能受了李商隱隱晦濃麗詩風的影響，也可能得到當代小說家王文興「語不驚人死不休」鑄句法的薰染，而有這樣一篇為眾多讀者驚豔驚玄的不凡之作。

細說《文心雕龍》的三大義理
——游志誠《文心雕龍五十篇細讀》序

引言

　　時近己亥年冬至，游志誠教授從臺灣傳來電郵，謂其《文心雕龍五十篇細讀》（以下簡稱《細讀》）一書將在內地出版，囑我寫一序言。和志誠兄「失聯」有年，這次來鴻，是「驚」鴻，真受寵了。志誠教授依仁遊藝，貫通古今，對傳統典籍如《文心雕龍》的探研深刻獨到，迭有佳構鴻篇出版。相識三十多年來，我們多在兩岸的學術活動時相見，與《文心雕龍》相關的為主。《文心雕龍》體大慮周，研究此書謂之「龍學」。我們都說中國文化博大精深，龍學可說是小型的博大精深。神龍四面八方飛舞，雖然同為龍友，我們研究和著述的道路有所不同。我側重此書理論和西方古今理論的比較研究，以及把此書理論用來從事古今中外作品的實際批評；志誠兄則主要專注於此書本身義理的闡釋。「道」不同，卻可相為謀，只是志誠兄這位博士通的不只是一「經」；《文心雕龍》之外，還有《易經》、《文選》、《劉子》等，而且論述時，常常把幾種經典「打通」，求其互相發明；和他相謀，得有相當的功力。翻開《細讀》，就發現「易學」是此書不可分割的論述內容。我對《易經》之學，認識頗為膚淺；然則我如何有資格為《細讀》寫序？

　　受驚之後，我轉而竊竊自喜，這讓我有個學習的良機：繼續進修《文心雕龍》，同時臨急抱《易經》，自修一番，自強不息。《易經》為古代最重要的經典之一，二千多年來的研究論著不易計算其數。「寇疫」（Covid-19）期間「深

居簡出」，我從家裡書架取得志誠兄《易經原本原解》和黃慶萱教授的《新譯乾坤經傳通釋》，「終日乾乾夕惕」而學習之；雖然目標一定「未濟」，畢竟有求通的良好意願。日夕展卷，游教授五六百頁的《細讀》，我細讀起來。

《文心雕龍‧論說》指出「論」這種文體（相當於今天說的「論文」或「論著」）的特色是「彌綸群言，而研精一理」；意思是立下課題，組織綜合各種各樣的意見和資料，經過仔細研究，得到一個結論、一個道理。縱覽《細讀》，它要表述的道理是：每一篇的《文心雕龍》都具有「實際批評」的成分，都受過「易學影響」，都具有「子學內涵」。稍為細說則是：一般論者把《文心雕龍》「定性」為文學理論之書，游志誠認為它有重要的「實際批評」成分；一般論者同意《文心雕龍》此書受《易經》的影響，游志誠對此大書特書加以證明；有論者認為《文心雕龍》是「經子史集」中的「子」書，游志誠濃墨重彩說明它的「子學內涵」。

一、《文心雕龍》具有「實際批評」的成分

先說《文心雕龍》具有「實際批評」的成分。對此我完全同意。論據，是論點的根據；一個論點的建立，必須有證據來支援，證據就是實例。一項文學理論的建立，必須有若干作家作品作為實例來支援、來說明。反過來說，評論作家作品的特色和優劣，必須運用若干理論作為批評的準則（20 世紀以來，理論掛帥的中外「批評家」並不少見）。所以，理論和實際批評必然並肩而行、相輔相成。《細讀》中，游教授即如此認為，並特別指出：劉勰從事實際批評時，總是把他自己的若干理論，施諸特定的作家作品，從而作實際的評論。他舉出《才略》篇和《時序》篇，認為兩者「可直接視作文心此書的實際批評」；《才略》篇更是「劉勰文論應用在作品的實際分析，即所謂『實際批評』最完整而周備的一篇」。游教授遍讀且細讀《文心雕龍》全書，指出其每一篇都有實際批評。以首篇《原道》為例。他引述此篇「縣辭炳曜，符采複隱，精義堅深」語句，說明這是劉勰對周文王關於《周易》卦爻辭的評賞，此語乃從——

> 《體性篇》理論定位《周易》卦爻辭有「精深」之風，藉由文
> 采「隱秀」技巧，表現「文外之重旨」，說出易理「得意忘象」之奧
> 妙，一語道出《周易》卦爻辭「一象多義」之特色。是化用《隱秀
> 篇》理論進行《周易》文學實際批評。

至於《文心雕龍》末篇《序志》曰：

> 詳觀近代之論文者多矣：至如魏文述典，陳思序書，應瑒文論，
> 陸機《文賦》，仲治《流別》，弘范《翰林》，各照隅隙，鮮觀衢路，
> 或臧否當時之才，或銓品前修之文，或泛舉雅俗之旨，或撮題篇章
> 之意。魏典密而不周，陳書辯而無當，應論華而疏略，陸賦巧而碎
> 亂，《流別》精而少功，《翰林》淺而寡要。又君山、公幹之徒，吉
> 甫、士龍之輩，泛議文意，往往間出，並未能振葉以尋根，觀瀾而
> 索源。

志誠教授對上述加以分析後寫道：「簡言之，劉勰已根據《宗經篇》、《通
變篇》、《徵聖篇》之理論進行魏晉各家文論的『實際批評』。」洵為知言。《細
讀》告訴我們：《文心雕龍》從首的《原道》到尾的《序志》，每篇都有「實際
批評」。

二、《文心雕龍》受「易學」影響

跟著說「易學」影響。《易經》是經書，根據一種排序，它是六經之首，即
冠諸《書》、《詩》、《禮》、《樂》、《春秋》五經。易學專家黃慶萱教授認為，在
經學中，「《易經》是經典中的經典，根源裡的根源。」我讀現代大儒錢鍾書的
四大冊《管錐編》（及其《增訂》一薄冊），其開卷所論就是《周易正義》，可見
對此書的推重。最近重讀《管錐編》這部分，覺得錢先生把此書如此「置頂」，
或非無故。我一向認為錢鍾書一切論著的旨趣，是申明其「東海西海，心理攸
同」的學說。如今重讀，發現《管錐編》第一冊的第二二則「繫辭（六）」，所
引《易經》的觀點，正中錢鍾書的核心。《繫辭下》引「子曰」：「天下同歸而殊
途，一致而百慮。」這豈不就是錢氏學說的淵源？或者可以說，錢氏學說和「子
曰」的觀點恰好不謀而合。

《細讀》講「易學影響」，多次強調《易經》是「群經之首，百學之源」。
這語句好比一首樂曲中的「主題樂句」（motif），好比一篇詩或小說中「多次重
現的意象」（recurring image）。《細讀》解說《原道》篇的「易學影響」，指出
此篇「所謂的道，實自《周易》乾坤之道而衍生，《原道篇》所謂的文，專講
《周易》天文地文人文的三才之『文』。」龍學者對《原道》篇的「道」的詮
釋，究竟是儒是釋是道是哪一家的道，向來聚訟。游志誠宏微並觀，認為此
「道」「絕然不能限定在某一家之道」，而「必專指易道」，正因為《易經》為

「群經之首，百學之源」。我們細讀《原道》篇，應該會和游教授一樣，發現處處都有《易經》的思想和義理；他寫道：「諸如天地之心、河圖、洛書、乾坤文言、易辭等等語詞，皆直引或轉化自《周易》之學。」

讓我再一次「從首的阿爾法到尾的歐米茄（from Alpha to Omega）」，看看最後的《序志》篇的「易學影響」。概括《細讀》對此論題的細析，我們得知下面幾點：一，此篇「夜夢執丹漆之禮器，隨仲尼而南行」語句，乃「象徵『向明而治』，即本《離卦》易理。二，劉勰謂《文心雕龍》的結構分為上下二篇，「其體例暗襲《周易》全經分上下經之意」。三，劉勰述《文心雕龍》體例，謂「位理定名，彰乎大衍之數，其為文用，四十九篇而已」；這裡「劉勰直引易辭易語」，並「比喻文章之道猶如易道之神理妙不可測」。《細讀》還有其他論據，不及一一引述。總之，閱讀《細讀》，我們可見《易經》宛如大鴻，留在《文心雕龍》的雪泥指爪，篇篇可見。忍不住多舉一例。《細讀》指出：《隱秀篇》的「隱意」與「秀句」二項主要寫作手法，「乃二元對比，也即是《周易》太極生兩儀之論述思考」；《隱秀》篇所言「隱也者，文外之重旨者也」，乃「化用易理易道之證據」，因為《周易》「每一卦有多解多意」，正與「重旨」同理。

三、《文心雕龍》的「子學內涵」

最後說「子學內涵」。《新唐書》對典籍的分類，有「經史子集四庫」之稱；到了清朝，乾隆皇帝更敕令編修了有名的大型叢書《四庫全書》。四庫裡的「子」，原指先秦諸子，或謂諸子百家；與諸子相關的書，謂之「子書」，其典籍入「子部」，其學術稱為「子學」。孔子、老子、莊子、列子、荀子等等，本來都是「子」；孔子是儒家代表，與儒家相關的書，由於孔子地位崇高，如《易經》、《詩經》等等，都稱為「經」。「經」與「子」，其界線是難以劃清的。（《詩經》如非「升級」成為「經」，則應入「集」部。分部、分類的問題異常複雜，這裡不能細說。）

要理解《文心雕龍》的「子學內涵」，先要對「子」有個認識。游志誠教授對「子學」的解釋，主要來自《文心雕龍》的《諸子》篇。此篇開宗明義說：「諸子者，入道見志之書。」《細讀》書首的《敘論》解釋：「子家因為平生所遇不合，退而述道見志，胸懷寄託遠大理想，因而寫出子書。」他參閱《序志》篇的劉勰自述，稱劉勰「志在『立家』，思考文章經國之用，乃始論文，撰作

文心。」請注意這裡的「遠大理想」和「經國之用」，其意與《諸子》篇後面說的「述道言治」、「明政術」互相發明。討論到這裡，我可引申解說：子家「見道」的「道」，除了某種特定道理之外，應包含《禮記‧大學》所說的「治國平天下」的抱負和學說。

先講《細讀》對《原道》篇的析論。游教授認為此篇的「子學內涵」包括：劉勰建構了一套「自然之道」的文道理論；「孔子述作六經」，旨在「教化百姓」、「發揮事業」；此篇觀點和《程器》篇「安有丈夫學文，而不達於政事」說法前呼後應；此篇謂文章需「炳耀仁孝」，劉勰標舉仁孝這兩種德行，「由此建立道器為本體之文章學」。

關於末篇《序志》的「子學內涵」了。志誠教授這樣認為：此篇解釋《文心雕龍》的「龍」字，它與《周易》「飛龍在天」的「龍」字意義有關，劉勰「有立志名山之業，思不朽之盛事」，藉文章「製作」顯名於世；劉勰提倡「徵聖」、「宗經」，他有《諸子》篇所說「述道言政，枝條五經」的「子家總綱之意」；劉勰有「子家之志」，在此篇訂下「以子領文」之體系；劉勰以子家自居，肩負「述道言治」之子學思想，其意「完全盡現於」此篇篇末的贊詞。

四、龍學拾遺

以上是我閱讀後對《細讀》內容的概括。書是大龍、長龍，要把它縮小成寸，談何容易。《易經》的「易」有簡易、變易、不變易三個意義。我嘗試把《細讀》講得「簡易」；希望書的內容義理在概述時「變易」者少；希望其中心思想「不變易」。游志誠教授憑其硬功夫也是真功夫，真積力久，以其近乎赫九力士（Hercules）之力，近乎洪荒之力，以其獅子搏兔——應說獅子搏「龍」——之力，擇善固執，完成這大部頭著述，他要傳遞的明確訊息是，讓我重複前文一次，《文心雕龍》的每一篇都具有「實際批評」的成分，都受過「易學影響」，都具有「子學內涵」。

前兩個論斷由於論據充分，不會引起什麼爭議。後者（即具有「子學內涵」）也論據充分，但其論斷可能會引起後續討論：究竟《文心雕龍》是否應該定性為「子書」？我略述己見。

一個傳統的分類，是《文心雕龍》屬於四部中集部的詩文評；有論者則認為它應該屬於子部。四部的序列是經、史、子、集，似乎「子」比「集」要高級一些。姑不論這樣的思維是對是錯，在《文心雕龍》的屬性上，為什麼我們

一定要在「子書」和文學理論（「詩文評」）之間，只選擇一個呢？稱得上子書的「子」，上面引述過的原則是，此子必須得「道」立「家」；准此而論，劉勰「究天人之際，通古今之變，而成一家之言」（這裡我借用司馬遷的話），豈非已得「道」立「家」？《原道》篇對文學的天人關係，論之詳審；劉勰探討的「古今之變」，乃文學的古今之變；他所立的「家」，乃文學理論家（或謂文學批評家）。《原道》篇開宗明義第一句是「文之為德也大矣」，文學理論家的人文地位，自然不低於——至少不應該低於——議論「治國平天下」之道的諸子、諸家。

換言之，劉勰可憑其《文心雕龍》而名為諸子之一子、百家之一家。所以，我們大可不必爭論：稱此書為子書也好，稱它是文學理論的書也好，並沒有減損它絲毫的價值。有研究中國和印度文化的學者，指出兩國之間的緊密關係，乃根據象徵中國的龍，和象徵印度的象，把龍和象兩個漢字結合起來，成為一個「象龍」字。開個玩笑，我們何不把「子」和「集」兩個字結合起來，成為一個「子集」字，以說明《文心雕龍》的屬性？

順便再陳一說。有龍友辯論《文心雕龍》的另一種屬性，即究竟它是文學理論的書呢，還是文章寫作學的書。對此我有簡易的回應，即文章寫作的種種問題，都包括在文學理論之內；如果把此書定性為文章寫作學的書，這是矮化、窄化了這本偉傑的經典；如果有人解釋「文章」時，把今天我們所說的詩歌小說戲劇都排除掉，那是另一種矮化、窄化了。

《細讀》對《文心雕龍》所含三大義理的論述既專深，且透闢；關於「實際批評」一項，我倒認為有兩點可以補充闡明。一是「實際批評」一詞乃翻譯自英語的 practical criticism，有其具體含義。在西方後來在東方的文學學術界，批評家在講課或文章裡，其實際批評一般都是通過相當篇幅（有時簡直是長篇大論）的分析解說表現出來的。《文心雕龍》全書只得三萬七千多字，卻評論了兩百多個作家，其對作家作品評論的簡要，可想而知；所以此書的實際批評方式，與現代的實際批評方式，極為不同。如《才略》篇評論作品，「《王命》清辯，《新序》該練」，一篇作品只用兩個字，簡練之至；論及作家，如「徐幹以賦論標美，劉楨情高以會采」，一人一句，言簡而力求意賅；論及「三曹」：

> 魏文之才，洋洋清綺。舊談抑之，謂去植千里，然子建思捷而
> 才俊，詩麗而表逸；子桓慮詳而力緩，故不競於先鳴。而樂府清越，

> 《典論》辯要，迭用短長，亦無懵焉。但俗情抑揚，雷同一響，遂
> 令文帝以位尊減才，思王以勢窘益價，未為篤論也。

則可算「詳細」了。游教授論《才略》篇的實際批評時，用過「點評」一詞，也就是點到即止的評論；如此形容，可謂貼切。我國古代的文學批評，大多用語簡要，或謂之為「印象式批評」。誠如游教授所言，《文心雕龍》篇篇都有實際批評；如果印象式批評可用來概括此書的實際批評特色，則此書實在是中國印象式批評的嚆矢。

我補充的第二點意見是：如要進一步研究《文心雕龍》的「實際批評」，比如探究劉勰從事實際批評時，他如何操作，那麼，《辨騷》篇是一個範例。劉勰評論的是以《離騷》為主的《楚辭》。他先引述歷來諸家對此的評論，並略加論斷，跟著徵引作品內容，包括一些細節，基本上從他提倡的「六觀」（即觀察作品的六個方面）加以剖析，形容其風貌，作出評價。《辨騷》作為有理論、有方法、有程式的實際批評操作，在今天來說，仍具典範意義。2016年出版的拙著《文心雕龍：體系與應用》有一章是《現代實際批評的雛型：〈辨騷〉篇今讀》，對此論述頗詳，此處不贅。

五、細水長流龍學揚波

為了寫這篇閱讀報告，我臨急抱《易經》，懷抱有功，果能學以致用。我除了因為對易學略增認識，通過《易經》和《文心雕龍》比照可暢讀《細讀》之外，還可引用《易經》和《文心雕龍》的語句，進一步形容我細讀《細讀》的感受，以及我所認識的游教授。

志誠兄祖籍福建，1956年在臺灣出生。「童蒙」時代開始讀《易經》，大學時期對《文心雕龍》和《文選》產生興趣。後來讀研究院，碩士論文題為《周易之文學觀》；繼續深造，博士論文題為《文選學新探索》。他先後在成功大學、彰化師範大學等校任教，其研究和撰述，主要對象是上述三部經典，還有就是因《文心雕龍》而來的《劉子》一書（他認為此書作者也是劉勰，對此有專著論述）。志誠兄治一「易」雙「文」之學，其治學也，「飛龍在天」而宏觀之，「或躍在淵」而深究之。（或謂談文論藝有執望遠鏡者，有執顯微鏡者；有乘飛機下眺者，有踏實逼視者；參見蔡田明《管錐編述說》頁363。）游教授「有孚」心誠，既「吉」且「貞」，其所著述包括這本《細讀》的內容，乃能「括囊」而「含章」，成其「大壯」之美。

　　和志誠兄的「有孚」君子之交，始於神交。1980 年代初我有《怎樣讀新詩》一書在港、台出版，一位我不認識的「游喚」先生發表長文評介此書，結論是「應該這樣讀新詩」。後來我到臺北參加學術會議，認識了，原來游喚就是游志誠。2002 年游教授主編《大專院校文學批評精讀》，把我一篇文章選入了。近日整理書刊文稿等等，我還發現關於選文的「授權同意書」。我榮獲精選的文章題為《重新發現中國古代文化的作用──運用〈文心雕龍〉六觀法評析白先勇的〈骨灰〉》。這裡我不厭其「長」把篇名悉錄，有原因的，原因就是《文心雕龍》。雖然一直交情如水，卻也淡中有濃，而濃乃因《文心雕龍》而起。

　　臺灣是研究和發揚中華文化的寶島。只就龍學而言，且只說已故的沈謙和王更生教授，其龍學著述，其尊龍情懷，都值得大大稱許。沈教授賜給兒女的嘉名，是「沈雕龍」、「沈文心」。王教授冬雪中山東尋訪「龍伯」牟世金先生，又曾籌募經費舉辦龍學會議；當年他激動講述，聽者無不動容。前屬「龍兄」現在升級為「龍叔」的游教授，和我互為研究生博碩學位論文的校外考試委員，論文寫的都是《文心雕龍》。2007 年他邀請我到彰師大演講，題目是《從〈文心雕龍〉看韓劇〈大長今〉》。

　　我們在臺北，在北京，在鎮江，在呼和浩特，參加學術的盛會尤其是關於龍學的盛會，志誠兄往往與妻子同行，他雙重享受紅袖添香之福。游太太徐華中教授是伴讀的賢妻，也是伴學的良友：她也喜愛、也研究《文心雕龍》和《易經》。學術會議中，我們細細論文；論文後的宴會則有一樽一樽的酒。印象最為深刻美好的是 2017 年 8 月我們飛赴內蒙古呼城參加的龍學大會。大會圓滿舉行既畢，主人萬奇教授及其夫人，和志誠兄伉儷，加上我共五人共進晚餐。把裝有八百頁《論文集》的大書袋放下，輕輕鬆鬆地，我們有酒盈數樽，有話滿數不清的盒子；一一打開，一室盡是酒之香菜肴之香詩話文話之書香。大家口占、即興，韻語歌曲競出，神思遠揚，思接千載，恨不得讓雕龍變成飛龍，超現實地把劉彥和先生從天上的白玉樓接來凡間，和我們共話：說說當年「予生七齡，乃夢彩雲若錦，則攀而采之；齒在逾立，則嘗夜夢執丹漆之禮器，隨仲尼而南行」的「立道」緣起，敘述在易道上「彌綸群言，……深極骨髓」的艱苦寫作終於「成家」的經過；並貫通古今，展望目前龍學的遠景，以及向世界發揚中國文化包括文學理論的願景。

　　與志誠兄如水如河之交，細水長流；這條河時而揚起波濤，是龍學揚起的

波濤。靜靜長流的時候，也正是大家「終日乾乾夕惕」、「天行健君子以自強不息」的「圓閱窮照，酌理富才」的時候。《文心雕龍》的偉傑，在於它的豐富宏大，讓學者可從不同角度不斷研探，可在不同時代不斷詮釋。《細讀》就這文論經典所蘊含的三大義理，舉出海量的例證，用刺繡一樣的工筆撰成論著，向龍學界確切宣述他的觀點，是龍學書庫新添的厚重大卷。我閱讀《細讀》，同時補習《易經》，大大受教受益；希望這篇報告果能負載我心，向志誠兄致敬意，向龍學界作推薦。（按：游著今年將由武漢的崇文書局有限公司出版。）

寫於 2020 年 2 月；刊於《文心學林》2020 年第一期；
刊於《華人文化研究》2020 年第二期〔12 月出版〕。

志弘師道，彬蔚文心
——略記龍學者王志彬和萬奇教授
並述其對《文心雕龍》應用價值的發揚

一、《文心雕龍》偉大如浩瀚草原

在拙作《「文心館」詠歎調》（刊於《北京晚報》2020 年 8 月 24 日《知味》版）裡有下面一段文字：

> 《文心雕龍》的內容非常豐富，而且它本身就是美文。劉勰說：「太陽和月亮，附貼在天空；山嶽和河流，交織著大地。」「雲霞炫耀著燦爛的華彩，超越了畫匠的妙心；草木散發著生命的光輝，不必要織工的巧手。」他認為文學之美，來自自然之美，蘊含極有意義的「天人」觀。上面的句子，顯得對稱。是的，我國的方塊字有獨特的對仗元素；劉勰筆下正流露這樣的美學，此書的《麗辭》篇即暢論這種美學。上面所引不是原文，而是語體翻譯。原文有一千五百年的歷史，而且是駢文，卻也並不很難讀懂：「日月疊璧，以垂麗天之象；山川煥綺，以鋪理地之形。」「雲霞雕色，有逾畫工之妙；草木賁華，無待錦匠之奇。」上引的語體翻譯出諸香港陳耀南教授的手筆，「東方之珠」的學者，非常珍視這顆文論的東方明珠；就像遠至內蒙古的王志彬、萬奇諸學者，把它的偉大視作浩瀚的草原一樣。

王志彬、萬奇兩位所在的內蒙古呼和浩特市，和陳耀南與我所在的香港，

都是我國中原的邊緣地帶；陳耀南教授移居澳洲多年，他簡直是在域外了。在邊緣，在域外，中外眾多學者（這裡沒有舉出更多的名字）都重視都研究《文心雕龍》，可見這部文論經典的魅力和威力。華美的駢文式文句，如剛剛文首所引，是其魅力之一；公認的「體大慮周」理論恒久性、普遍性則是其威力。研究《文心雕龍》的學問，稱為「龍學」（也有稱作「文心學」的）。龍學在可稱「邊城」的青城（呼和浩特的別稱），其興旺發皇，王志彬教授要記首功；曾穿著「青青子衿」的大弟子萬奇教授傳承有力，也功莫大焉。

二、王志彬著作表現的「文化自信」

王志彬先生（1933～2020）近三十歲時「開始通讀《文心雕龍》」，持續閱讀並研究此書，直到 1997 年其《文心雕龍創作論疏鑒》一書出版，「積學儲寶」，已經歷了三十多年。此時他已超越「知天命」之年，早知道「天命」是要自己為龍學立首業之後，再接再勵。在他 67 歲即 2000 年出版其《文心雕龍文體論今疏》，又於 69 歲即 2002 年出版其《文心雕龍批評論新詮》；依照龍學者的輩分，這年王教授是一位「龍叔」了。2012 年他譯注的《文心雕龍》（為中華書局出版的「中華經典名著全本全注全譯叢書」之一）出版，79 歲的老學者是一位「龍伯」了。

《文心雕龍》文字雅麗，典故等文獻訊息紛繁；我雖然已是資深的讀者，讀此書欲窮究其理時，仍然常要借助於各種不同的注釋和語體翻譯。王先生譯注的《文心雕龍》是我的重要參考。我拜讀王氏諸書，心領神會，由衷佩服的論點甚多。例如，有論者爭議《文心雕龍》的性質，在定性為子書、在定性為文章學之書等問題上，意見分歧。王氏在《文心雕龍創作論疏鑒》裡說：「就『文學』的廣義而言，說《文心雕龍》是一部『文學理論批評專著』，是不應有所非議的。不承認這一點，就將自覺或不自覺地陷入虛無主義泥沼，無處去尋找我偉大中華民族『文學理論批評專著』之根」（頁 14）。從句子裡的「根」字，我們可知道他對這本文論經典的推崇；從「我偉大中華民族」的用詞，我們可感受到他的國族情懷。這個句子是當今熱詞「文化自信」的極佳注腳。

另外的可貴之處，包括《文心雕龍批評論新詮》中對當代龍學論文的廣泛涉獵和精到觀點。他引述各地龍學者的見解，包括臺灣的沈謙、王更生，還有香港的黃維樑也就是在下。他讀到幾篇散見多種刊物的拙作後大加肯定，對《〈文心雕龍〉六觀說和文學作品的評析——兼談龍學未來的兩個方向》一文

內容作了相當的介紹，並這樣評論：此文「進一步證明了《文心雕龍》批評論的現代實用價值，揭示了它不朽的生命力和普遍規律性」。我研究《文心雕龍》的主要目的，在發揚這部經典：通過中西比較，我說明它理論的恒久性和普遍性；闡發「六觀」說並把它作為一個批評方法論，援引書內其他觀點以論證其合於當今批評話語，我強調其理論的應用性。在相當西化、崇洋以至過度西化、過度崇洋的中華人文學界，我標舉、發揚「國粹」的《文心雕龍》。幾篇相關的文章（包括王先生所引用的）發表後，我獲得好些鼓勵、支持，王先生是我的一位知音。

三、學術研究重「經世致用」

「證明了《文心雕龍》批評論的現代實用價值」中的「實用」一詞，有重大的意義。閱讀王氏著作，知道他有很強的「經世致用」思維，這真是深得我心。我們推崇劉勰此書，愛此書的理論，為全部三萬多字的書，寫了千萬億言的研究論著；如果只愛而不用，只空談其理論而不把它付諸實踐，我就不能不借用孔子的話來表達惋惜之情了：「誦《詩》三百，授之以政，不達；使於四方，不能專對；雖多亦奚以為？」

我絕非「一根筋」的人文學術實用主義者。我們需要對理論著作作嚴謹的學術性討論以至爭論，需要對經典的源流版本作詳盡細緻的考證；我認為，即使是沙龍式、閒談式、重研討過程輕獲得共識的學術活動，也有其價值——這些活動或有智慧鍛煉的好處，或有以文會友的聯誼情趣，或有「無用之用」的意外效果，或有增加文獻庫存的功能，或有表彰一地一國「軟實力」的作用。然而，我認為人文學的理論研究應有「經世致用」的一面。工程師等科技專家為國家的「鐵公雞」（鐵路、公路、機場）建設作出了實實在在輝輝煌煌的貢獻——也許應加上「天橋」而成為「鐵公雞天橋」，即還有航「天」等科技工程、「橋」樑等建設工程的貢獻；而人文學的理論研究者可持續甘心只參與「沙龍式、閒談式、重研討過程輕獲得共識的學術活動」嗎？把人文學的理論研究成果應用於人文學的創造性操作，或應用於人們的文化生活，是人文學者的應有之義。

學術研究的「經世致用」，最起碼的行動是「經典引用」。王先生深愛《文心雕龍》，而且引用《文心雕龍》。他為一些論著所寫的序言或後記，就有此作為。弟子萬奇的專著完成，請老師寫序，此書名為《桐城派與中國文章理論》，

和《文心雕龍》沒有直接關係的；然而王志彬為了彰顯其所愛書的價值，乃盡量讓劉勰的語句在序言中亮相，如「原始以表末」（《序志》篇）、「執術馭篇」（《總術》篇）、「擘肌分理」（《序志》篇）、「鉤深取極」（《論說》篇）；還有下面與文學理論沒有直接關係的「歲月飄忽，性靈不居」（《序志》篇）也引錄了。此序的最後一段只有八個字，其中的前四個字「余心有寄」，正是《序志》篇也就是全本《文心雕龍》的最後四個字。王教授一定是最為熟讀《序志》篇、喜愛《序志》篇。

談詩，我們不必時時把「床前明月光」或「月是故鄉明」掛在口邊，並加以發揚光大；因為這些詩句「黃髮垂髫」都已耳熟能詳，而且早已銀光照遍千里萬里。談文學批評，我們要把致力傳承的《文心雕龍》語句時時徵引，讓它們在言談和文章中出現，使人知道，使人有印象，使人有深刻印象，使人理解其價值。從前有人批評我三句不離余光中，近年大概有人批評我三句不離《文心雕龍》了。我的確經常讓《文心雕龍》在我的文章裡出現，我義務為劉勰宣傳，因為他值得，因為我們應該。

四、大弟子萬奇「接龍」弘道

在為萬奇專著寫的序言中，老師這樣稱譽學生：「他勤奮聰敏、多思好問、且坦誠率真，執著於自己的愛好，有一種鍥而不捨的進取精神。」這「褒揚狀」相當長，接下去還講到他屢獲獎項；「為文治學也年有進境，既博聞強記，又求真務實」；還談到萬奇在學術界的各種職務和貢獻，當然更談到該書的內容和出色之處。接受褒揚狀時萬奇 35 歲，正是個青年才俊。

萬奇《桐城派與中國文章理論》一書經常引述《文心雕龍》的觀點，以為立論的依據和發揮。寫書之際，萬奇在其恩師的教導指點下，對《文心雕龍》的內容已嫻熟於胸。此後他著作的《文心之道：漢語寫作論說》在 2006 年出版，書名的「文心」乃「采自彥和的《文心雕龍》」，劉勰此書的觀點毫無疑問滋潤了萬著的內容；2012 年，萬奇和李金秋主編的《文心雕龍文體論新探》面世；2013 年同為二人主編的《文心雕龍探疑》出版。此外，萬奇還發表多篇《文心雕龍》的論文，在大學裡開設《文心雕龍》的課程，又身任中國《文心雕龍》學會副會長。他已繼承師業、恢弘師道，而且成為獨當一面的龍學者了。他現年 56 歲，輩分已從「龍兄」晉升為「龍叔」。

王先生為萬奇的書寫序，倒過來，或者說是一種特別的「禮尚往來」吧，

師長請愛徒為其新書《文心雕龍創作論疏鑒》寫序。學生繼承老師理念，學以致用，在序言中多處引用《文心雕龍》語句以助敘事說理，以稱許老師著作的優勝，如「披閱文請」（《知音》篇作「將閱文情」）、「彌綸群言，研精一理」（《論說》篇）、「辨正然否」、「師心獨見，鋒穎精密」、「義貴圓通」（以上皆出自《論說》篇）、「唯務折衷」、「余心有寄」（兩句都引自《序志》篇）。這個弟子受老師影響，誠能學以致用，活學活用。我閱讀序言，滿心歡喜；作者對《論說》篇的「重用」，我尤其戚戚然高興。讀著讀著，且慢，我搞錯了：原來是弟子 1996 年為恩師的書寫序在先，恩師 1999 年為弟子的書《桐城派與中國文章理論》寫序在後。這個先後次序盡顯老師對學生的器重和信任。令我好奇的是，在序言中讓《文心雕龍》語句頻頻亮相的，難道是弟子的作為在先，老師反而變成「亦步亦趨」了？這個小疑團非當面請問萬奇教授不能解開。

五、《論說》篇含論文寫作原理，是寫作津樑

不過，無論如何，師徒同心，其利添金；共同開發這部文論經典的應用價值，其績效自然倍增。王教授傳《文心雕龍》之業，受業者萬奇之外，還有其他本科生和研究生，生徒甚眾；萬奇教授再傳，生徒可能更多。今年九月新學期伊始，萬奇兄來告，選修《文心雕龍》專業課的學生，有八十二個。我隱約記得他告訴過我，從前選修此課程的學生有超過百人的。近十年來他指導研究生寫了很多篇關於《文心雕龍》的論文，包括包劍銳 2013 年完成的《黃維樑對〈文心雕龍〉「六觀」說的應用》。上面說過，王教授重視拙作《文心雕龍六觀說和文學作品的評析──兼談龍學未來的兩個方向》一文，對內容加以介紹，對論述加以肯定；現在萬奇引導研究生作這樣的選題，同樣聚焦於龍學的應用；我想，這期間代代相傳的影響或啟發，應該是存在的。我讀到包君的論文，深感有「知音」有「同道」的喜樂之外，還為龍學的新發展興奮起來。

今年十月出版的《中國文論》第七輯，刊登萬奇的《〈文心雕龍‧論說〉的理論內涵及其現實意義》，是另一篇發揚龍學應用價值的鴻文。2008 年我在一個學術研討會上發表《〈文心雕龍‧論說〉和現代學術論文的撰寫原理》（此文後來成為拙著《文心雕龍：體系與應用》的一章），讀到萬奇兄的近作，我不勝欣悅。萬奇早在為王志彬《文心雕龍創作論疏鑒》所寫的序言（寫於 1996 年）中，已多處引用《論說》篇的語句，如剛才所引。他早已非常重視《論說》

篇的應用價值。如今新的文章詳細闡述《論說》篇的義理，對此篇的「理」和「正理」概念探索尤其深刻。新作的結論是：

> 《論說》篇具有不可忽視的現代意義。尤其是「彌綸群言」、「鑽堅求通」、「貴能破理」等觀點，對為學位論文寫作所困擾的大學本科生、碩士生乃至博士生啟發良多。從這個意義上講，《論說》篇可以說是學位論文的寫作津樑。

我對這篇論文的讀後感，除了一句「啟發良多，深得我心」之外，不知道應該怎樣說了。

六、龍學者合作彬蔚《文心》之學，相親相敬

還有一本書要交代。要發揚《文心雕龍》，要如我常說的「讓『雕龍』化作『飛龍』」（我本來的句子是「讓『雕龍』成為『飛龍』」；原句除了「讓」字外，全為平聲字，讀起來平板單調，於是把「成為」改為「化作」兩個仄聲字，以求讀起來抑揚有致），我們需要先推廣此書，讓更多學子接觸、閱讀、理解此書，於是我和萬奇兄合作編撰了《愛讀式文心雕龍精選讀本》，2017 年出版的。劉勰這部經典的現代意義和價值，可發揚的地方還有很多。我在三十餘年前已發表過文章，稱《辨騷》篇為「現代實際批評的雛型」；後來一次一次重讀《序志》篇，我簡直把它視作當代碩士生博士生學位論文的一章「緒論」。如果真把《序志》篇當做博士論文的「緒論」，《文心雕龍》全書當做一篇博士論文；那麼，劉勰此書的曠世價值，應該非十篇八篇普通博士論文所能相比。我在本文附錄把《序志》篇分為六節，每節給予小標題，請大家看看它是不是活生生的學位論文的「緒論」。

我通過萬奇兄而認識王先生。話說我先後應邀到內蒙古師範大學講學和參加龍學研討會，在呼和浩特市，奇兄引領我到他老師王教授府上拜訪這位前輩，一共見過兩次面，與「龍伯」相談甚為歡暢。我認識他主要是通過其著作。王先生 2020 年仙逝，大弟子紀念師恩，計畫出版一本文集，獻給天上之靈，向我約稿。我和王、萬兩位有緣相識相親相敬，知道他們對龍學的貢獻所在，又感佩他們傳道授業，一代一代接力弘揚學道與師道。對於《文心雕龍》，他們的作為無異於《序志》篇所說的「敷贊聖旨，莫若注經」，他們彬彬炳蔚了龍學研究的收穫；而更大作為是他們如同《論說》篇所說的「師心獨見」地發揚劉勰理論的應用價值。

在《文心雕龍文體論新探》的序中，萬奇說這本《新探》是「來自邊緣的『龍吟』」，還謙稱這「塞外的胡笳」「不及中原長笛悠揚」（奇兄這裡用了個新巧的比喻，可說深得劉勰修辭的真傳）；其實這所謂「邊緣」的龍學，卻正是王、萬二位直探的龍學核心。順便一說：重點放在發揚《文心雕龍》理論的應用價值的龍學，或可名為「新龍學」。

七、晚有弟子傳芬芳

兩年前夏天，萬奇在澳門大學主辦的「國際漢語應用文研究高端論壇」上發表論文《居今探古：論王志彬對〈文心雕龍〉的研究與應用》。斯時，王教授尚在凡間的青城，看到從前年青的萬奇，如今已是個出色而著名的學者；杜甫詩「晚有弟子傳芬芳」，王先生晚年有這樣的弟子傳其芬芳，一定無限滿足地微笑。現在天上的「龍伯」在文心亭、雕龍池和「龍祖」彥和先生譚文說藝時，如果知道我在凡間這樣欣賞、表揚他們師徒的事功，相信會有遇到知音的喜悅。

2020 年 10 月下旬完稿；刊於《文心學林》2020 年第二期。

附記

本文之末，原來有「［附錄］：把《文心雕龍》的《序志》篇視作當代碩博學位論文的緒論」。我在《序志》篇原文加上六個分節小標題，原文的句段先後次序完全沒有改變；所加這類分節小標題，常見於當代碩博學位論文的「緒論」。2021 年夏我撰寫長文，對此詳加論述。原來［附錄］的一千多字，於是刪掉。2022 年 10 月黃維樑志。

一本龍學的宏大論述
——讀龔鵬程《文心雕龍講記》

一、教人讀書、讀人、讀世、讀理

　　龔鵬程先生博學，文史哲無所不窺，號稱「龍學」的《文心雕龍》（以下多簡稱為《文心》）研究自會涉及。事實上，他 1978 年 22 歲還是個研究生之時，已發表《文心雕龍的文體論》一文〔註1〕；此後陸續有相關論文發表，經過多少龍年馬年猴年的「積學儲寶」，在 2021 年歲首，其五百頁龍學大著《文心雕龍講記》（以下簡稱為《講記》）如大鵬展翅面世了。本書共有十五講，是他在北京大學講課的記錄。各講的標題順序為：《文心雕龍》導讀；劉勰其人；劉勰生存之時代；經學禮法社會中的文論；文論中的經；文學解經的傳統；《文心雕龍》的文；劉勰的文學史觀；文學史與文學史觀；文字—文學—文化；《文心雕龍》文體論；《文心雕龍》文勢論；《文心雕龍》與《文選》；《文心雕龍》與《詩品》；文心餘論。

　　孟子有「知人論世」說，我們論文也應該「知文論世」；知文論世，與西人論文時所說「內在研究」和「外延研究」結合，有相通之處。龔教授這本《講記》，與一般龍學論著有別，正因為它「內」「外」兼顧之際，特別重視「外」的方面。他論《文心》其文，兼論作者劉勰，這已可稱「外延研究」；殊不知在第三講論劉勰的時代時，連南齊和北魏時期的軍事政治社會環境也分析個透徹。他寫道：「蕭道成要人家禪位給他，受禪以後，竟又把原來老皇朝的宗

<hr>

〔註 1〕引自龔鵬程著《文心雕龍講記》（桂林：廣西師範大學出版社，2021 年）頁 315；以下本文所引本書內容，只在正文內注明頁碼，不另加注釋。

嗣全部殺掉，非常殘忍。」（頁68）這件事與劉勰並無關聯，博學的龔教授在此顯示他豐富的歷史知識。

又好像由《文心》講到佛教，又講到印度，又講到印度的語言，他就指出：印度的「官方語言就有十幾種，非常複雜」（頁49）；其他「無關」的內容尚多。無關，卻可增加讀者的知識和閱讀本書的趣味。龔教授何等聰明，他講述這些「無關」（或關係不大）事物，可能引起誤會或批評；所以要清楚告訴讀者，他這本書「目標不在書上」，「只是以這本書做個例子，教人如何讀書、讀人、讀世、讀理」。他引《易·大畜》「君子以多識前言往行，以畜其德」說，以明其用心。（「自序」頁2）閱讀《講記》可說是上了個小型的中國文史哲通識課程。

二、純文學、雜文學之分是個假命題

當然，不管本書這隻大鵬飛得多高多遠，它始終圍繞著《文心》這個中心。對關鍵字「文」字，他有重要的話要說，在第七講。中國的「文」字，如龔教授所言，含義的確非常複雜：對此他分析出「文」的十個意義，比已故華裔學者劉若愚在其《中國文學理論》（Chinese Theories of Literature）一書所分析出來的含義多出好幾個。劉勰所論的「文」（我們為了方便討論，姑且把它等同於今天的「文學」一詞），包含甚廣；當代很多龍學者都認為其範圍太廣、內容太雜。龔教授對這種批評不以為然。他說「純文學、雜文學之分，其實是個假命題，從來找不出這個『分』的界線」；「詩賦是純文學嗎？周嘯天得了魯迅文學獎的詩，如『炎黃子孫奔八億，不蒸饅頭爭口氣。……』之類，有良知的人恐怕都不會認為它比原本是應用文書的《出師表》更具文學性。」（頁198）我深然其「純」與「雜」不宜劃清界限之說。

文字組織起來，以人、事、物為內容，以抒情或說理為目的，有章有法，就是文學了。有人視為「非文學」或「雜文學」的應用文，豈不就是如此？文學的題材和思想，本來就非常「雜」，如何「純」得了？現在我們仿效西方，把文學的體裁分為詩、散文、小說、戲劇四大類，以為界線清晰了；但大類中有小類，類與類之間有「跨類」（如所謂散文詩），文學哪裡「清」得來、「純」得來？四大類之分雖然獲得廣泛支持，卻並非人人服膺。韋勒克（Rene Wellek）和華倫（Austin Warren）合著的《文學理論》（Theory of Literature）就把四大類中的散文（prose）排斥在「想像性文學」（imaginative literature；Dichtung）之外。中國是「詩之國」，也是「散文之國」；排斥了散文，中國文學不去掉半壁江山，至少去掉四分之一了。

龍學者之中，「純」文學論者受到龔鵬程的批評。章太炎贊成《文心》的文學觀，即相容並蓄觀；龔氏稱美章說，寫道：「劉勰討論一切文章又有何不對呢？也就是說，中國人論文，範圍從來就是對的。只現代人上了現代西方『純文學』說的大當，還反過來嘲笑古人。」（頁199）我一向的看法是：文學的分類問題異常複雜，很多類目難以劃清界限。四大類的分法我們可以參考甚至採用，但是韋勒克和華倫想把散文這一大類剔除掉，想法絕不可取。文學的種種都可議可論，對作家的表現可褒可貶；但對何為文學這問題，我們的態度應該是「有容乃大」。

三、淋漓透徹論述《文心》與經學的關係

《文心》的另一個核心論題，是劉勰這部經典在思想上和寫法上所受的影響為何。有不少學者對中華民族的邏輯性、體系性思維沒有信心，他們知道劉勰研習佛教經典，《文心》裡面有若干佛經詞彙，就認定此書的論述手法和組織方式，乃從佛經學習得來，此書的思想也與佛教大有關聯。

先說思想。認真讀過《文心》的人，一定會認為此書傳揚的是儒家思想。《序志》篇這樣寫道：「齒在逾立，則嘗夜夢執丹漆之禮器，隨仲尼而南行。旦而寤，乃怡然而喜，大哉！聖人之難見哉，乃小子之垂夢歟！自生人以來，未有如夫子者也。敷贊聖旨，莫若注經；而馬鄭諸儒，弘之已精；就有深解，未足立家。唯文章之用，實經典枝條，五禮資之以成文，六典因之致用，君臣所以炳煥，軍國所以昭明；詳其本源，莫非經典。」

這大段話，加上《原道》《徵聖》《宗經》幾篇的內容，不必再引述其他篇章了，還不足以充分說明此書的寫作動機嗎？不足以充分說明要傳揚的是儒家思想嗎？《講記》的第五講以「文論中的經學」為論題，就是要清楚指出劉勰對孔子思想的繼承和發揚，特別要說明劉勰文論與經學的「緊密結合」。龔鵬程寫道：此書所論「所有的文體都推源於五經，五經也是最高的寫作典範，對各文體，則依古文經學的講法做闡釋」（頁122）。這一講可能是歷來對《文心》、儒家思想、經學三者關係所作最淋漓透徹的論述。

四、《文心》的分析性、體系性寫法來自佛經？

另一個備受關注的問題，是體系和結構。《文心》體例嚴整，很多學者包括饒宗頤認為其寫法乃受到佛教的影響，因為他們認為」中國人書寫一般零零散散，如《論語》《老子》均沒有結構體系」，而佛經則有。龔鵬程在第五講中

批駁道：「講這些話的人，對於漢代經學真是太外行了。」（頁 135）他列舉好幾種「成體系「的漢人著作」如《說文解字》《釋名》《白虎通義》等以為「受佛教影響論」的反證。

我對《文心》體系性、結構性來自佛經的說法，也期期以為不可接受。百餘年來，信奉西方而不自信中國的人，常有厚誣古人的。有國學大師之稱的王國維，就認為國人缺少分析頭腦，缺乏體系建構的能耐。最近大陸播映的電視劇《大秦賦》提到呂不韋領導編寫的《呂氏春秋》，我們就以此書為例看看：它分為十二紀、八覽、六論，凡二十多萬言，內容雖「雜」，卻正是有體系的一本大書。劉勰至少三次提到《呂氏春秋》，其一且稱譽它「鑒遠體周」，「體周」正是體例周備的意思。他也論及《淮南子》《史記》等書，這些書不也是分析性、體系性都強嗎？情形如此，一些龍學者認為《文心》分析性、體系性都強，因為受了佛經的影響，對此我們不禁要問：《文心》為什麼不是受到《呂》《淮》《史》等書的影響，而只能受到佛經的影響？

我們推崇《文心》，最簡要最常用的褒語是「體大慮周」，「體」正是體系之意。體系涉及結構。此書當然有組織有結構，劉勰在《序志》篇裡對此有其「夫子自道」。向來的龍學者或完全根據「自道」加以演繹解說，或認為劉勰「自道」的結構之樹，枝條不夠清晰分明，而加以調整。正如龔鵬程所說：認為此書「結構有問題的人其實也有很多，這些問題所指主要集中在下半部」。（頁 437）他引述王夢鷗、李曰剛對此書篇章的重新排列為例，指出眾多學者「對它的組織結構不滿意」（頁 439）。事實正如此。

五、《文心》的篇章組織等方面不滿人意

龔鵬程曾說《講記》的宗旨之一，是「以這本書做個例子，教人如何讀書」，這裡龔老師的確給出了一個「教訓」：我們要慎思明辨，要實事求是。《文心》是經典，甚至可稱為偉大的經典；但它不是「聖經」，其內容不是「一字不能易」的宗教性真理。中國文學最早的經典之一《離騷》，如何分節分段，向來眾說紛紜，這正表示它的結構有問題；對此我不避「冒犯」經典之嫌，發表過《委心逐辭，辭溺者傷亂》一文議論之。巧的是我用以批評《離騷》結構的正是《文心》中《鎔裁》篇的理論。〔註 2〕

〔註 2〕關於本人對《離騷》結構的批評，請參考黃維樑著《文心雕龍：體系與應用》（香港：文思出版社，2016 年）第八章。

誠如龔教授所言，《文心》的結構問題「主要集中在下半部」，即第二十六篇開始的下半部。我對《文心》篇章的重排有兩個做法，可能是歷來最為「大膽」的。其一是：1～5篇為「文原論」，6～25篇為「文體論」，這兩部分依從眾說；以後的二十五篇，我分為七部分：「文思論」「文風論」「文則論」「文采論」「文人論」「文評論」「文史論」，各論包括的具體篇章，這裡不列出來了。其二是：以《文心》篇名「情采」和「通變」為關鍵字，以《文心》主要內容為基礎建構中西合璧的文學理論體系；這個全新的「重排」是對《文心》極具顛覆性的建設，有我的「雄心」在，這裡也不便詳細述說〔註3〕。《文心》的內容，確有令人「不滿意」的地方，各篇的組織結構只是其一；其他如龔氏所言「詞意不穩定、界說不分明、引用語句常變更其含義，或譬喻太多之類」，概括來說，就是「本身用語及理論不嚴密」（頁334）。我完全同意龔氏的評斷。試舉一二例子：《風骨》篇的「風骨」二字，龍學者對其含義辯論了至少一百年，最是眾說紛紜，結論是沒有結論；《文心》首篇首句「文之為德也大矣」的「德」字，應作何解釋，也沒有定論。

《練字》篇指出練字的重要，《論說》篇認為論述文字應「鋒穎精密」，但劉勰筆下常有做不到的。我曾在研討會中開玩笑，謂《風骨》篇大概是劉勰喝酒三分醉時草就之章——其實劉勰喝酒不喝酒我不知道，也許要請博學的龔教授考證一下。至於做不到「鋒穎精密」，我可以引用《指瑕》篇的「古來文才，……慮動難圓，鮮無瑕病」為劉彥和打圓場。《文心》本身有「瑕病」，我們應該指出；龍學者的見解如不妥當不中肯，我們也應該指出。

六、對龍學前輩率直批評

龔鵬程1978年曾撰文「痛批前輩徐復觀先生」的《文心》文體論（頁315），那時他年少氣盛、「恃才傲物」，學術界不少前輩都怕了他。才氣縱橫，四十歲左右就當了大學校長——所以我常稱他為「龔校長」；「氣焰」收斂了，溫柔敦厚多了，但其直言本色保持不變。不管是從前的徐復觀或者後來的饒宗頤，他都不避諱：「饒先生又說因佛教論『心』最多，所以《文心雕龍》才會命名為『文心』。這同樣也是錯的。」（頁60）指名道姓批評學者，也批評時下的學術界，並借此為傳統辯護：「現代人常說我們中國人不擅長思考與辯論」；其實，「我們的講論，從漢代以來，一直如此。宋代書院中就有主講、

〔註3〕請參考黃維樑著《文心雕龍：體系與應用》第二章。

會講、集論等」。（頁 119）

作為橫跨臺灣海峽的學者，龔鵬程兼評兩岸，認為雙方學者對對方的學術狀況不熟悉；在龍學方面，大陸學者所說臺灣青年學者的研究不夠深入，此說法是不「符合實況」的。他進而指出，「在八九十年代，王更生先生等老輩，其實是作為批判對象而存在的」；當年像他自己一樣的「晚輩」，對老輩學者的龍學「業績其實並看不上眼。我們的研究，正是為了超越他們而展開的」；而且，「我們覺得是遠勝於老輩的」。（頁 330）跟著他描述臺灣新一代學者的龍學「新視域」，包括「從中外文論對比的架構來看」《文心》，並介紹「晚輩」學者沈謙、黃維樑〔註4〕、龔鵬程、蔡英俊等的相關著作。

七、別開生面、精義紛呈的宏大論述

《文心》是一本小的大書：它只有三萬七千多字的篇幅，卻論述了千餘年的文學，包括兩百多個作家、三十五種文體。儘管文字濃縮，內容卻非常豐滿。《文心》本身是一本「宏論」，因它而起的龍學必然是門大學問。這大學問百年來吸引了大批學者來研究，龍伯龍叔龍兄龍弟龍姐龍妹合力把龍學推高成為顯學，論著數目年前經過戚良德教授統計編列後又增加了很多，真是計算不清。「為什麼我還要來加一本呢？」龔鵬程像多位同行一樣問道。因為有話要說，而且有很多重要的話要說。我這篇讀書筆記引述《講記》深獲我心的內容、讓我深深獲益的內容，實在引得太少。例如他辨別《文心》與《文選》的不同，一新讀者耳目；又如比較《文心》和《詩品》的異同，精彩紛呈。這些議論和許許多多其他的，都來不及徵引評介。《講記》不無若干可斟酌商榷的地方，我的閱讀筆記篇幅已長，這裡也不及述說。

我的龍學方向，一是通過中西比較，彰顯《文心》的理論特色，並說明它所具備的地域普遍性和時間恒久性；二是把它的理論用於中外古今作品的實際批評，說明其實用性。《講記》以中國傳統的文史哲作為論述材料，有時也參引西方論著；講者的龍學聚焦和我不同，因而我讀其書，對我的龍學知識，很有補充增益的作用。他的傳統文史哲諸學的修養，實在比我深厚得多。著作異常豐碩的龔鵬程博士，真是一位博聞強記的國學大家。

讀《講記》每有返老還童的感覺：我好像是個北京大學的旁聽生，冬日清

〔註4〕本人的論著多有在臺灣發表和出版的，也曾多年在高雄中山大學外文系和佛光大學文學系擔任教授或客座教授；龔鵬程把我放在臺灣學者之列，大概基於這些因素。

晨八點鐘背著書包準時上學堂，天色蒙昧中聽龔鵬程老師講《文心》、講「如何讀書、讀人、讀世、讀理」，從蒙昧聽到明晰，收穫大大的教益。《講記》是龍學的一本「宏論」。我改用時下一個文學熱詞「宏大敘事」（grand narrative），把這本大著稱為別開生面、精義紛呈的龍學「宏大論述」（grand discourse）。

本文刊於《新京報》網上版；刊於《文心學林》2021 年第一期；刊於《華人文化研究》第 8 卷第 2 期〔2020 年 12 月出版〕。

傳播文化，讓雕龍成為飛龍

前言：

　　2006 年 7 月 24～29 日長春市吉林大學舉行「世界華文文學國際學術研討會」，議題包括「東亞漢學與文化傳承」，我帶著佛光大學文學研究所的幾個同學參加研討會。陳美美、吳明興、陳忠源、鄭禎玉、顧蕙倩五個同學為這次研討會提交的論文，編印成小冊子，名為《第十四屆華文文學國際研討會專題論文集：用〈文心雕龍〉析評當代華文文學》。下面的短文，是我在是年 7 月 7 日為此小冊子所寫的序言。

　　參加這次研討會的幾個同學，所用的文學批評理論，主要是一千五百年前東方的《文心雕龍》。在目前全球化──往往就是西化──的年代，這可說是個異數。這樣做的理由如下：

一、各取所需：呈現文學批評理論的多元化

　　最近一百年來，從馬克思、佛洛伊德到「後殖」（post-colonialism）、「離散」（diaspora），文論的各種主義爭妍鬥麗，與巴黎、紐約的時裝界花俏百出、競領風騷不遑多讓。二十世紀西方的各種文論，先後引進中土，成為時尚，發揮其或大或小的作用，享受其或長或短的風光。在趨新之際，有很多人忘了舊；在崇洋之際，有很多人忘了華。優秀的批評家，應該對中外古今的文論，都有相當的修養；在實際批評的時候，擇善而從。在析評施叔青的《維多利亞俱樂部》時，我們可用「後殖」；在析評馬森的《夜遊》時，我們可用「離散」；在面對黃國彬〈天鷹展〉、〈浪鱉的聲音〉等「大品散文」時，「後殖」與「離散」等理論，卻瞠乎其「後」；潰「散」不成軍了；我們需要的是

郎介納斯（Longinus）的「雄偉」（sublime）、劉勰的「壯麗」。劉勰的一句「藻耀而高翔，固文筆之鳴鳳也」，道出了黃國彬的壯麗風格。

二、藍海戰略：文學批評家另闢蹊徑

華人文學學術界緊跟西方的馬首之後，成為（後現代主義、後殖民主義的）「後學」，從事文學評論時，千篇一律離不開「第二性」、「性別政治」、「他者」、「權力」、「範式」、「歷史記憶」、「國家想像」、「離散」這些話語。五湖四海各路人馬爭奪學苑的霸權，「文鬥」得火紅一片——如果不是血流成海的話。近日的商戰暢銷書是《藍海戰略》（Blue Ocean Strategy），作者規勸在熱門商業場域惡性競爭者另闢戰場，能如此則碧天藍海，海闊天空。這也就是國人所說創新開拓、另闢蹊徑之意。太陽之下少新事，復古、化古可以是一條新路。「女性」、「後殖」、「離散」這些都是文學的「義理」，而古代亞里士多德、郎介納斯、數十年前鼎盛的新批評學派，都重視「辭章」。中國古代情采兼重，詩教與詩藝並尊。這裏佛光大學幾位研究生的論文，探討詩文的比興、結構等技巧，強調的就是「辭章」，就是作品的藝術性，就是《文心雕龍》說的「采」。文學之為藝術，怎能沒有藝術性？在未來的世代，「辭章」必須重新受到重視。劉勰在〈情采〉篇說：「正采耀乎朱藍。」意謂紅色和藍色都是正色的光彩。我們可開玩笑地說：現在應該是考慮「泛藍」的時代了。

三、《文心雕龍》：讓雕龍成為飛龍

中華文論界往往以西方為馬首，而不知道或不理會東方的「龍頭」：《文心雕龍》。甚至有人認為中國古代的文論都是直覺式、印象式、籠統概括、不分析、無體系的。有民族自卑感倒還罷了，竟在自卑感之外，還染上民族無知症。今天中華的批評家，都應該好好學習中國傳統的文論，尤其是體大慮周、中庸而高明的《文心雕龍》。於文學研究、批評時，力求中西合璧、擇善而從。《文心雕龍》是文學理論、修辭學、實際批評的綜合體，它甚至有文學史和分類文學史。筆者對其〈知音〉篇的六觀法特別珍重，認為它是個放諸四海而皆準的實際批評的完整架構。最近一兩年來，我在教室裏宣講六觀法，建議同學們嘗試用六觀法從事文學批評。這次佛光大學參與研討會的幾篇論文，就有試用六觀法的。

我早在 1983 年就發表〈重新發現中國古代文化的作用——用《文心雕龍》「六觀法」評析白先勇的《骨灰》〉一文，鄭重地介紹此法，並把它付諸實踐。

此文獲得臺灣游志誠（筆名游喚）教授青睞，編入他的《文學批評精讀》一書。內地的張少康、張文勛、劉紹瑾、汪洪章等諸位教授在其論著中，也分別對筆者通過中西文論的比較來發揚《文心雕龍》理論——包括六觀法——表示肯定。月前偶然發現臺灣彰化師範大學國文研究所陳室如君的〈試以《文心雕龍》「六觀」法解讀簡媜《天涯海角》〉（此為 2002 年第六屆青年文學會議論文），甚為驚喜。知音難逢，而我逢到知音，劉勰逢到知音。我在這裏講述六觀法的「接受史」，或有自我標榜之嫌；其實我志在壯聲勢——我的，更是《文心雕龍》的，聲勢。

2006 年在吉林大學舉行的這一屆「世界華文文學國際學術研討會」的議題包括「東亞漢學與文化傳承」、「華文文學教育與文化傳播」。現在我們評論一些華文作品，闡述其特色，試論其成就，盡了批評家的責任。我們同時發揚《文心雕龍》，讓雕龍成為飛龍，翱翔於文學批評的天宇，也是一種文化傳播、文化傳承。我們希望用《文心雕龍》來批評當代作品，不再是異數，而變成常數。中國世界華文文學學會的會長饒芃子教授，是華文文學的專家，而且對《文心雕龍》有深刻的認識。佛光大學幾位同學和我，都希望得到饒會長和這次各位與會者的指教。

補記

小冊子（A4 大小，共 60 頁）所收諸同學論文題目如下：陳美美《千年觀照：由〈文心雕龍〉看余光中散文理論與實踐》；吳明興《華美整飭的樂章——論高準〈中國萬歲交響曲〉》；陳忠源《天鷹——黃國彬的壯麗風格》；鄭禎玉《奮鬣捲浪翻波——黃國彬〈浪鬣的聲音〉之結構分析》；顧蕙倩《眇眇來世，倘塵彼觀：譬如花也要不停地傳遞下去——以〈文心雕龍·知音〉六觀法析評夏宇〈象徵派〉》。另收錄我的一篇舊作，用六觀法析評白先勇《骨灰》的。此次五位博碩士研究生在會上派發小冊子，並宣讀論文，獲得與會多位前輩好評、鼓勵。參加這次會議的易崇輝教授，對我們這幾篇論文加以肯定，向我邀稿，結果發表在汕頭大學出版的《華文文學》2007 年第 1 期上。我在佛光大學任教期間，指導過好幾篇論文，都與《文心雕龍》有關。其中陳忠源的《韋勒克、沃倫〈文學理論〉與劉勰〈文心雕龍〉之比較研究》於 2010 年 6 月通過口考（答辯），取得博士學位。陳忠源這篇論文經過修訂，並經四川大學曹順慶院長領導的相關審查小組通過，將於 2023 年由花木蘭出版社推出。2022 年 10 月黃維樑補記。

我常常引用《文心雕龍》的話語

　　我關於《文心雕龍》的一些文章，發表後有頗多好評，使我深得鼓舞。例如，評顧彬那篇，中國社科院文學所的陳駿濤教授，2008年夏天在其博客開張時，把此文貼上，列為其博客第一篇推薦的文章，並這樣寫道：黃維樑「此文學問、見識、文采俱佳，文章寫得活潑、機趣，沒有通常論文的那套八股腔，讀來十分痛快。批評德國顧彬教授的『垃圾說』也抓住了要害，很有力度。」

　　對於我別的一些「龍文」，復旦大學的黃霖教授寫道：「近年來，我注意到……黃維樑教授已寫過多篇論文用《文心雕龍》等傳統的文論來解釋中外古今的文學現象，很有意味。可惜的是大家習慣於戴著西方的眼鏡來看中國的文學，反而會覺得黃教授的分析有點不倫不類了，真是久聞了異味，就不知蘭芝的芳香了。我們現在缺少的就是黃教授這樣的文章。假如我們有十個、二十個黃教授這樣的人，認認真真的做出一批文章來，我想，傳統理論究竟能不能與現實對接，能不能活起來，就不必用乾巴巴的話爭來爭去了。」

　　引了上面的贊詞，除了為自己「壯膽」和「貼金」之外，也希望一如黃霖先生所說，有更多的人「認認真真的做出一批文章來」；大家這樣共同努力，聲勢更壯，應可達目標。

　　除了專文、專著之外，我經常在各種書寫中「宣傳」劉勰的理論，讓「文心」放光、「雕龍」現身，藉此引起更多人注意此書。知我者甚至可以這樣說：「黃維樑下筆不離《文心雕龍》！」以下是一些例子。

　　在稱述現代學者作家錢鍾書等人的文章裡，引述《知音》篇和《風骨》篇的「圓照之象」和「藻耀而高翔，固文筆之鳴鳳也」語句。在憶述香港沙田校

園的生活時，提到教學中對《文心雕龍》的重視。在講述余光中的知音一文中，引錄《知音》篇「觀千劍」「操千曲」的雋語。在記述王蒙活動的一文裡，提到「一千五百年前玄遠的文學理論經典《文心雕龍》」。在《對聯唯我國獨尊》一文中，徵引《原道》篇的「日月疊璧，以垂麗天之象……」等麗辭。在一篇黃山遊記裡，引述《神思》篇的「登山則情滿於山，觀海則意溢於海」以說明想像力的作用。在一本譯論著作的評介裡，用《論說》篇的「師心獨現，鋒穎精密」等語稱美該書。

　　百年來龍學學者成就卓越，在版本考證、篇章注釋、理論詮釋等各方面，有很多貢獻。劉勰寫作本書的初心、《文心雕龍》的「心」，大家探照得明亮了；劉勰用文字鑄刻成的雕龍、《文心雕龍》的「龍」，大家刮垢磨光後光鮮靈動了。在國家硬實力軟實力都顯著提升的時代，「龍的傳人」當各盡所能，憑著日益加強的文化自信，發揚這部曠世的文論經典。我國航天的玉兔，已登陸月球，神舟則遨遊太空。「龍的傳人」在學術上堅毅勤苦奮鬥後，「雕龍」應可在國際成為珍寶，以至憑著東風化作「飛龍」周遊天下各國，為世人歡喜迎接。

寫於 2010 年代。

為什麼要發揚《文心雕龍》？

　　文學反映文化的方方面面，有如人生社會的萬花筒，閱讀文學有助於我們對人生社會的認識。文學是文字的藝術，閱讀文學有助於我們語言文字能力的提升。文學的功能極大。我們閱讀文學、研究文學，因而有文學理論、文學批評。古今中外的文學理論批評論著，因為文明日進而數量日多，佳作傑篇不勝枚舉；在其中，劉勰《文心雕龍》是我國古代文論著作的龍頭。它「體大慮周」，理論高明而中庸，具有貫通中外的普遍性、涵蓋古今的恒久性；1500 年前劉勰雕出來的這條龍，到今天仍然精美耐看，靈動多姿。

　　上面說「文學的功能極大」，《文心雕龍》首篇《原道》的首句「文之為德也大矣」，正可作這樣的解釋。情是文學的原動力，英國 19 世紀詩人華茲華斯（W. Wordsworth）說「詩是強烈感情的自然流露」，《文心雕龍》的《明詩》篇早就說：「人稟七情，應物斯感，感物吟志，莫非自然。」人生有悲情苦情，文學中有悲劇，西方有「文學乃苦悶的象徵」說，有「昇華」說，有「詩好比害病不作聲的貝殼動物所產生的珠子」說，而《才略》篇正有說「蚌病成珠」之論。現代學者錢鍾書重視辭采，以「行文之美」、「立言之妙」為文學之為文學的極重要條件；《情采》篇早就說：「聖賢書辭，總稱文章，非采而何？」采就是文采，劉勰指出，連聖賢以內容義理為重的書寫，也是講究文采的。

　　文藝青年常有的苦惱是：「我有很多想法、很多意念，簡直上天下地飛舞着，卻不知道怎樣才能寫出來，成為好文章！」《神思》篇早已回答：這是因為「意翻空而易奇，言征實而難巧」啊！文藝青年接著可能問：「有幫助我寫得好的辦法嗎？」《神思》篇好像已知道有此一問，給作者的建議中，包括要他「積學以儲寶，酌理以富才」；而 20 世紀艾略特（T. S. Eliot）的「25 歲後

繼續寫詩，不能單靠才華，還要具備歷史感」說（即要提高文化水準，包括多讀文學經典）、王蒙的「作家學者化」說，簡直可當作劉勰理論的迴響。

　　文章難寫得好，評論作品就容易嗎？現代西方的文學理論家，極言讀者的背景、興趣不同，對作品的反應往往大有分別，於是有所謂「讀者反應論」以剖析相關現象；其實《知音》篇早就觀察到，不同口味的讀者，有相異的反應：「慷慨者逆聲而擊節，醞藉機密而高蹈，浮慧者觀綺而躍心，愛奇者聞詭而驚聽。」《知音》篇進一步提出積極的建議：我們只有力求客觀了，那就是要操千曲、觀千劍，因為「操千曲而後曉聲，觀千劍而後識器」，博觀才能減少主觀。為了避免「各執一端」、「褒貶任聲」，劉勰還勸我們不走捷徑，而用「笨」法；這個「笨」的辦法是，從「位體」「事義」「置辭」「宮商」「奇正」「通變」六個方面去觀察、分析、評價作品。

　　《文心雕龍》還有其他種種對文學的意見，包括文學的源頭是什麼、文學有哪些體裁、不同體裁作品的特色風格為何、作者怎樣修辭謀篇、文學的功能為何，如此等等。它是中國古代的文學理論大全，而其多種理論到今天仍然可用，甚至讓我們覺得煥然如新；譬如我們可以用上面提到的「六觀」法，來分析評價古今中外多種多樣的文學作品。我有一篇長文章，題為《「情采通變」：以《文心雕龍》為基礎建構中西合璧的文學理論體系》，通過中國和西方文學理論的比較，並建構體系，說明這部古代經典的偉大。我們要發揚中國這部文論的傑構。

寫於 2016 年 6 月。

蒙古包換成文心學──盛會在呼城

　　一般人文學者可能聽過《文心雕龍》這本書，卻不一定讀過它，知道它的偉大。1500 年前劉勰（字彥和）三十來歲時撰寫，全文三萬七千字的小書，20世紀初以來，成為被持續熱烈研究的巨著，其學稱為龍學，又稱文心學。根據戚良德教授的最新統計，至今已出版的龍學專著達 700 余部，文章、論文有一萬餘篇。龍學者從前互稱為龍兄龍弟，現在龍姐龍妹已遍佈海峽兩岸。此書用駢文寫成，典故多，難翻譯，卻已有多種外文譯本。是文學理論批評的專著，卻已有學者拿它和兵法、建築學、現代小說名著、現代傳播學相提並論。

　　為偉大的小書舉辦的研討會，從北京開到廣東，從山東開到內蒙。今年（2017 年）8 月上旬在呼和浩特市的文心學會議，少長百多位學者受到「呼」喚，來頂禮、來研究劉彥「和」之書，會議聲勢「浩」大，「特」色別具。會議的特色之一是：以「應用、普及和傳播」《文心雕龍》為研討的一個重點。發揚此書，的確是發揚中華傳統文化的一個重要部分。百年來的文學理論和批評，國人崇洋，很多學者都以西方文論為馬首，而不知我國古代的龍頭。

　　是次研討會由內蒙古師範大學文學院主力籌辦，主力的主力是萬奇教授。他是內蒙古龍學的第二代，得到第一代王志彬教授的心傳──真是文「心」之傳，合力發揚文心學。三十多年來，內蒙古的龍學專著有 15 種，期刊論文 130篇，學位論文 30 篇。內蒙古的人不再住在蒙古包，他們有了《文心雕龍》。專著中有一本名為《漢蒙合璧文心雕龍》，這在當年劉勰的美夢中，是絕不可能出現的。參加盛會，我有詩《文心盛會在呼城》為記：

　　　　文心盛會在呼城，碧草金陽迎眾英。情采麗辭自古雋，知音通

變至今名。

　　　　創新開拓鑽研力，普及提高議論精。發射神舟壯美地，飛龍來
日向西征。

　　第一句：中國文心雕龍學會第十四次年會 8 月 5～6 日在呼和浩特市內蒙
古師範大學召開，本人與會。

　　第二句：呼和浩特意為「青色的城」；呼城青草碧樹處處，也可「誤讀」
為草樹青青之城。開會的那幾天，金陽燦麗，加上適逢內蒙古自治區成立 70
周年大慶，呼城的市容特別亮麗。群賢雲集，與會者百多人，其中十多位來自
臺灣；也有來自義大利的學者蘭珊德（Alessandra Lavagnino），她是《文心雕
龍》的義大利文譯者。

　　第三和第四句：情采、麗辭、知音、通變都是《文心雕龍》的篇名；此書
體大慮周，其理論至今仍可發揮作用，甚至可與兵法、傳播理論等互相發明。

　　第五句：與會的龍學者鑽研此書，屢有創見；學會的新任會長左東嶺教授
發言，對今後龍學空間多有開拓之意；林淑貞教授的小組會議總結報告有新
風，認真、細緻、精闢，且附以高效率製成的照片 ppt，令人讚歎。

　　第六句：會議重點議題之一是此書的應用、普及與傳播，嚴紀華教授有鴻
文詳述此書理論應用於實際批評，我與萬奇教授合作編寫的普及型新書《愛
讀式文心雕龍精選讀本》則在會上作了簡短的發佈聲明。

　　第七句：內蒙古為我國航太偉業基地，神舟飛船即在此發射。

　　第八句：中華學者在文學理論方面崇洋者多，我多年來發表論著，呼籲發
揚龍學，「讓雕龍成為飛龍」的呼聲得到不少同行的回應；我們要讓雕龍飛在
神州大地上，更飛向西方，發揚華夏文化。

　　復旦大學的周興陸教授有詩並序應和之，如下。

　　　　呼市「龍學」會議返程途中倉促和黃維樑教授七律：

　　　　衡文論道入呼城，忭舞歡欣謁傑英。白石繁花鋪青草，宿儒先
達仰高名。

　　　　卅齡便得筆靈妙，千載猶稱思粹精。龍學正途風景異，吾儕勇
力往前征。

　　　　　　　　　　　　　本文上半部刊於《羊城晚報》2017 年 9 月 10 日；
　　　　　　　　　　　　　　全部內容刊於《文心學林》2017 年第二期。

附錄　贈《文心學林》一首　黃維樑

　　頃接 2014 年第一期，展卷而讀，信息與論述兼載，內容充實，製作美好，欣喜不已。很久沒有到鎮江你們的中心，接到這本刊物，分外高興，且有親切感。讀後綴蕪詞曰：

　　　　劉勰鎮江寶，《文心》寰宇珍；

　　　　學林長探索，經典久彌新。

　　　　　　　　　　　　　　　刊於《文心學林》2015 年第一期。

比較文學與《文心雕龍》
——改革開放以來香港內地文學理論界交流互動述說

一、兩地學者絡繹交流

香港這小島緊接大陸，有神州廣大的腹地，小島與大陸向來交流互動；19世紀中葉成為英國殖民地之後，情形不變。1960～70年代文革的政治動盪時期，小島與大陸之間仍然連系著。1980年代內地改革開放政策實施以來，兩地的交流互動，很快就從從前的細水長流，變得長川巨流起來：金融經濟專家交流，文藝學術名家也交流。在動盪和封閉之後，國家改革開放了，開門向哪里，放眼看哪里？最近的地方是香港。面積一千平方公里的資本主義殖民地，有千新百奇值得內地同胞觀摩的事物，可供有中國特色的社會主義社會借鏡或批判。很多香港人則想接觸內地來港的人物，也想親身到內地體驗新發展、新景象。

筆者1976年夏天在美國取得博士學位，隨即返回母校香港中文大學任教。數年後內地改革開放，以言與內地交流的香港學術機構，中文大學大概是最積極的。1981年秋天，中大中文系舉辦現代文學研討會，柯靈、王辛笛等先生應邀來港參加，余光中教授（1974～85年在中大任教）發表講話，題為《給辛笛看手相》（辛笛有詩集名為《手掌集》）。中大新亞書院邀請多位內地學者來校主持講座：1981年有清華大學的錢偉長教授；1982年有北京大學的王利器教授；1983年有中國社科院的賀麟教授；同年還有美學家北京大學的

朱光潛教授，書院特別從臺灣請來錢穆先生讓兩位老人家會面。1984 年秋中文大學把榮譽文學博士學位頒予巴金先生，表揚秋收累累的文學家，並趁此舉行會議，讓巴老與香港文化界談文說藝。另一方面，文學界、學術界人士赴內地開會、講學或者拜訪前輩的，這幾年也絡繹於途。

1984 年 4 月我第一次赴內地參加文學學術研討會；同年夏天第一次到北京旅行，心血來潮要拜訪錢鍾書先生，且如願拜會了。也就在這 1980 年代初，潘耀明在內地辛勤的採訪之後，撰寫和出版了他的《當代中國作家風貌》正續兩編。這幾年的交流互動，我只就記憶和手邊資料所及，略加舉例如上，而且例子泰半是文學方面的。兩地作家和文學學者的交流，兩地文學研討會的召開和雙方參與，以至兩地彼此出版對方書籍，兩地報刊彼此發表對方作品，改革開放以來，各種活動紛繁，難以備述。本文以香港和內地文學理論學術界的交流互動為述說範疇，而這個範疇的內容已經非常豐富了。

文學理論指關於文學的種種觀點和意見，包括文學是甚麼，文學作品如何構成，有甚麼體裁、技巧、風格、功能，文學與時代有何關係，作者與作品有何關係，作品怎樣影響讀者，我們怎樣從事文學批評，怎樣編寫文學史，怎樣較為宏觀地理解不同國家、不同語言的文學。文學理論見於文學理論專著，也見於實際批評作品時的論述；文學理論與美學關係密切，因此文學理論也見於美學論著。中外古今的文學作品和文學理論論著，只說公認為重要者、傑出者，已多如晴朗夜空的繁星；文學理論家和任何人文學者一樣，都要博古通今，也因此，文學理論的研究必涉及大量的文學藝術以至其他學科的文獻。本文只能聚焦再聚焦，把焦點定於文學理論專業本身之後，選定了兩個中心點：一是「比較文學」（comparative literature），二是「龍學」也就是《文心雕龍》研究。

二、香港的大學校園有「比較文學家之徑」

比較文學研究的是不同語言、不同國家、不同文化傳統的文學，剖析比較其異同，或追尋其相互影響的軌跡。比較文學興起於 19 世紀的歐洲，美國在 20 世紀接其緒；而比較的興趣和論述方法，則源遠流長。20 世紀比較文學作為學術專業進入中國之前，清末的知識份子接觸西方文學時，就已一邊閱讀一邊比較：中國小說和法國小說的起筆有何不同？狄更斯和司馬遷的文筆，誰更超卓？五四新文化運動以來，比較文學在中國興起並發展；1950 至 1970 年

代，內地的比較文學變得消沉以至寂滅。

　　一方罷唱，另一方則登場。1950 年代開始，海峽對岸的臺灣，學術文化受西方特別是美國的影響越來越大；留美之風大熾，「來來來，來台大；去去去，去美國」成為青年學子的口頭禪。在臺灣，比較文學在 1960 年代興起，至 70 和 80 年代而大盛。香港是中西文化交匯之城，知識份子的言談與書寫，常常喜歡中文與外文（主要是英文）夾雜、中華事物與西方事物比較，文學學術界早有中西比較文學的土壤。1970 年代中葉開始，一些具臺灣背景和留美經歷的文學學者，加上具香港背景和留美經歷的文學學者，先後到香港的大學任教；天時（鄰近的臺灣此時比較文學大盛）、地利（香港有中西交匯、中西比較的土壤）加上人和（進來了具有留美經歷的學者），於是在大學裏特別是在香港中文大學裏，比較文學赫然出現。

　　1970 年代中葉開始，在香港中文大學，短期或較為長期，從事中西比較文學教學和（或）研究的華裔學者，包括余光中、梁錫華、筆者（以上屬於中大中文系）、袁鶴翔、周英雄、鄭樹森、王建元（以上屬於中大英文系），另外有美國人李達三（John Deeney，屬於中大英文系，具臺灣背景）；在香港大學，則有鍾玲和黃德偉。

　　1997 年香港回歸，首任特首董建華 1999 年的施政報告，表示把香港定位為「亞洲國際都會」；說在文化方面要見紐約、倫敦之賢而思齊。差不多與此同時，美國《時代》週刊有專輯論九七後的香港，封面的專輯標題是「自鑄偉辭」（這四字出自《文心雕龍》）式的「New-Lon-Kong」，意思是香港很可發展成為紐約和倫敦一樣的國際大都會。1960 年代起香港經濟快速發展，衣食足而後知文化，香港又長久以來中西文化交匯；因此，1980 年代的香港，雖然不是什麼紐約或倫敦，但如果說是小紐約或小倫敦，應該不會引起太大的異議。以言西方文化，紐約、倫敦之外，應該至少加上巴黎。1980 年代的香港，可說是迷你型的紐約、倫敦、巴黎，是個「小紐倫巴」（a mini-New-Lon-Pa）。香港的華裔學者與內地的學者同種同文，都是所謂「龍的傳人」；內地學者尤其是年青的一代，要窺探、接觸境外以西方為馬首的文化學術新世界，香港地利人和，是經濟便捷的首站。

　　1985 年中國比較文學學會成立大會暨首次學術研討會，在深圳大學召開。會議彙集了內地老中青不同年齡段的比較文學研究者，香港的一些同行則赴深圳參與盛會；說到交流互動，這是個「華麗登場」。就記憶所及，香港中

文大學的袁鶴翔、李達三、周英雄和筆者都出席；「外來的和尚」會念經，每人都做了演講。我講了一兩場，內容是美國的新批評，以及加拿大佛萊（Northrop Frye）的原型論（archetypal criticism）。在 1985 年稍前和以後到中大訪學的內地文學學者或比較文學學者，絡繹於途。他們在中大一般居留一個月到三個月，與中大英文系、中文系和（基本上由中英文系講師教授組成的）「比較文學與翻譯研究中心」成員交流，他們在中大圖書館閱讀查看各種資料，與若干中大學者從事合作研究，參加學術研討會或座談會，或主持講座。

上述中大中文系和英文系的學者，多少都參與接待和交流活動，我是較多參與者之一。所費心血、時間、精力最多的，是李達三。他擬定計劃、籌措經費、接待訪客、安排活動、合作研究，日以繼夜，工作繁重。1985 年，當時 40 歲的劉介民到香港中文大學訪學，以後多次到港，和李達三從事比較文學合作研究。二人多年多番互動，編印了多冊資料集和文集。劉介民和李達三的關係，亦師亦友，延續了 30 年，見證了港、陸兩地交流互動的盛況。曹順慶是當年另一位到中大訪學的年輕學者，他曾與我合作編印了《中國比較文學學科理論的墾拓——台港學者論文選》（北京大學出版社，1998）一書，我在此書的序言寫道：

中文大學是香港以至臺灣、大陸比較文學的重要基地。德國的海德堡和日本的京都，都有「哲學家之徑」。在我看來，中文大學的山村路、中央道、士林路可連成一線，謂之「比較文學家之徑」。香港的、臺灣的、內地的、其他地方的比較文學學者，在這條路上行走，或上課，或回家，或前往參加研討會，或回賓館休息，他們在山徑上沉思冥想，柳暗花明，涉及的常常是比較文學的問題。李達三、袁鶴翔、周英雄、朱立民、鍾玲、樂黛雲、劉介民、曹順慶、張隆溪、雷文（Harry Levin）、奧椎基（A. Owen Aldridge）等等，都在這裏留下了他們比較文學的足跡和思維。

前文已提到劉介民、曹順慶，引文述及的樂黛雲、張隆溪，此外還有謝天振、徐志嘯、王寧等等，都是內地學者。〔註1〕

〔註 1〕據劉介民編譯《見證中國比較文學三十年》（廣州：廣東教育出版社，2010）所述，1980 和 90 年代應邀到香港中文大學訪問交流的內地文學與比較文學學者有數十人，包括崔寶衡、方平、賈植芳、林秀清、劉以煥、劉介民、盧康華、羅鋼、茅于美、孫景堯、蔡恒、巫甯坤、謝天振、楊周翰、易新農、應錦襄、遠浩一、趙瑞蕻、溫儒敏、蔣述卓、廖鴻鈞、胡經之、金宏達、曹順慶、龍協

20 世紀西方的文學批評理論，有精神分析批評、英美新批評、現象學批評、神話與原型批評、西方馬克思主義批評、結構主義批評、解釋學批評、接受美學與讀者反應批評、解構主義批評、女性主義批評、新歷史主義批評、後殖民主義批評等，可謂風起雲湧，西風吹遍全球。求知若渴的內地年輕學者，在「小紐倫巴」取西經，往往大有收穫。返回內地後，他們繼續努力，不少人爭取機會出國進修。憑著聰穎勤奮，加上運氣，很多當年似雲而來的青年學者，都平步青雲，在各地成為教授、博士生導師、系主任、學院院長、學會會長、長江學者、講座教授。當年的萌芽學者（budding scholar），其茁壯、成長，多少都蒙受了香港中文大學的陽光和雨露。

三、比較文學「中國學派」的倡議

1980 年代改革開放伊始，內地文學學術界即採用西方理論來研究中國古今文學；西風越吹越烈，以至幾乎有全盤西化的態勢。〔註 2〕極為西化的現象，1970 年代的臺灣比較文學學術界已出現過。有識之士認為泱泱的中華古國，不能這樣唯西方的馬首是瞻，因此有比較文學「中國學派」的倡議。李達三、陳鵬翔、古添洪在 1970 年代下半葉，分別撰文闡釋「中國學派」的研究取向，大意是在引用西方理論來闡釋中國文學之際（也因此「中國學派」曾被認為基本上就是「闡發派」），要對西方理論「加以考驗、調整」，並從中西比較中，進一步「找出文學創作的共同規律和法則來」。身為美國人而曾經在臺

濤等。還有季羨林、樂黛雲、王瑤、賈益民、艾曉明、張文定、陳思和、陳秋峰、范岳、張錦、張智圓、謝媛、韓冀宵、張宵、朱志渝。此外，筆者（本文作者黃維樑）就記憶所及，補充 1980 和 90 年代到中大交流的名單如下：王蒙、黃曼君、白樺、陸士清、李元洛、古遠清、余秋雨、陳子善、謝福詮、曹惠民、喻大翔、錢虹等。這第二批名單裏的諸位，其到訪中大，有不少人是由筆者向中大不同部門申請經費，獲得撥款，乃得以成行。他們到訪時間長短不一，由一周到幾個月都有。他們與比較文學研究沒有關係，倒是多與香港文學研究有關。名單中沒有列出廣東省的學者（如潘亞暾、何龍），因為地近香港，旅費少，他們來往頻繁，難以記錄。還要指出的是：以上兩批名單，並不完整。

〔註 2〕20 世紀西方的種種文論，在中國有其各領風騷的盛況；盛況維持得最長久的文論之一，是女性主義。陳惠芬、馬元曦《當代中國女性文學文化批評文選》一書的「推薦閱讀書目」，列出了 45 本大陸和臺灣出版的相關專著。《海南師範大學學報》的一個主要欄目是「女性文學」，其 2007 年第二期的《西方女性主義理論在中國的傳播和影響》一文，附錄了兩份書目。其一是 20 世紀 80 年代初以來國人譯介女性主義理論的書籍，一共有 44 本；其二是大陸女性主義理論主要研究著作，一共有——數目之大使人驚訝的——196 本。

灣教書、後來在香港教書的李達三，不同意一切以西方為中心。他倡議「中國學派」的一大目的，是希望「在自己本國［即中國］的文學中，無論是理論方面或實踐方面，找出特具『民族性』的東西，加以發揚光大，以充實世界文學」。〔註3〕李達三原為耶穌會教士，他提倡「中國學派」和促進相關學術活動，有近乎傳教士的宗教情操；在從臺灣轉到香港任教後，經常赴大陸開會、講學，其熱心不變。

改革開放開始後數年，內地一些先知先覺者如季羨林、嚴紹璗、黃寶生、曹順慶，反思西化的學術界狀況，感歎中國沒有自己的文論話語，沒有在國際論壇發出中華的聲音。台港那邊有建立比較文學「中國學派」的呼聲，內地聽到了，於是也就此議題討論起來。曹順慶接過李達三「啟蒙、催生的」學派旗幟，使之在神州的比較文學場域飄起來（王寧另外有創立「東方學派」的說法）。〔註4〕學術界一方面大用特用西方文論，一方面認為中國要重建文論話語，中國的古代文論要作現代轉換，學者們要建立中國學派。〔註5〕

曹順慶對比較文學中國學派的基本理論特徵及其方法論體系做了說明。他從「跨文化研究」這一理論特徵出發，指出其方法論有五：闡釋法（或稱闡發研究）；異同比較法（簡稱異同法）；文化模子尋根法（簡稱尋根法）；對話研究；整合與建構研究。曹氏所論，企圖涵括20世紀多位比較文學學者如朱光潛、錢鍾書、樂黛雲、錢中文、張隆溪、謝天振、王寧以至港臺海外如劉若愚、葉維廉、袁鶴翔、李達三、陳鵬翔、古添洪的種種理論和觀念，是一個深具雄心和融合性的體系。〔註6〕曹氏的「跨文化」說法引起若干爭論，至於涉及的中西文化比較，二者是異是同，也眾說紛紜。錢鍾書有「東海西海心理攸同」說，張隆溪和筆者等都認同。不過，「核心」與「至理」雖同，中西文化畢竟千匯萬狀，從其異者而觀之，則異者舉不勝舉。十多年來，謝天振在（與

〔註3〕以上李達三、陳鵬翔、古添洪三位關於中國學派的文章，都收錄於黃維樑、曹順慶編的《中國比較文學學科理論的墾拓——台港學者論文選》（北京大學出版社，1998），請參考，特別是頁140。

〔註4〕曹順慶《比較文學與文論話語——邁向新階段的比較文學與文學理論》（北京師範大學出版社，2011）有一輯「比較文學中國學派」的文章，可參看，特別是頁114和頁120。

〔註5〕參考曹順慶編《中國比較文學學科理論的墾拓——台港學者論文選》一輯的第三篇文章。

〔註6〕參考曹順慶編《中國比較文學學科理論的墾拓——台港學者論文選》的第一篇文章。

比較文學關係密切的）翻譯研究提倡「譯介學」，曹順慶提倡「變異學」，都是
關於「異」的理論。如此等等，內地最近二三十年來，比較文學的諸多理論，
先後登場，蔚然大觀。

四、兩地的龍學以及龍學者的交流互動

　　建立中國學派、中國古代文論的現代轉換、研究中西文論如何整合與建構
──從這些話題，我們正好轉到另一個：內地和香港對《文心雕龍》的研究及
其學術互動。《文心雕龍》體大慮周，是公認的中國文論至尊經典。百年來的
《文心雕龍》研究，號稱「龍學」，是顯學。20 世紀的龍學家，從黃侃、劉永
濟、范文瀾、楊明照、周振甫、王利器、詹鍈、郭晉稀、王元化、牟世金等，
只列述先賢，已經陣容龐大；加上內地目前健在的龍伯、龍叔、龍兄、龍弟以
至龍姊、龍妹，可編成一份如長龍的名單。1950 年代起，香港各大學有龍學
著作的學者包括潘重規、饒宗頤、王韶生、蒙傳銘、黃兆傑、黃繼持、陳耀南、
羅思美、陳志誠、李直方、鄧仕樑、鄧國光、周慶華以及筆者。1962 年 12 月
出版的《香港大學中文學會年刊》為《文心雕龍研究專號》，是香港早期龍學
成果的一個展示。內地和香港，「文心」互通，活動起來，可以就是一條「龍」。
內地改革開放以來，龍學的顯學地位日升，1983 年「中國文心雕龍學會」成
立，此後經常舉行龍學研討會。就記憶與手邊文獻所及，1988 年在廣州舉行
的「《文心雕龍》1988 國際研討會」，香港的陳耀南和筆者應邀出席；其後近
30 年的龍學研討會，筆者和其他香港學者每有出席者。參加研討會是同行學
者交流互動的好時機，切磋琢磨之外，還可為後續的互訪爭取機會。

　　龍學者一般是中國本位的文學研究者，很少涉及西方文學的，與比較文學
學者的「一腳踏中西兩文化」不同。內地如此，香港也差不多。百年來的龍學，
在版本研究、篇章解釋、全書結構、中心思想、作者生平等範疇，成果豐碩，
自不待言。根據戚良德編著《文心雕龍分類索引》〔註7〕一書的統計，直至 2005
年的近百年來，學術界論述《文心雕龍》的單篇論文有 6143 條，專著有 348
條，西文論著有 26 條；雖然這個統計有不少遺珠，卻足以證明龍學確實是顯
學。蔣述卓等著的《20 世紀中國古代文論學術研究史》與黃霖主編黃念然著
的《20 世紀中國古代文學研究史‧文論卷》〔註8〕兩本書中，《文心雕龍》都

〔註 7〕戚良德編著書 2005 年由上海古籍出版社出版。
〔註 8〕蔣述卓等著書 2005 年由北京大學出版社出版；黃霖主編黃念然著書 2006 年
　　　由上海的東方出版中心出版。

是最為重要的述評對象之一，所占篇幅極多，這也可說明其顯赫的地位。

中國本位的龍學者之外，有另類：少數兼涉中西文學的龍學者，則從比較詩學（comparative poetics；詩學的意義基本上等同文學理論）的角度，通過比較，闡釋《文心雕龍》的義理。比較論述是自然不過的學術作為，前文提到中國比較文學的發軔，對此已有提示。魯迅在《詩論題記》中早有比較詩學，他說：「篇章既富，評騭自生，東則有劉彥和之《文心》，西則有亞里斯多德之《詩學》，解析神質，包舉洪纖，開源發流，為世楷式。」錢鍾書、王元化、詹鍈等的龍學論述已有比較詩學的元素，王毓紅的《跨越話語的門檻：在〈文心雕龍〉與〈詩學〉之間》（2002）〔註9〕與汪洪章的《〈文心雕龍〉與20世紀西方文論》（2005）〔註10〕，一與古代比較，一與現代比較，是龍學的比較詩學專著。

筆者是龍學「少數派」的一員。1991年10月筆者應邀在臺北「中央研究院」文哲研究所籌備處，以《〈文心雕龍〉與西方文學理論》為題，做了一個演講，後來據演講錄音整理成文，分別在臺北的《中國文哲研究通訊》和上海的《文藝理論研究》發表，時為1992年。拙作分為七節：一、西方文學理論及其「危機」；二、學者用西方觀點看《文心雕龍》；三、《文心雕龍》與亞里斯多德《詩學》的比較；四、《文心雕龍》與韋勒克及沃倫《文學理論》比較；五、「六觀」說和「新批評」理論；六、《文心雕龍·辨騷篇》是「實際批評」（practical criticism）雛型；七、《文心雕龍》與其他西方當代文學理論。在此之前九年，即1983年，筆者已發表文，比較《文心雕龍》與「新批評家」的結構理論。同為1992年，筆者另外發表專文：用《文心雕龍》的六觀法來評析白先勇的小說《骨灰》。可以說，筆者自此之後的龍學撰述方向──通過中西比較以彰顯《文心雕龍》的理論特色，把其理論用於文學作品的實際批評──在這一年已決定了。把《文心雕龍》的理論用於文學作品的實際批評，是筆者為龍學新闢的蹊徑。

筆者在研究、教學、撰述的興趣，主要是20世紀漢語文學和中西文學理論，在中西文學理論範疇裏面的《文心雕龍》，是個重點。1992年之前和之後，我參加內地的文學理論或《文心雕龍》研討會，發表論文，基本上都以《文心雕龍》為論題，相關論文都曾在內地、香港以至臺灣刊佈，並先後得到兩岸三

〔註9〕2002年由北京的學苑出版社出版。
〔註10〕2005年由上海的復旦大學出版社出版。

地同行的回饋，內地的尤其多。1995 年，筆者在北京參加《文心雕龍》研討會，在論文中發出慨歎：「在當今西方的文論〔學術界〕，完全沒有我們中國的聲音。」〔註 11〕

這與曹順慶的「失語症」說可謂同聲同氣；希望藉著《文心雕龍》為中國發聲的意圖，這裏頗為明顯。比較文學如果要具備中國特色，甚至建立中國學派，其理論最宜由中華學者來建構。這樣的建構不可能憑空而來，而極可能以至必須以傳統的理論為厚實根基；建構起來的理論，必須通達，具有普遍性，且具備可施諸作品析評的實用性。內地有不少學者推崇王國維《人間詞話》的「意境」說，且有用它來搭建具中國特色理論之意。筆者曾發表評論，表示「意境」說的內容單薄，可成為一間詩論的沙龍雅舍，而不可能成為文論的巨廈華樓。以言宏大以至偉大，非《文心雕龍》莫屬。

二十多年來筆者陸續在內地刊佈的龍學論文，獲得很多內地比較文學或龍學學者的肯定；有學者甚至指導研究生，以筆者的《文心雕龍》六觀法論述為對象，寫成學位論文。〔註 12〕受到種種鼓舞，筆者終於完成寫作計畫，出版了專著《文心雕龍：體系與應用》〔註 13〕，此書的重頭篇章是《「情采通變」：以〈文心雕龍〉為基礎建構中西合璧的文學理論體系》長文。如果比較文學和文學理論有中國學派的話，則《文心雕龍：體系與應用》應是這個學派的組成部分。筆者發表過這樣的觀點：中國學派這個標籤，最好由其他國家的學者為我國貼上；我國學者應該以建立有中國特色的文學理論為目標，努力做出實績；目前中國學派這名義，可作為同行的「內部參考」，可作為一種鞭策。

無論如何，筆者由龍弟一步步成為龍兄，以至龍叔，以至可能升格為龍伯，其龍學成果，除了是來自個人的思維和修為，還與學術上香港、大陸兩地的交流互動有很大的關係。我最近的交流活動有：今年 4 月在北京的首都師範大學和中國藝術研究院，分別做學術報告，以闡釋《文心雕龍》的現代意義為旨趣。最近有一項合作：筆者正在和內地的萬奇教授合作編印一本書，名為《愛讀式文心雕龍精選讀本》，用的是筆者發明的一種排版方式。這種版式有

〔註 11〕 參看黃維樑《從〈文心雕龍〉到〈人間詞話〉——中國古典文論新探（第二版）》（北京大學出版社，2013）中《〈文心雕龍〉「六觀」說和文學作品的評析——兼談「龍學」發展的兩個方向》一文，特別是頁 9。
〔註 12〕 參考黃維樑《文心雕龍：體系與應用》（香港：文思出版社，2016）附錄 7「學術界對『黃維樑《文心雕龍》論著』的評論輯錄」，頁 286～290。
〔註 13〕 此書 2016 年由香港的文思出版社出版。

三大優點，對普及這本經典應有幫助；三大優點是：容易閱讀、容易理解、容易記憶。我們要以《文心雕龍》為龍頭，在國際文論界發出中國聲音之前，先要讓「雕龍」在神州大地的上空成為飛龍。

五、小島與大陸的領先與滯後

香港和內地在文論方面的交流互動還有很多，包括參加研討會、出版文論專書、互訪等。例如，香港學者鄺健行和吳淑鈿編選的《香港中國古典文學論文選粹‧文學評論篇》，以及香港學者而長期在澳門大學教書的鄧國光的龍學論著，都先後由江蘇古籍出版社出版；香港學者陳國球關於中國文學的抒情傳統的論文，在內地的學術刊物發表。下面說一個交流中「流產」的專案。1990年代中葉的一個春天，李達三和筆者等到訪北京大學中文系，與同行討論合作出版一本用英文編寫的中國文學理論術語手冊。赴京前計畫擬定了，頭開了，在京時討論了；後來由於港、台方面熱與努力不足等原因，沒有繼續。

由這件事情，我們可以轉而談談香港、大陸兩地學術文化發展的領先與滯後。文革期間萬馬齊喑，文學創作和文學研究等活動大多停頓。在此內地非常時期，香港正常發展；學術思想和研究實績，在剛開始改革開放的內地學術界看來，這小島在好些領域領先了大陸。但是，時代和形勢會變化，領先可能變為滯後；反之亦然。

內地《文心雕龍》的學術活動，自從 1983 年「中國文心雕龍學會」成立之後，諸如舉行研討會、出版各種專著、專刊和工具書，一片欣榮。香港則從來沒有舉行過以《文心雕龍》為主題的研討會；出版過的相關專著、發表過的相關論文疏落，龍學學者寥寥；據說某大學中文系的學生畏難，《文心雕龍》一科選修者極少而開課不成。

比較文學方面，就在上面所說北大術語手冊會議那個春天，我們在開會期間，收到新近出版的《世界詩學大辭典》。這大開本的數百頁巨冊，由樂黛雲、趙毅衡等主編，數十位內地學者撰稿，且由錢鍾書題寫書名。內地的比較文學學報，如《中國比較文學》、《中外文化與文論》多年來持續出版；已面世的比較文學專著琳琅滿書架滿書室；比較文學在大學裏成為重要的學術專業；不同性質和規模的比較文學研討會，在國內不同地方經常召開，連全球性的國際比較文學會議也定於 2019 年在國內舉行了；內地背景的張隆溪且於 2016 年當選為國際比較文學學會的會長。

　　香港的比較文學呢？香港中文大學校園裏的「比較文學家之徑」呢？在
20 世紀末，鄭樹森、周英雄、袁鶴翔、李達三等都已先後離開中大，以後英文
系和中文系的教授，或者由於學術經歷不符合研究要求，或者由於學術興趣不
在此，就漸漸地少見與比較文學相關的活動了。香港的其他大學，就筆者見聞
所及，似乎也少有把比較文學，特別是中西比較文學，當作一樁大事。不過，
如果從上面提過的「闡發派」角度來看，香港的學者，引用西方理論來闡釋中
國文學的大有人在，然則比較文學可說仍然生存。

　　內地的比較文學如日方中，聲勢浩大。下面再舉一個實例：2012 年曹順
慶主編《中外文論史》的出版。執筆者包括四川大學的教授，共有數十人；耗
時前後 20 多年；凡四卷共八編，連目錄、前言、參考書目、後記，共約 4180
頁；是煌煌巨著，是中國和外國迄今唯一一本廣泛涵蓋中國和外國文學理論的
史書。主編者把世界的文學理論史從古希臘、中國、印度作為第一個階段開
始，共劃分為七個階段，每個階段佔一編的篇幅，一個階段為時三數百年。〔註
14〕七大編有如世界七大建築；加上第一編（有如建築群的中央大廈）「中外文
論的縱向發展與橫向比較」，全書共八編，八編之前還有主編者的《前言》和
《導論》。此書涵蓋的國家有中國、希臘、印度、羅馬、埃及、阿拉伯、波斯、
義大利、英國、法國、德國、日本、朝鮮、越南、泰國、美國，跨越歐亞非美
四洲，跨越不同的文明。在視野、規模方面，遠非 William Wimsatt 和 Cleanth
Brooks 的 *A Short History of Literary Criticism*，以及 Rene Wellek 的 *A History of
Modern Criticism* 所能企及。此書的總體性、全面性、宏觀性釐然可見。

　　筆者閱讀這本巨著，深佩其內容扎實宏富。編著者在呈現中外文論的內
容、在縱橫通論中外文論之際，對《文心雕龍》作詳盡述析，拿它和外國多部
文論經典加以比較，彰顯它的特殊貢獻；這或可視作中國文論「發聲」的先
聲。本書的內容不可能盡善盡美、無懈可擊，儘管如此，這樣的一本總體性
《中外文論史》，誠為中外文論學術界的首先創制。如果目前漢語的國際性地
位可與英語看齊，或者如果此書有英語等外文譯本，那末，這部宏微並觀、縱
橫比較、內容富贍、析評細緻、彰顯中國文論價值的《中外文論史》，是在國

〔註 14〕　七編為：「中外文論的濫觴與奠基」、「中國兩漢、古羅馬與印度孔雀王朝及貴
　　　　　霜帝國時期文論」、「西元三至六世紀的中外文論」、「西元七至九世紀的中外
　　　　　文論」、「西元十至十三世紀的中外文論」、「西元十四至十六世紀的中外文論」、
　　　　　「西元十七至十九世紀的中外文論」（二十世紀的中外文論不在本書的範圍
　　　　　內）。

際文論學術界響亮「發聲」了。

改革開放以來，國家經濟發達，社會日進，國力強大。內地學術人口眾多，「勢大」不必說，近年更頗為「財雄」。學術文化發展快速，人所共見；有時我們幾乎可以聯想到高速公路和高速鐵路的氣勢。儘管學術腐敗的事件時有發生，學術成品良莠不齊（而實際上如何評比學術論著價值的高低，向來是困難的事，《文心雕龍》對此有所論述），目前內地的學術文化，可以用非常興旺來形容。學術界大幅度向西方開放，「海歸」的留學生數目增多，中西的交流互動頻繁，中西兼通的年輕一輩學者日增；比較文學作為一個學科，其發皇有了良好的條件。中國經濟強大了，文化輸出的呼聲日高，建立中國學派（或建立具中國特色的比較文學理論）的意識日濃；有數十年來的學術積澱，成派的底子厚了。中國學派？學夠強，則派可立。而建構中國學派的主力，無疑應該是內地的學者。

六、交流互動仍將繼續，而「小紐倫巴」看來更小了

三十年前，香港是「小紐倫巴」，後來雖然有發展，然而北京和上海已經和紐約、倫敦、巴黎直接來往，而且見她們之賢而思齊了，甚至將與賢齊了，香港的「借鏡」價值大不如前。內地崇西之風仍盛，比較文學中國學派意識的產生，卻畢竟是一種反省，一種泱泱大國精神的興起。香港的中國文學學者，當然具有中國意識，但這可能只是一種學術研究的中國意識，而不一定是國族心態。近年香港社會因為「政制改革」而論爭不絕，持所謂「香港本土」觀念者，態度狹隘，極少數極端者更對臺灣的「去中國化」東施效顰起來。一般大學裏的中國文學教授，兼治西方文學者已少，即使有，也因為要保持「政治正確」，或因為不想被貼上莫名其妙的標籤，而不願明顯表達自己的立場——譬如與比較文學中國學派相同或相通的看法。在香港，筆者是中國意識比較強的，因此才在文論界發出「讓雕龍成飛龍」（這句話成為 2000 年 4 月 5 日內地一份報紙頭版頭條的大字標題）的呼聲。〔註15〕

部分香港人對待內地人，或由於認識不足，或由於存有偏見，而每有不大親善的態度，近年惡意相向的事件多次發生過。學術界似乎也有「非我族類」的疏離心態。中國「崛起」的結果，是不少內地背景和留學歐美背景的學者，在香港的大學「崛起」，其中不乏獲聘擔任最高教職者；因為香港的大學，畢竟有高度的學術自由，教授薪酬優厚，對學者仍然有很大的吸引力。例如，內

〔註15〕見於 2000 年 4 月 5 日的鎮江《京江晚報》。

地背景兼留學美國的張隆溪和蔡宗齊，兩位都是比較文學專家，後者更以龍學著稱，他們先後從美國來到香港的大學任教。年前筆者一位舊同事曾對我說，某某大學某某系已「淪陷」了；意思是該系的最高教授職位以至系務領導權，已為具內地背景和留美背景的學者所獲得。

在學術文化方面，就如其他很多方面一樣，香港與內地相比，其明顯的優勢逐漸消失。香港從領先到滯後，內地從滯後到領先，正是「風水輪流轉」。其實這是事理的必然：在學術文化條件相差不遠的前提下，小島與大陸的表現大有差別。情形如此，種種交流互動還是一定會繼續的。上面已敘述了筆者個人的近況。此外，例如今年 2 月，香港著名劇作家杜國威到廣州講學，以編劇之道為內容，這自然涉及文學理論中的戲劇理論。〔註16〕又好像 2015 年秋開始，張隆溪舉辦每月一次的雅聚，談文說藝，由兩岸三地學者主持。張隆溪為著名比較文學家，雅聚應會涉及文學理論的交流。〔註17〕

本文就文學理論這個範疇，聚焦再聚焦，所述少不了筆者自己的經歷。我無意以自我為中心，只是認為這樣頗有「第一手」敘述的好處。另一方面，手邊資料不完備，本文篇幅有限制，因此對論題的多個方面沒能充分發揮。筆者竭誠歡迎諸同行，特別是曾參與交流互動盛事的，加以補闕匡謬。前文提到蔣述卓等著的書、黃霖主編黃念然著的書，二者對本文論題很可供參考；古遠清的《香港當代文學批評史》，徐志嘯、曹順慶等分別出版的中華比較文學發展的論述，張少康、張文勳等分別出版的龍學發展史，還有《文心雕龍學綜覽》一書，亦然。這裏列舉的書，都是內地學者的編著，沒有香港學者的，從這一點，改革開放以來兩地學術文化表現的差距，再一次獲得說明。

三十年前的「小紐倫巴」，內地很多學者看起來覺得很重要，甚至很大。這麼多年之後，她變大了？北京、上海以至廣州、深圳、杭州、成都等城市都現代化了，都變大了；大陸變大了。從內地觀察現在的香港，她可能真的是「『小』紐倫巴」。

> 本文在 2017 年夏完稿；刊於《香港文學》2017 年 9 月號；
> 刊於《中國文藝評論》2017 年 8 月號，刊出時有若干刪節。

〔註16〕參看廣州《羊城晚報》2017-2-26 的報導。
〔註17〕參看 2017 年 2 月 5 日～17 日的《亞洲週刊》張隆溪題為《雅聚香江集珠玉》的文章。

「文心館」詠歎調

一、懷著朝聖的心看到衰殘蒼涼

在揚州盤桓了多天，五月中，我們自駕車南下。過了潤揚長江大橋，在鎮江（古稱「潤州」）略作訪問與參觀，當天晚上抵達南京。揚州、鎮江和南京我來過多次，這次再來六朝金粉之地，看了繁華，還要重訪清幽。翌日驅車到了中山陵景區，停車暫借問，循著林間幽徑尋到了「劉勰與文心雕龍紀念館」。綠樹扶疏中粉牆黛瓦的紀念館，外觀看起來和十多年前初訪時一樣潔淨。正想進門，差點踢到一大塊黑色的木板──門封了，木板上有告示：「內部維修，帶來不便，敬請諒解。」我觀前顧後，周遭沒有別的建築，極少行人，一片孤寂。東晉時王徽之訪友，乘興而來，未及見友就覺得已然興盡，遂折返；我乘興而來，懷著朝聖的心情，心事未了，只能敗興而返？我要向一千五百年前的偉大批評家致敬，卻不得其門而入。王徽之的父親王羲之是「書聖」，我要致敬的劉勰則是「文聖」啊。等了好一陣才碰到一個路人，我站在紀念館門外，請他為我拍了照片，馬上傳給內蒙古的「龍友」萬奇教授，聊以「立此存照」。

不甘心敗興折回，我在館的側面窗子左右窺視，咦，裡面有人。經過喊話、要求、自我介紹後，我得以入門進堂。十多年前初訪留下的印象不算很好：館內的陳設品不豐富、欠精彩，展板的介紹文字多有錯誤。現在應該有增益、有優化了吧，應該像劉勰所說的雋文佳篇一樣，「銜華而佩實」了吧。

劉勰空前迄今絕後的傑作《文心雕龍》就是在這裡或其附近的「定林寺」寫出來的。放在世界的文學理論地理上，這本中華經典的海拔，應有珠穆朗瑪峰那個高度。它是中華文化自信的一個突出表現。這個舊館應該已經翻新或正

在翻新，就算不富麗，也該有相當的堂皇吧。然而，我的期望從高峰跌到低谷
——現在這個館的外牆雖然完好，館內幾個廳室都很殘舊；除了劉勰的一個半
身像和一個坐像，沒有什麼可紀可念的文物，連從前那些錯誤頗多的說明展板
也不知所蹤。在此炎午，舉目所見，此館已荒廢多個年月，一片衰殘蒼涼。孤
零零駐守在館的女士一邊介紹一邊警告：「不要走到前面去，你看你看，殘破
的屋頂快要塌下來了！」

二、體大思精：這「中經」比「西經」偉大

　　文學有如人生社會的萬花筒，閱讀文學有助於我們對人生社會的認識和
啟悟；文學是語言的藝術，閱讀文學有助於我們語文能力的提升。劉勰說「文
之為德也大矣」，文學有大功能。我們閱讀文學、寫作文學、研究文學，因而
有文學理論。《文心雕龍》是文學理論既華且實的七寶樓臺，是高端的文學理
論百貨公司，說是文學理論的百科全書也可以；其理論極高明而道中庸，其體
系龐大而論述精審，獲得歷來論者共同的讚譽。在中國文化史上，論博大精
深，文學理論的《文心雕龍》，其價值有如史書中的《史記》，有如詩歌中的杜
甫詩。曾鄙視中國古書的魯迅，不能不「良心發現」，拿《文心雕龍》來和西
方的經典《詩學》（Poetics）相提並論。其實，中西比較文學研究的有識之士，
莫不認為這部「中經」比「西經」更為體大思精，更為偉大。

　　近世以來，中華的文化人多有「重西輕中」的思維，一面倒崇洋者不在少
數。中華文論界多有人緊跟西方的「顯學」之後，成為（後現代主義、後殖民
主義的）「後學」的。他們從事文學評論時，千篇一律離不開「第二性」「酷兒」
「他者」「後殖」「離散」「權力」「範式」「歷史記憶」「國家想像」這些現代西
方話語。「洋貨」自然有其用處，可是崇洋者眼中沒有或幾乎沒有「國產」。還
有，很多崇洋的「後學」把文學當做「文獻」，只探究其繽紛的文化內涵，而
不管其璀璨的文辭藝術。換言之，正如我的老師陳穎先生所說，文學被當成
documents（文字記錄），而不是 monuments（藝術豐碑）。西方雖然有當代「顯
學」的異議者如布魯穆（Harold Bloom），但難以力正乾坤。

三、是東方明珠，是浩瀚草原

　　《文心雕龍》並重文學的內容和技巧（即兼顧「情」與「采」），加上它對
發揮「正能量」（如「炳耀仁孝」）的強調，構成劉勰周全而通達的文學觀。劉

勰知道文學批評常常「褒貶任聲，抑揚過實」，為此他提出「六觀說」，貢獻了一套比較客觀的批評標準。寫作是甘苦得失寸心知的事情，他生動地講述捷成和苦思的不同故事，這裡只舉一些有趣的苦況：琴挑文君的才子司馬相如瀟灑揮毫嗎？不，他口含毛筆構思，直到筆毛都腐爛了。揚雄的《甘泉賦》甘美吧？不，寫作之苦使得他剛放下筆就做噩夢：五臟六腑從肚子爆出來，他趕快用手放回去……

　　《文心雕龍》的內容非常豐富，而且它本身就是美文。劉勰說：「太陽和月亮，附貼在天空；山嶽和河流，交織著大地。」「雲霞炫耀著燦爛的華彩，超越了畫匠的妙心；草木散發著生命的光輝，不必要織工的巧手。」他認為文學之美，來自自然之美，蘊含極有意義的「天人」觀。上面的句子，顯得對稱。是的，我國的方塊字有獨特的對仗元素；劉勰筆下正流露這樣的美學，此書的《麗辭》篇即暢論這種美學。上面所引不是原文，而是語體翻譯。原文有一千五百年的歷史，而且是駢文，卻也並不很難讀懂：「日月疊璧，以垂麗天之象；山川煥綺，以鋪理地之形。」「雲霞雕色，有逾畫工之妙；草木賁華，無待錦匠之奇。」上引的語體翻譯出諸香港陳耀南教授的手筆，「東方之珠」的學者，非常珍視這顆文論的東方明珠；就像遠至內蒙古的王志彬、萬奇諸學者，把它的偉大視作浩瀚的草原一樣。

四、讓「雕龍」成為飛龍

　　海峽兩岸暨香港、澳門都有《文心雕龍》的學者，我戲稱這些學者為「龍兄」「龍弟」「龍叔」「龍伯」——近年還增加了很多「龍姐」「龍妹」，名單舉列不盡。百年的「龍學」成果豐碩，研討會開過無數次，已出版的各種論著達數百本；以「龍學」會友，「中國《文心雕龍》學會」已成立了幾十年。臺灣的沈謙教授，愛此書，為此精研覃思不用說；他愛到給女兒取名沈文心，將兒子喚作沈雕龍。國外的漢學界，對它也珍如拱璧，有多種外文譯本。中外的研究者把「龍」翻譯為 dragon，然而，他們都知道中國龍祥瑞，與西方傳說中兇暴的 dragon 不同。中西的「龍」不同，但《文心雕龍》的理論具有普遍性，放諸四海而皆准；具有恆久性，經得起千百年時間的考驗。

　　文學理論和武俠小說的讀者，多與寡有天壤之別；《文心雕龍》和《天龍八部》的銷量沒有可比性。不過，文化修養良好的人，也有認識且引用《文心雕龍》的。有一位女性電視節目主持人在大學演講，言說間出現《文心雕龍》

語句，令我驚豔更驚喜。「龍學」是小眾之學，不過，只要「龍的傳人」努力，劉勰的知音群組大有擴展的空間。力量雖然微薄，我一向不懈發揚此書，希望「雕龍」成為飛龍，傳播飛揚到世界各地。

劉勰在書中慨歎：「音實難知，知實難逢，逢其知音，千載其一乎！」百年來「龍學」發展，小眾的知音已多，可惜沒有遇到南京文化主管部門的知音。這次參觀時，是「孤館閉」（宋代秦觀有「可堪孤館閉春寒」的名句），而且這孤館可能坍塌。為這本偉大經典及其作者建設的紀念館，現在竟然如此殘破沒落，我一邊觀察，一邊歎息。我問那位駐守的女士：「這個館會修葺、重建以至擴建嗎？」她歎息道：「據說會撥款幾萬元加以修葺。」

五、為劉勰先生鳴不平

早幾天在揚州的瓜洲，無意中參觀了「《春江花月夜》藝術館」，這新建的藝術館小巧清麗，設計精良。揚州一定耗資不菲，而這只是為一首詩建的，況且此詩在不少人眼中並不怎樣出色。後來從揚州過橋到鎮江，「賽珍珠文化公園」龐然出現：故居、紀念館、書屋、辦公大樓、花園、詩牆、賽珍珠雕像、賽珍珠家人群雕、《大地》（Good Earth；賽珍珠 Pearl Buck 以此書贏得諾貝爾文學獎）書冊大雕塑，加起來整個公園的面積是 1.64 公頃，比兩個足球場還要大。賽珍珠在鎮江出生，先後居住於此的時間達十八年，受到推崇的《大地》講的又是善良的中國百姓；為這位美國作家建個文化公園，有情有理（此公園也是市民文化活動的新場所）。

江蘇的省會南京，有宏偉亮眼、耗資巨大的文化場館建設，如南京博物院，如中國科舉博物館；對不止是「比得上」珍珠，而是真正珍珠的《文心雕龍》，為什麼這樣吝嗇？甚至在「秀才人情」方面，也顯得不得體。南京博物院有一塊「名牌」列舉南京（也許包括整個江蘇）歷史上的宗師、巨匠、泰斗；「文學巨匠」有施耐庵與《水滸傳》、吳承恩與《西遊記》、馮夢龍與「三言二拍」、吳敬梓與《儒林外史》、曹雪芹與《紅樓夢》、劉鶚與《老殘遊記》，而劉勰名落劉鶚。他應該名列榜上，且位居最前，他比榜首的施耐庵早了八百年。

中山陵景區應該有劉勰及其經典傑作的雅麗紀念館，「雅麗」是劉勰最愛的文學風格。如果認為原址偏僻，把紀念館移到較為「繁華」的市區當然更好。我們所知的劉勰生平事蹟不多，缺乏傳奇故事可說；《文心雕龍》是用文言書寫的理論著作，很難受到廣大民眾的耽讀與追捧。這個館可以這樣設計：

介紹劉勰本人的生平，特重其博學苦研；略為描述他那時代的文化景觀；介紹《文心雕龍》的內容、價值、影響、研究概況；進一步介紹中外文學理論和文學批評的大概，及其對人們文化生活的滋潤和弘揚（「潤揚大橋」的名字真好）。所有陳列和說明要妥帖、生動、精美，要充分利用現代資訊傳播科技，要在文化推廣上有價值，要在彰顯中華文化自信上有作用。一言以蔽之，就是和劉勰對「作品」的要求一樣：「銜華而佩實」。劉勰認為文學有「發揮事業」的任務，這個館要發揮的，是文化事業，是教育、是愛國的「大矣哉」事業。

那天看到「孤館閉」，看到孤館殘破蒼涼；十多年前這個館畢竟好好矗立著，如今式微，我心能不傷悲？我希望劉勰先生獲得敬重與厚待，我為這個「劉勰與文心雕龍紀念館」的重建、擴建而發聲。

刊於 2020 年 8 月 24 日《北京晚報・知味》；

刊於《文心學林》2020 年第二期。

「請劉勰來評論顧彬」

徐志嘯

最近，讀到臺灣佛光大學教授黃維樑寫的一篇題為「請劉勰來評論顧彬」的文章，文章雖然寫在 2007 年，如今已時隔三年多，卻讀來依舊還是那麼有味，那麼發人深思。

顧彬由於發表了一通針對中國當代文學特別尖銳的言論而在中國名聲大噪，以至中國的文學界和許多文學愛好者（包括臺灣地區）都知曉了德國有一位中文名字叫顧彬的漢學家。對於顧彬言論本身，很多讀者都已耳熟能詳，無需在此贅言，不過，最代表性的一句話，說中國當代文學是垃圾，則是給人們的印象最深也最受刺激，中國很多學者似乎都難以接受；對顧彬言論的反駁文章，報刊上已發表了很多——可以說，「顧彬熱」已經時過境遷，今天再談顧彬，似有「炒冷飯」的感覺。但筆者讀了黃維樑的文章後，卻頗生感慨，感覺似乎還可說幾句——有感而發，絕非就事論事。

首先是黃維樑文章的角度新穎，讓人耳目一新。毫無疑問，黃維樑本人是根本不贊同顧彬對中國當代文學所下的全盤否定的武斷判斷的。但有意思的是，他並不是直截了當義正辭嚴地予以駁斥；而是巧妙地「請」出中國古代最著名的文學理論大家、《文心雕龍》的作者劉勰來擔當評論者。文章以虛擬劉勰之口吻道來，這就顯得別出心裁而又「非同凡響」。

這裡有兩個成分：其一，黃維樑本人是《文心雕龍》研究的專家，已發表了幾十篇「龍學」論文；他發願，要使「雕龍」成為「飛龍」——飛越時代，飛向世界，古為今用，中為洋用，使中國古代文學理論的精華能融化並運用於今日的文學理論和批評中，更讓世界能充分認識中國古代文學理論之精髓與

價值。這應該是促使黃維樑能有資格「請劉勰來評論顧彬」的學問功底之前提依據。其二，請劉勰評論顧彬，實際上就是請中國古代文學理論的最權威人士力求公正地批判顧彬的謬論，為的是它更能以理服人；雖然顧彬是外國人，但真理面前人人平等；顧彬作為一個漢學家，不可能不知曉劉勰及其《文心雕龍》在文學理論上的權威性和客觀準確性——當然這種評判，完全應以劉勰《文心雕龍》本身所蘊含的理論內涵作為批評標準，以《文心雕龍》的具體論斷作是非判斷，無須黃維樑本人直接發論，因為劉勰堪稱最公正也最有信服力的「文論法官」。

其次，由於「請劉勰來評論」，黃維樑也就可以直接引劉勰《文心雕龍》中的實際內容，對顧彬的言論予以一一駁斥，這必然極有說服力。文章中，他引《知音》篇所說「會己則嗟諷，異我則沮棄」，不客氣地指出，顧彬對中國當代文學的指責，完全缺乏如康德那樣的理性判斷力，而是合己胃口者大力讚揚，不合己者則咒罵唾棄；而這種情況，劉勰早在一千多年前中國的齊梁時代即已明確予以指責了。

更荒唐的是，顧彬以能否懂得外語來衡量中國作家的創作水準，並以此一概抹殺中國當代作家。黃維樑的文章問道：德國的歌德學過中文嗎？莎士比亞可曾懂得拉丁文、希臘文？他們的成就世所共睹，誰都難以否定，且誰也沒有因為他們不懂某國外語，而貶低他們。《文心雕龍》的《辨騷》清楚說道：「將核其論，必徵言焉。」顧彬的言論，完全違背了做學問須慎思明辨的準則，口無遮攔，口出狂言。文章以劉勰的口吻勸誡顧彬：不要「信偽迷真」，要「積學以儲寶」，要「平理若衡，照辭如鏡」（均引自《文心雕龍》），可謂用心良苦、語重心長。

由黃維樑的文章，筆者想到了幾點：其一，顧彬是個專門研究中國文化和文學的外國漢學家，一般來說，正宗嚴謹從事學術研究的學者，對他所從事的學術對象，不會輕易採取帶有感情色彩的褒貶態度，除非他懷有特殊的動機或希圖達到特殊的目的。顧彬否定中國當代文學和當代作家的言論，似乎與正宗嚴謹的漢學家身份有些不合，我們難以得悉其中奧秘，或許這當中有著某些刻意標新立異或嘩眾取寵的成分。其二，對顧彬否定中國當代文學和當代作家的言論，我們國內學術界恐怕未必輿論一律；有人會不以為然，認為批駁者小題大做，甚至是借題發揮。筆者以為，如果以客觀的實事求是的標準和態度衡量，其實外國文學和外國作家（包括德國本國）實際上也根本夠不上顧彬指責

中國文學和作家的所謂標準，不管古代還是當代，因而對顧彬實事求是的批駁，是完全應該的。其三，由黃維樑的文章，筆者認為，評論和批駁類的文章，確實可用別具一格的筆法來寫；這能更勝一籌，既新穎獨特，又引人入勝。這打破了評論文章千篇一律的格局，創了新生面，豐富了批評文章的表現色彩，值得肯定和推廣；當然，這裡有個必要的前提——作者必須有相當扎實的學問功底。

刊於《文匯讀書週報》2011 年 4 月 1 日第 8 版；
作者徐志嘯是復旦大學中文系教授。

有心而具創見的精采之作──
讀黃維樑著《文心雕龍：體系與應用》

陳志誠

一、本書的兩大重點

　　黃維樑教授著的《文心雕龍：体系與應用》（香港：文思出版社，2016）是一本跟《文心雕龍》有關的學術專著，它有一個副題：「讓雕龍成為飛龍」。正如書的題目所顯示，它有兩個重點：一是《文心雕龍》的体系問題，另一則是如何可以應用到它的理論問題。全書分四部分，第一部分是〈有中國特色文論体系的建構〉；第二部分是〈《文心雕龍》理論的現代意義〉；第三部分是〈《文心雕龍》理論應用於文學作品的實際批評〉；第四部分是〈餘論〉。除這四部分之外，還有四部分之前的〈自序〉和〈學術界對「黃維樑《文心雕龍》論著」的評論選錄〉以及其後七篇的〈附錄〉和〈後記〉。對讀者了解著者的寫作意圖和中心內容都有相當大的幫助。

　　作為黃教授研究對象的《文心雕龍》，成書於一千五百多年前的齊朝和帝中興年間，作者是劉勰。全書均以駢文寫成，是我國古代一部偉大的文學批評理論專著，內容豐富，結構嚴密，構成了一個比較全面的理論体系，後人稱其為「体大慮周」之作，確是的論。他批評前人的文論「各照隅隙，鮮觀衢路」，其成就固可說前無古人，而後世也不易有那本文論專著可以跟它相比。全書共有五十篇，分為上、下兩編：上編論述文學根柢和各種文學体類的源流演變，下編則為文學創作論以及知人論世、概論式的批評論；最後是統攝全書的序。

　　《文心雕龍》這本文學批評理論專著，在我國影響深遠，歷代都有文學

家、學者的引述和研究。不過，還不算很顯著，到了清末之後，才引起更大的注意。特別是黃侃（季剛）先生上世紀二十年代在大學開講《文心雕龍》，研究《文心雕龍》的學者才多起來，而「《文心雕龍》學」（或簡稱「龍學」）亦終於成了一時的「顯學」。根據戚良德先生在其所著的《文心雕龍分類索引》一書統計，直至 2005 年的近百年來有關「《文心雕龍》學」的單篇論文有 6143條，專著有 348 條，西文論著有 26 條。雖然這個統計未算齊全，但即就這些數字來看，近當代有關《文心雕龍》的論述和研究份量相當豐富，稱之為「顯學」，實在適切、允當。

二、在香港奠定《文心雕龍》研究的基礎

在香港，黃教授早年入讀的中文大學新亞書院，於上世紀五十年代末六十年代初之時，《文心雕龍》已是中文系獨立的一科，其時任教的是潘重規教授。他在 1962 年於新亞書院翻印了其師兼岳丈黃侃先生的《文心雕龍札記》一書，該書以北平文化學社出版的書作底本，再參校武昌的排印講義合編而成，對當時修讀《文心雕龍》一科的同學影響頗大。恐怕黃教授亦是修讀過潘教授的課而奠下他對《文心雕龍》研究的基礎。

黃教授在大學時雖然主修中文，但副修卻是英文，所以他的中英文造詣都相當高。再加上他在中文大學畢業後便留學美國，在俄亥俄州立大學取得博士學位，這跟他在中西文學研究的成就都有極大的關係。

黃教授的這本書，取名《文心雕龍：体系與應用》，顧名思義，這本書的兩個重點，一是說明《文心雕龍》的体系；二是強調《文心雕龍》在應用方面的貢獻。就体系而言，他以《文心雕龍》的〈情采〉和〈通變〉為中心，引發出整本《文心雕龍》的理論体系。再以《文心雕龍》為基礎，建構有中國特色的文論体系，以及再進一步建立中西合璧具普世價值的文學理論体系。黃教授特別指出，現代西方的文學批評理論稱霸全球學術界，成為中華文學學術界「現代化」取經的對象。但西方的文學理論，特別是一些著名的文論家，卻鮮有引述中國的文學理論，對《文心雕龍》的理論就更加缺乏認識。事實上，在為數不多的西文有關《文心雕龍》著述中，作者大都是中國人或華裔學者，像首個把《文心雕龍》全書英譯的施友忠氏，其書於 1953 年在美國哥倫比亞大學出版，其後 1983 年在香港中文大學以中英對照的方式出版。另外，黃兆傑等學者亦於 1999 年在香港大學出版英譯本《文心雕龍》。其他有關《文心雕

龍》的學術論文亦莫不如是，屬於西方的作者比較少，既反映西方學者對中國
文論的認知不足，也顯示出《文心雕龍》一直沒有受到他們應有的重視。

三、用《文心》理論析評莎劇《鑄情》、韓劇《大長今》

　　至於《文心雕龍》在應用上的貢獻，黃教授特別提到，一般人以為《文
心雕龍》是古代文論，未必適用於現代，更未必能與西方的文論相合。但其
實，《文心雕龍》的理論，既具現代意義，而在實際的文學批評理論上，也能
應用於古今中外的文學作品。例如黃教授從〈鎔裁〉篇論《離騷》的結構，
用〈知音〉篇的「六觀法」來分析范仲淹詞〈漁家傲〉，析評余光中的散文〈聽
聽那冷雨〉、白先勇的短篇小說〈骨灰〉等；再以《文心雕龍》的理論來評析
韓劇《大長今》、論析莎翁名劇《鑄情》，並以《文心雕龍》來評論德國漢學
家顧彬對中國文學作品的劣評。此外，亦談到趙翼《論詩》絕句和《文心雕
龍》的相同相通處，莎翁友人班・姜森（Ben Jonson）在其所寫對莎翁頌詩中
表現的論點，顯示中西文論的心同理同情同辭同的地方，從而論述中西詩學
的異同比較。

　　基於以上的論述，黃教授認為《文心雕龍》不僅僅是一本古代文論的專著
而已，而且它的理論有其体系性、普遍性、恆久性、實用性，既適用於評鑒古
代的文學作品，也可應用於現代文學作品的批評，更足以與西方的文論交融。
它既能跨越年代的限制，也能跨越地域的阻隔，因此，可以說它是跨越時空
的；這也是黃教授為甚麼把這本書的副題叫做「讓雕龍成為飛龍」的基本原
因。另一方面，黃教授不但對西方文論缺乏中國文論的認知深致不滿，也對現
代中國學者只懂向西方文論取經、只知一味崇洋趨新、數典忘祖極不以為然。
他同意北大校長蔡元培的想法：「一方面注意西方文明的輸入，一方面也應注
意我國文明的輸出。」因而，讓雕龍飛向現代、飛向西方文論界，便應該是中
國「龍學」學者不可旁貸的責任。

　　這本《文心雕龍：体系與應用》雖然是黃教授眾多著作中第一本有開《文
心雕龍》的專著，但其實早在 1983 年他已發表了一篇有關《文心雕龍》的英
文論文，其後在 1988 年加以增訂，譯成中文論文，於廣州舉行的《文心雕龍》
國際研討會中發表，題為〈精雕龍與精工甕——劉勰和「新批評家」對結構的
看法〉（見上海書店《文心雕龍研究薈萃》），跟着還有〈美國的《文心雕龍》
翻譯與研究〉等超過四十篇有關《文心雕龍》的論文發表，足證他一直都用心

於這方面的論述和研究。他之這麼用心，其中一個目的，就是要建構有中國特色的文學理論体系，並且竭力要將之傳揚開去，讓對中國文學理論缺乏了解的西方文論界，有全新的認識，有全新的体悟。這種識見，跟傳統研究《文心雕龍》的學者截然不同，可說是另闢蹊徑，別具意義。

四、兼通中西・出色文章・啟發讀者

黃教授是著名的中西兼通的文論學者，也是出色的散文作家。所以，他這本《文心雕龍：体系與應用》，雖然是本學術論著，但他寫來文辭清通暢達，絕無一般學術論文的乾枯與艱澀，讀來甚有興味。像書中的〈請劉勰來評論顧彬〉一文，黃教授以《文心雕龍》的理論來反駁德國漢學家顧彬對中國文學作品劣評之論，沒有訴諸民粹感情，也沒有刻意刁難的語句，而是以堅實的論據，抽絲剝繭，層層分析，指出顧氏的觀察不夠全面、觀點的諸多謬誤；而其出語幽默，讀來的確有一新耳目之感。相信顧氏閱後，當亦為之折服。可以說，這本書不但適合對《文心雕龍》研究有興趣的學者作參考之用，同時，也對中國文學批評、中西文論、比較文學學者深具參考價值。至於廣大的文學愛好者來說，倘能慢慢細讀，則本書亦定能給與他們莫大的進益和啟發。

黃教授的這本《文心雕龍：体系與應用》，是一本有心而具創見的精采之作，很值得讀友諸君同心研讀，好好欣賞。《文心雕龍，知音》上說：「綴文者情動而辭發，觀文者披文以入情」；相信一眾「觀文者」，都能「披文以入情」，成為黃教授的「知音」。

本文刊於 2017 年 4 月 17 日香港《明報》的《明藝》版，
作者陳志誠為香港大學中文學院榮譽教授；
又刊於《文心學林》2017 年第一期，頁 103〜106。

「大同詩學」與「大漢天聲」
——評黃維樑《文心雕龍：體系與應用》

江弱水

　　八十年代初，錢鍾書先生跟當時還很年輕的黃維樑先生通信，中多嘉許，曾以「揚大漢之天聲」之語相勉。這句話出自東漢永元元年（西元 89 年）大作家班固為大將軍竇憲大破北匈奴單于而勒石記功的《封燕然山銘》，原作「振大漢之天聲」。兩個月前，原文的摩崖石刻在蒙古國境內被發現，兩千年前盛事復睹，國人精神當然又振奮了一回。

　　可是細數中華之驕人歷史，恢拓境宇的武功畢竟不常有，而文治之盛卻是世所公認的。在中國文學不斷開疆拓土的進程中，有一部大書，其彪炳後世，沾溉後人，地位相當於「一勞而久逸，暫費而永甯」的燕然勒石，這就是一千五百年前南朝劉勰的《文心雕龍》。

　　有鑒於這部體大思精的文論巨著在世界文學史上未被充分認識的重大價值，黃維樑先生三十多年來，將治學的重點之一放在《文心雕龍》上。他從比較詩學（comparative poetics）的角度，著眼於中西文心之同，古今文思之合，圍繞著《文心雕龍》撰寫了四十餘篇論文，收入作者多種中國古典文論研究的書中，以及其他類著作中。而這部《文心雕龍：體系與應用》（香港文思出版社 2016 年 10 月版），卻是他迄今為止第一本《文心雕龍》研究的專著，代表了他關於「龍學」最成熟的觀點，所以格外值得珍視。

　　此書副題，「體系與應用」，最能見出作者對《文心雕龍》所秉持的一貫看法。劉勰此書為偏重直覺感悟、偏多片段寫作的中國文論中罕見的有明確體系建構的著作，所以劉若愚《中國文學理論》一書，要從《原道篇》展示

的文學的形而上學淵源入手來探討中國文論的宇宙模型。而從「文之樞紐」到文體論，再到創作論，劉勰高屋建瓴而又面面俱到的論述令人讚歎不已。但這一「體系」化的優點已為學者充分認識並多方解釋了。黃維樑先生對《文心雕龍》的卓見，特別表現為他對其「應用」層面的理解和運用上。這一點可以從兩個方面來看。

首先，黃維樑先生特別關注劉勰在理論闡述的同時對具體作家作品的實際批評。《文心雕龍》不是今日常見的那種理論空轉型文論，它是將文學規律的總結與具體文本的評點有機結合起來。黃維樑先生十分推崇劉勰將理論應用於具體作品的實際批評活動。比如，對於《辨騷篇》，他就認為實屬現代實際批評的雛形。它從「通變」立論，將「質」與「文」、「奇」與「正」、「華」與「實」等一系列辯證的文學價值判斷，一一運用到對《楚辭》的微觀細節上來。如「同於風雅」四事，「異乎經典」四事，都是「將核其論，必徵言焉」的具體表現。又如他用「《騷經》《九章》朗麗以哀志，《九歌》《九辯》綺靡以傷情，《遠遊》《天問》瑰詭而慧巧，《招魂》《招隱》耀豔而深華……」等小結裏，來證明屈原「驚采絕豔，難與並能」的大判斷。從文體論到創作論，五十篇裡幾乎每一篇，劉勰總是先正名、辨體，再舉要、徵言，來證成其說，立論遂不流於空疏浮泛。所以說，《文心雕龍》不是一部抽象的純理論著作，而是有大量具體的實際批評堅實支撐著的。

其次，黃維樑先生對《文心雕龍》的「應用」層面的看重，也表現為他經常運用劉勰提出的觀點和方法，用古今中外各種文學作品作為試金石，來加以運用，驗證其有效性如何。例如，《知音篇》的「六觀」法，就被作者不斷援引，用以分析從范仲淹的《漁家傲》、白先勇的《骨灰》，到韓劇《大長今》、莎劇《羅密歐與朱麗葉》這些時代不同、文體各異的文本，結果發現依然驚人地有效。劉勰說：「是以將閱文情，先標六觀：一觀位體，二觀置辭，三觀通變，四觀奇正，五觀事義，六觀宮商。斯術既行，則優劣見矣。」的確，我們欣賞、分析、評論任何文學作品，鮮有不從題材與主題、修辭與音樂性、風格與創新點入手，而予以定性、定位、定價的。當然，具體情況具體分析，「六觀」可以有所側重，不會機械地依次進行，但是，面對一個孤立的作品，若得其情，非擇此「六觀」之若干以觀之不可。尤其可貴的是，劉勰論文特重「奇正」與「通變」，這與 T. S. 艾略特在《傳統與個人才能》中所要求於每一個詩人的「歷史意識」高度吻合：「這種歷史意識包括一種感覺，即不僅感覺到過

去的過去性，而且也感覺到它的現在性。這種歷史意識迫使一個人寫作時不僅對他自己一代了若指掌，而且感覺到從荷馬開始的全部歐洲文學，以及在這個大範圍中他自己國家的全部文學，構成一個同時存在的整體，組成一個同時存在的體系。」

以上是作者對《文心雕龍》在「應用」層面的認識與運用。對於劉勰的「體系」，作者別有會心，特出於一般研究者之上。本書第二章是一篇六萬字長文，《「情采通變」：以〈文心雕龍〉為基礎建構中西合璧的文學理論體系》，屬於作者經年醞釀、累月撰成的重頭文章。此文以劉勰的核心概念「情采」與「通變」為主軸，重組《文心雕龍》的內容作為綱領，分別融入中西相對應的文論，新建一個既保持原來特色又具有開放性的體系。這是非常大膽而極具創意的做法。作者浸淫於《文心雕龍》既久，遂想在今日語境裡啟動這一豐厚遺產，使之成為理想中的「大同詩學」（common poetics）的骨架與基石。在這一重構的體系中，許許多多西方的文學批評流派都一一匯入了《文心雕龍》的脈絡中，比如，《物色篇》黏合了弗萊的「原型論」（archetypal criticism），《知音篇》接通了「讀者反應論」（reader's response），西方的修辭學（rhetoric）和「新批評」（The New Criticism）勾連著「置辭」「宮商」的實際批評，心理分析（psycho-analysis）和悲劇理論關係到「蚌病成珠」的文學發生學……。作者以其對二十世紀西方文論廣泛和深入的瞭解，援西入中，以今釋古，其昭然的用心乃在為一直受西方忽視甚至也受國人冷落的古典中國文論在世界文學中謀一席之地，最終還是要「振大漢之天聲」。

我深知這樣做的必要性和重要性。在《古典詩的現代性》一書的開頭，我就說過：「用西方作為參照物對中國古典遺產加以考察，並非因為『古已有之』型的民族自大狂再度發作。傳統的活力來自不斷的再解釋，這是一種拂拭與擦亮的行為，它將使疏離的傳統與當代重新發生關係，從而激發出活性並生成新的意義。」我自己就用了《文心雕龍》的《隱秀篇》來與西方「互文性理論」（theory of intertextuality）相比照，發現用後者來刷新前者竟是如此貼切而精闢，以至於我想說，不懂「互文性理論」就根本讀不懂「隱秀」殘篇。黃維樑先生此書中的努力，並非想讓《文心雕龍》取代西方的種種文論，而是想以《文心雕龍》作為基本的架構，統攝一個他所冀望的「大同詩學」，試用西方文論來擦亮它，啟動它。其中深意，我們不應該誤解。

西方學者至今視《文心雕龍》蔑如也，根本原因還是我們國家一個半世紀

以來事事不如人，經濟、政治、軍事、文化整體上落了下風。中文之難使他們格格不入倒在其次。在西方政經文化的優勢下，東方的一條精雕的龍比不上西方的一隻精製的甕（the Well Wrought Urn），也是可以理解的。但是，要將我們自身對傳統的淡忘完全歸咎於數典忘祖，也未必準確。今年是白話文運動一百周年，一百年來，中國文學連語言都轉換成了另一種型號，文類也都不再是賦、贊、箴、碑、表、啟等，而是詩歌、戲劇、小說等，《文心雕龍》的有效性自然局部打了折扣，不如西方文論針對性更強。現在的問題是，如果隨著中國經濟歷史性的強勢回歸，中國文化能不能一改失語的狀況呢？如果我們找得回強勢的語言，那麼，絕不可能是對古典的複述，也不應該是對西方的學語，而一定是以我為主而中西合璧的完美表達。

本文刊載於台北《國文天地》2019 年 1 月號，
作者江弱水為浙江大學傳媒學院國際文化學系教授。

劉勰的當代知音──讀黃維樑
《文心雕龍：體系與應用》

鄭延國

小引

西元 501 年某日，劉勰揮毫寫下《文心雕龍》的最後十六個字「偉岸泉石，咀嚼文義，文果載心，余心有寄」後，便將 4 萬字的書稿往布袋中一放，再將布袋朝肩上一背，「象一個小販似的」，在路旁等待沈約驅車經過，期盼這位大咖人物有可能成為他的知音。沈先生果然讓他如願以償，但劉勰無論如何也不可能想像，一千五百年後還會有人步沈先生的後塵。然而總是以迅雷不及掩耳的速度穿越時空隧道的歷史，往往會出現有趣的重複。在廣袤的華夏大地上，而今居然活脫脫地出現了一個「劉勰當代知音」群體。在這個群體中，私心以為，最吸引人們眼球的佼佼者當數香港著名作家黃維樑教授。

一、「好好寫一本《文心雕龍》的專著」

黃維樑與《文心雕龍》的結緣，始於 20 世紀六十年代就讀大學期間。他讀的是香港中文大學。當時學校開設了《文心雕龍》這門課程，他毫不猶豫地選修了，並開始運用書中的觀點寫作關於文學批評的小論文。七十年代，他在美國讀博，又以《文心雕龍》「為試金石、為龍頭」，大膽挑戰王國維的《人間詞話》，得到了夏志清教授的稱許。夏還鼓勵他「好好寫一本《文心雕龍》的專著」。八十年代，黃維樑再次撰出研究《文心雕龍》的長篇英文論文，令中外學人為之瞠目。從此，他一發不可收拾，「開動馬力撰寫龍學論文」，數十篇

含金量極高的文字源源不斷地從他的筆端流出。

21 世紀伊始，黃維樑在劉勰曾經居住過的江蘇鎮江參加學術會議，他在會上振臂高呼：「讓雕龍成為飛龍！」他的這種「二十年來的縈心之念」立馬得到了龍學粉絲的雲集回應。

十六年之後，即 2016 年，他更上層樓，推出力作《文心雕龍：體系與應用》，成為了龍學研究的扛鼎巨制，令學術界為之一振。此時的黃維樑，興許揣著他的這部力作，站在香江之畔，一邊細細咀嚼自己半個多世紀「心路歷程」中的種種酸甜苦辣，一邊朝西發出一聲聲的呼喚：「夏教授啊夏教授，晚輩總算沒有辜負您的厚望！」

二、黃維樑「龍學」的第一個貢獻：建立體系

黃維樑龍學研究的貢獻主要體現在四個方面。一是以《文心雕龍》為核心，構建出具有中國特色的文學理論體系；二是通過中西比較，凸顯《文心雕龍》理論的恒久性、普遍性；三是運用《文心雕龍》理論，對中外文學名著進行實際批評；四是創立「愛讀式」排版方法，廣泛普及《文心雕龍》中的重要篇章。

20 世紀七十年代末端開始，西方文學理論紛紛進口中國，得到了「禮遇、厚待」，幾近一種「荒謬的接受史」。面對這種「嚴重的文化赤字」逆境，黃維樑挺身而出，嘗試構建一種以《文心雕龍》為基礎的「情采通變」文學理論體系。〔註1〕該體系包括五個部分：一曰情采，二曰情采、風格、文體，三曰剖情析采，四曰通變，五曰文之為德也大矣。

情采者，源於「人稟七情，感物吟志」和「日月山川、聖賢書辭，鬱然有采」。這個部分說的是內容與形式或曰技巧的關係，正所謂「情經辭緯，為情造文」是也。第二部分情采、風格、文體，道出影響文學作品情采、風格、文體的因素，且在「物色時序、才氣學習」的導向下，進行風格和文體的分類。風格或可八類，文體或可三十有五，仁者見仁，智者見智，全憑文學批評者的金睛慧眼了。第三部分剖情析采，指的是實實在在的文學批評。「文情難鑒，

〔註1〕黃維樑名為《「情采通變」：以〈文心雕龍〉為基礎建構中西合璧的文學理論體系》的長篇論文，發表於四川大學出版的《中外文化與文論》第 35 輯（2017年 6 月）；這篇論文的英文改寫版本發表於 *Comparative Literature & World Literature*, vol.1, no.2（2016），該刊由北京師範大學和美國 The University of Arizona 相關部門聯合出版。

知音難逢」，文學批評者唯有以「平理若衡，照辭如鏡」的批評態度，運用「六觀」中的「觀位體、觀事義、觀置辭、觀宮商」進行剖析，方能取得理想的批評效果。第四部分通變，指運用「六觀」中的「觀奇正、觀通變」，對當代不同作家，對不同時期、對不同國度的作家和作品進行比較，以體現不同的文學表現和成就，以及文學「時運交移，質文代變」的不同發展面貌。第五部分乃「文之為德也大矣」。這句話是劉勰揮毫創作《文心雕龍》時，寫出的第一句文字。今人趙仲邑將其轉換成現代漢語：「『文』作為規律的體現多普遍！」周振甫的解釋則是：文，可指文章、文辭、禮樂教化；德，指功用或屬性；大，指遍及宇宙。全句意為「文的屬性或功能是這樣遍及宇宙」。黃維樑更是手下別有爐錘，從這句話衍生出兩種文學的功能，一是文學對國家社會的貢獻，即「光采玄聖，炳耀仁孝」；二是文學的個人價值，即「騰聲飛實，製作而已」。

　　黃維樑很謙虛，稱自己只是「步武《文心雕龍》的方式，『彌綸群言，而研精一理』建構這個『情采通變體系』」，且稱這僅僅是一個「嘗試」，一個「雛型、簡體」，但他也堅信，這個體系「有其發揚中國文化的意義，可為國人參考，甚至可為各國文論界參考」。

三、黃維樑「龍學」的第二個貢獻：中西比較

　　黃維樑龍學研究的第二個貢獻是通過中西比較，發現《文心雕龍》不僅是中國「古代文論著作的龍頭」，而且內容全面而細緻，理論高明而中庸，因此具有兩大特性：一曰「涵蓋古今的恒久性」，一曰「貫通中外的普遍性」。

　　黃維樑關於《文心雕龍》具有「恒久性」、「普遍性」的說法並非空穴來風。以國內為例，《隋書・經籍志》最先將《文心雕龍》列入目錄學之中，此後，歷代相沿。至於對《文心雕龍》的品評，自唐至清，評者絡繹不絕，或曰「譏古人，大中文病」；或曰：「議論精鑿」；或曰：「獨照之匠，自成一家」。品評角度儘管不同，但讚美之聲不絕。近人劉師培甚至在其所著《中國中古文學史講義》中，通過加按語的方式照引《文心雕龍》原文多達五十八處，幾乎將劉勰的理念都轉成了他個人的看法。

　　唐代時期，日本人遍照金剛來到中國，接觸到了《文心雕龍》，立馬進行研習。回國後他撰有《文鏡秘府論》一書，內中引用了《文心雕龍》的《頌贊》篇、《聲律》篇、《明詩》篇等，且稱劉勰對聲律的論斷「理到優華，控引弘博」。或許這便是《文心雕龍》走出國門的開始。

　　黃維樑不滿足這樣的孤證，而是放眼全球，特別是通過對西方海量文獻的開採挖掘，披沙掏金，探索出某些西方文論家對劉勰及其《文心雕龍》的看重。比如《文學批評家和批評》一書中，有「劉勰」詞條，且對《文心雕龍》進行了介紹。又比如《J. 霍普金斯文學理論和批評指引》一書中，論及了《文心雕龍》，並「兼及詩文多種體裁」，甚至稱其構成了「有分析有分類有體系」。不過在這些西方人的眼中，《文心雕龍》體系的形成居然濫觴於印度佛教「三藏」中的「論」，並非中國人的獨創。黃維樑對這種說法，很不以為然。他斬釘切鐵地斷言，《文心雕龍》之說完全肇始於中國老祖宗的「《管子》、《呂氏春秋》、《淮南子》、《史記》等古書」，如此充滿溫情的考證，總算還了劉勰一個清白，將「專利發明證書」歸還到了這位古代中國人的手中。

　　更重要的是，黃維樑將《文心雕龍》與西方文論比較一番之後，發現該書中的諸多理論與「現代學術論文的撰寫原理，翕然相通」，且「極具價值」，「誠然可以古為今用」，如對屈原、范仲淹、莎士比亞、王爾德、余光中、馬丁·路德·金等古今中外作家作品的實際批評即是如此。儘管《文心雕龍》的「理論視野」不可能囊括諸如「心理分析學」、「女性主義」、「後殖民主義」等令人目不暇接的西方現代理論，但絲毫不影響其「放諸四海而皆准」的意義。凡此種種，十分雄辯地表明：高明中庸、體大慮周的「《文心雕龍》，實在具有恆久而普遍的理論價值」。

四、黃維樑「龍學」的第三個貢獻：實際批評

　　黃維樑龍學研究的第三個貢獻表現在運用《文心雕龍》理論，對中外文學名著進行實際批評。他主要評議了五項文學作品。一首宋詞，即范仲淹的《漁家傲·秋思》；一篇當代中國散文，即余光中的《聽聽那冷雨》；一篇當代中國短篇小說，即白先勇的《骨灰》；兩部外國戲劇，即莎劇《羅密歐與朱麗葉》、韓劇《大長今》。筆者僅就範詞、余文、韓劇作一簡短評議。

　　范仲淹的《漁家傲·秋思》系其軍旅中的感懷之作。北宋康定元年（1040年）至慶曆三年（1043年），范仲淹擔任陝西經略副使兼延州知州。任職期間，他不僅號令嚴明，而且愛撫士兵，深為西夏所憚服，稱他「腹中有數萬甲兵」。全詞為：

> 塞下秋來風景異，衡陽雁去無留意。四面邊聲連角起。千嶂裡，
> 長煙落日孤城閉。

濁酒一杯家萬里，燕然未勒歸無計。羌管悠悠霜滿地。人不寐，
將軍白髮征夫淚。

黃維樑慧眼識珠，運用《文心雕龍》中的「六觀法」，從「位體」、「事義」、
「置辭」、「宮商」、「奇正」、「通變」的視角，對范仲淹的詞進行了鞭辟入裡的
條分縷析，指出詞作者善「鋪陳」、善「經營」，怨情與哀聲相互配合，辭采共
圖像交相輝映；雖「意境蒼涼」，卻「氣象闊大」、「境界新異」，以至成為「千
古傳誦名篇」，不失為「日後蘇軾、辛棄疾豪放派的先聲」。〔註2〕

余光中的《聽聽那冷雨》，創作於1974年春天，文章抒寫的是深深的思鄉
情緒。作者巧妙地運用中國古典詩詞的意趣，通過對雨的感受的細膩描寫，委
婉地傳達出一位漂泊者的濃郁思鄉之情，以及對中國傳統文化的深情依戀和
讚美。

黃維樑妙筆生花，《文心雕龍》的「六觀法」在他的手中可謂運轉自如。
余光中這篇四千字的散文，通過他的擘肌分理，益發顯得通明透亮，光彩奪
目。他指出，余文在「體裁、主題、結構和風格」上，凸顯出「想像富贍、言
辭典麗、音調鏗鏘」；在「所寫的人事物及其涵義」中，表現了「作者寬廣的
生活經驗和文化關懷」；而「修辭」中的「比喻、對偶、疊詞、典故」，則「透
露了作者的腹笥，也抒發了他的文化鄉愁」；在「音樂性」上，由於疊詞和擬
聲詞的反覆運用，正好「與綿綿的雨聲」形成了天然的配合；在「風格之新奇
或正統」方面，則迥異於「冰心、朱自清等名家」的美感體驗，形成了「想像
縱橫、修辭新巧」的現代散文風格；至於「繼承與創新」，更是「取鎔經意、
自鑄新詞」，創造出了別張一幟的「余體散文」。

現不妨將《聽聽那冷雨》中的幾個小段錄之如下，看看黃維樑的說法是否
果真如是。

驚蟄一過，春寒加劇。先是料料峭峭，繼而雨季開始，時而淋
淋漓漓，時而淅淅瀝瀝，天潮潮地濕濕，即連在夢裡，也似乎有把
傘撐著。而就憑一把傘，躲過一陣瀟瀟的冷雨，也躲不過整個雨季。

〔註2〕筆者不揣冒昧，大膽將范詞譯成現代漢語若是：秋天降臨，西北邊塞，江南
水鄉，風光各不同。天上大雁，南飛衡陽，毫無留戀，片刻也不停。號角催
吹，處處愁聲，戍邊將士，滿懷思鄉情。層巒疊嶂，山銜落日，暮靄沉沉，
孤城緊閉門。濁酒一杯，獨自小飲，離家萬里，思念故鄉人。外患未平，事
業無成，功名不就，豈廢半途中。羌笛聲聲，天氣漸冷，軍營遍地，寒霜一
層層。夜深難眠，軍務纏身，夢裡揮淚，可憐白髮翁。以上譯文聊博黃教授
和讀者諸君一哂。

連思想也都是潮潤潤的。〔……〕

　　杏花。春雨。江南。六個方塊字，或許那片土就在那裡面。而無論赤縣也好神州也好中國也好，變來變去，只要倉頡的靈感不滅，美麗的中文不老，那形象磁石般的向心力當必然長在。因為一個方塊字是一個天地。太初有字，於是漢族的心靈他祖先的回憶和希望便有了寄託。譬如憑空寫一個「雨」字，點點滴滴，滂滂沱沱，淅淅瀝瀝，一切雲情雨意，就宛然其中了。〔……〕

　　聽聽，那冷雨。看看，那冷雨。嗅嗅聞聞，那冷雨，舔舔吧，那冷雨。雨下在他的傘上這城市百萬人的傘上雨衣上屋上天線上，雨下在基隆港在防波堤海峽的船上，清明這季雨。雨是女性，應該最富於感性。雨氣空濛而迷幻，細細嗅嗅，清清爽爽新新，有一點薄荷的香味，濃的時候，竟發出草和樹林沐浴之後特有的腥氣，也許那盡是蚯蚓和蝸牛的腥氣吧，畢竟是驚蟄了啊。

　　豹觀一斑，鼎嘗一臠。余光中的這三小節文字，分明展示了黃維樑以《文心雕龍》「六觀法」對《聽聽那冷雨》所作的文學批評絕非虛妄語也。

　　韓劇《大長今》是本世紀一十年代轟動亞洲的一部電視連續劇。劇中女主角大長今集中國儒家所宣揚的仁、孝、忠、義、禮、智、信等美德於一身，「已臻聖者的境界」。黃維樑同樣運用《文心雕龍》的理論，從「情」、「采」兩個方面對《大長今》進行了剖析。剖者，「剖情」也，指對作品的題材以及表達的思想感情進行剖析。析者，「析采」也，指對作品的文采即表達技巧進行分析。《大長今》的「情」，即是「經緯區宇、發揮事業、炳耀仁孝」，即是「文之為德也大矣」，即是劇中處處充滿了「柔情、溫情、仁愛之情」。《大長今》的「采」，即是「辭淺會俗，悅豫雅麗」，即是表現的「形式、技巧、藝術手法」令它「大受歡迎、雅俗共賞」，即是「以卓越的編導演等技藝，使古代（五百多年前）大長今這位聖者，發出光輝」。

　　特別令人折服的是，黃維樑不僅運用《文心雕龍》的理論，充分肯定了《大長今》這部作品的長處與優勢，而且還運用《文心雕龍》的理論指出了作品的「硬傷」和「軟傷」。《文心雕龍》「指瑕」篇有云：「古來文才，異世爭驅。或逸才以爽迅，或精思以纖密；而慮動難圓，鮮無瑕病。」比如《大長今》的演出，某些道具的使用有失嚴密，有些情節的處理過於草率，少數演員的選擇不夠準確等等，便是實實在在的瑕疵，或曰「硬傷」和「軟傷」。

黃維樑運用中國人自己創造的文學理論對外國人的文學作品「指手畫腳」、「說三道四」的成功案例，理所當然地增強了中國人的文化自信心。正如他在評析《大長今》「結語」中所指出的那樣：「在西方文論君臨天下，全球化幾乎就是西化的今天，讓東方的《文心雕龍》這條潛龍揚起，成為飛龍，發揮其作用，應是東方人饒具意義的一個嘗試」。

五、黃維樑「龍學」的第四個貢獻：「愛讀」《文心》

黃維樑覺得，劉勰一千五百年前昕夕勞作、細心雕刻出來的這條龍，「到今天仍然精美耐看，靈動多姿」。然而「這部偉大的經典」畢竟是古人打造的一種駢文著作，「現代人閱讀起來自然有困難」。基於此，黃維樑敢為人先，敢於創新，且煞費苦心地編著了一部《愛讀式文心雕龍精選讀本》。顯而易見，這是黃維樑龍學研究的第四個貢獻。

《愛讀式文心雕龍精選讀本》具有「三精」、「三易」的特色。「三精」指：篇章精選，注釋精簡，語譯精到。「三易」指：易於閱讀，易於理解，易於記憶——因為這部讀本用的是「愛讀式」排版方式，它迥異於以往那種中國古代詩文選本或課本的排版方式。那種方式多是首先呈現導讀和原文，接著呈現注釋、語譯等，讀者若要查找某條原文的注釋或語譯，必須掀書翻頁地進行尋覓，造成了諸多不便。而「愛讀式」排版，則是以篇章原文為「主角」，篇章、段落旨趣，文句語譯、注釋，編者點評，均緊貼原句，讀者可一目了然。既能方便閱讀，又能加強理解、更能促進熟記。顯而易見，用這種編排方式編著出來的《愛讀式文心雕龍精選讀本》完全能夠引起讀者的極大興趣和格外喜愛。竊以為，這部讀本只要一擺上坊間的書架，便會立馬成為「洛陽紙貴」的搶手讀物。同時，對《文心雕龍》研讀的接力棒也會因為這部讀本的問世而擴大至研究生、本科生、乃至中學生的手中。

小結

今年夏天，我喜獲黃維樑這本《文心雕龍：體系與應用》，是從遙遠的香港寄來的。這部由文思出版社 2016 年 10 月推出的巨制，雖然已過去幾近三年，但仍然散發著分外濃郁的書卷芬芳。我沐手焚香，正襟危坐，一讀再讀，實在是愛不釋手。書中的每一章、每一節，可以說無不傾注著一位學者、一位作家半個世紀的滴滴心血。換言之，書中的每一句，每一字，可以說無不滲透

著一名炎黃子孫、一名龍的傳人的愛國激情和對中國文化的高度自信。

從刻苦攻讀《文心雕龍》，到構建《文心雕龍》文論體系，到以《文心雕龍》文論體系解讀古今中外的文學作品，再到為吸引更多的龍學愛好者而編著《愛讀式文心雕龍精選讀本》，毋庸置疑地表明：黃維樑是一個地地道道、真真切切的「劉勰的當代知音」。

——2019 年 11 月初，於長沙理工大學金盆嶺校區望麓齋

本文刊於《文心學林》2019 年第二期，頁 172～178；
作者為長沙理工大學教授。

附錄　「中為洋用」一典型　鄭延國

新年伊始，香港中文大學教授、作家黃維樑先生將他的大作《文心雕龍：體系與應用》從遙遠的南方寄贈給我，細讀之下，覺得新意滿滿。這本書至少有兩個亮點：一是以《文心雕龍》為基礎，建構出一個具有中國特色的「情采通變」的文學理論體系；二是運用《文心雕龍》中的「六觀法」，廣泛評論了古今中外的文學作品。

「情采通變」體系有五大綱領：一曰「內容與技巧」，二曰「風格與文體」，三曰「文學評論」，四曰「作家比較」，五曰「文學功用」。這恰似空中飛舞的五條彩龍，交相輝映。

「六觀法」是指「觀位體、觀事義、觀置辭、觀宮商、觀奇正、觀通變」，轉換成現代漢語也就是觀主題、體裁、結構與風格，觀內容及其蘊含的思想與義理，觀用字修辭，觀音樂特色，觀是正統還是新奇，觀是否繼承創新。這好比水中映日的六朵荷花，婀娜多姿。

黃維樑一手馭彩龍、一手舞荷花，他不僅對屈原、范仲淹、余光中等中國作家的作品進行評點，而且對莎士比亞、王爾德、馬丁・路德・金等外國作家的作品作出裁決，堪稱地地道道、實實在在的「中為洋用」。

不妨以黃維樑評論莎士比亞的名劇《羅密歐與朱麗葉》為例——主題系稱頌愛情，體裁系一曲悲劇，是為「觀位體」；內容系有情人難成眷屬，棒打鴛鴦兩殉情，是為「觀事義」。以「觀置辭」、「觀宮商」加以衡量，則可發現劇中的雙關、對偶、比喻、誇飾實證了莎劇的修辭美，而劇中的雙聲、疊韻，實證了莎劇的音樂美。如對偶，劇中多達二十餘處，《文心雕龍》提及的「正

對」、「反對」無所不包。黃維樑擘肌分理，娓娓道來，兼以英中對照的實例，令人目不暇接，心悅誠服。比如：

> Virtue itself turns vice, being misapplied,
>
> And vice sometime's by action dignified.

兩行對偶，道出了「事物的相對性」。黃維樑的譯文是：「錯誤運用，善者將轉邪惡；恭敬行事，惡者可結善果。」

除此之外，「觀奇正」中的「正」，指「正統，正宗」；「奇」指「新奇、新潮」或曰「標新立異」。

「觀通變」中的「通」，指對傳統的繼承；「變」指對傳統的創新。作家創作一方面應當把握正宗、繼承傳統，另一方面應當與時俱進、求新求變。只有如此，才能創造出不同凡響的作品。

縱觀《羅密歐與朱麗葉》全劇，即可知曉莎士比亞恰恰就是這樣一位善於創新的翹楚，客觀上完全體現了《文心雕龍》標榜的「變則可久，通則不乏」與「雖取鎔經意，亦自鑄偉辭」的理念。

中國文論向來很難走出國門，黃維樑直言其中的兩個瓶頸：一個是不少中國學者好用西方文論對中國作品進行品評，幾近「言必稱歐美」的邊緣，以至「中國在文化上入口極多而出口極少，『貿易赤字』龐大」；另一個是不少西方漢學家對中國文論「只作極有限的接受，甚至完全忽視」。

如今，黃維樑拿一千五百年前劉勰的理論對四百年前莎士比亞的劇本說事，頭頭是道、鑿鑿有理，充分展示了中國的文學理論完全可以用來批評世界文學作品。這無疑是一樁令中國人對中華文化充滿自信的賞心悅目之事。正所謂：

「洋為中用」歷時久，氾濫儒林多舊陳。黃公巧構新體系，「中為洋用」一典型。

本文 2020 年 3 月 1 日刊載於《北京晚報》的《知味》版。

比較文學視域裡中國古典文論現代應用的先行者——黃維樑教授訪談錄

戴文靜、黃維樑

前言：

　　本文為 2020 年度國家社科基金專案（20BZW011）和 2020 年度國家博士後科學基金專案（2020M670955）：「英語世界《文心雕龍》百年傳播研究」的重要研究成果。

作者簡介：

　　戴文靜（1983～），文學博士，江蘇大學外國語學院副教授（江蘇鎮江 212013），復旦大學外國語言文學流動站博士後（上海 200433）；碩士生導師。

　　黃維樑（1947～），原香港中文大學中文系教授；美國 Macalester College 及四川大學客座講座教授；中國文心雕龍學會顧問；香港作家聯會副監事長（深圳 518038）。

摘要：

　　「中國古典文論現代轉換」在當前學術界引起大討論，黃維樑教授在此議題出現之前，已致力探索其可行之道。他從比較文學視角切入，對中國古典文論重新加以詮釋，並據此建構新的文論體系。他以《文心雕龍》為主體，加上中國其他古典文論和西方古今文論，組織起來，建構了一個中西合璧的文論體系；並用它來析評中國古代和現代文學，以至西方古今文學。中華文論界長時期用西方理論來析評中國文學，現在黃維樑教授反其道而行之，說明「以中析中」固然天經地義，「以中析西」也值得嘗試，而且可落實運作。他這些方面的探索、實踐，不但助推了中國古典文論「現代轉換」和「古為今用」的進程，更為「龍學西傳」指出了方向。他提出的「讓雕龍成為飛龍」的願景，充盈著國家民族的豪情。本文主要就他的求學之路、研索之路、《文心

雕龍》海外傳播進路、龍學及比較詩學的未來路向這幾個方面進行深入交流，以期對
比較文學及中國古典文論的研究和傳播有所啟發。黃教授身體力行地從比較文學視角
切入對中國古典文論重新詮釋，並將其理論應用於現當代作品的析評中，使中國古典
文論的現代實際批評的雛形得以進一步彰顯；他建構中西合璧的文論體系的有益探
索，不僅是對文論界長期以來「以中釋西」的一次有力反駁，更是助推了中國古典文
論的古為今用、龍學西傳的進程；他提出的「讓雕龍成為飛龍」的願景，充盈民族豪
情。本文主要就他的求學之路、研索之路、《文心雕龍》海外傳播進路、龍學及比較詩
學的未來路向這幾個方面進行深入交流，以期對比較文學及中國古典文論的傳播有所
啟益。

關鍵詞：中國古典文論；《文心雕龍》；比較文學；闡釋；黃維樑

　　黃教授，您好！非常感謝您能在百忙中抽空接受我的採訪。我知道您一直
致力於中國古代文論的研究與實踐，您在中國古代文論的現代轉化以及中國
本土文論的體系建設方面具有難能可貴的本體意識和高度的自覺，並探索出
很多具有前瞻性的創見，啟迪我們重新認識並發現中國古典文論的現代學術
價值。在中國古典文論現代轉換大討論的今日，您身體力行地從比較文學視角
切入對中國古典文論重新詮釋，並將其理論應用於現當代作品的析評中，使中
國古典文論的現代實際批評的雛形得以進一步彰顯；您建構中西合璧的文論
體系的有益探索，不僅是對文論界長期以來「以中釋西」的一次有力反駁，更
是助推了中國古典文論的古為今用、龍學西傳的進程；您所提出的「讓雕龍成
為飛龍」的願景，充盈民族豪情。今天我想主要就您的求學之路、研索之路、
《文心雕龍》海外傳播進路、龍學及比較詩學的未來路向這幾個方面，求教您
的觀點！

一、負笈海外的求學之路

　　戴文靜（以下簡稱「戴」）：作為剛剛踏上龍學研究的青年學者，我在拜
讀您的《中國文學縱橫論》《從〈文心雕龍〉到〈人間詞話〉——中國古典文
論新探》《文心雕龍：體系與應用》等一系列專著後，不僅感佩於其中的「立
言之妙」，也被您的「行文之美」的深厚學養所折服。我想您今天這樣一種中
西兼通的視野和學養一定和您早年負笈海外的求學經歷不無關係，您能否簡
要介紹一下您在香港和美國的求學經歷呢？我想這對現在的年輕學者一定
會有啟示。

　　黃維樑（以下簡稱「黃」）：很高興有此機會和你對話。你看了我不少論著，溢美之言我雖然不敢當，有你這位知音卻實在感到榮幸快慰。我出生於廣東澄海，八歲到了香港，從小學到大學一直在香港這樣一個中英雙語學習環境中成長。自中學起，我就接觸並接受了西方文藝的薰陶。大學就讀香港中文大學新亞書院中文系，主修中國文學，副修英文。當年閱讀了不少英國文學作品，並修讀翻譯課程。到了美國，我先取得了奧克拉荷馬州立大學新聞和大眾傳播專業的碩士學位，然後轉至俄亥俄州立大學的東亞語文系（Department of East Asian Languages and Literature）。當年我修讀東亞系、英文系、古典系（Department of Classics）這三個系的課程。在英文系和古典系我學習了 20 世紀英國小說、19 世紀英國詩歌、莎士比亞戲劇以及希臘羅馬的神話、史詩、悲劇；在東亞系，進修的包括中國古典和現代文學，並開始了中西詩學的比較研究。準確而言，我讀的是比較文學課程，但是因為當年俄亥俄州立大學的文學院並沒有設立比較文學專業的博士學位，所以我在 1976 年取得的是該校東亞系的博士學位。該年 8 月畢業，旋即返回母校香港中文大學開始執教。這段求學歷程對我而言影響深刻，我在今後的治學和教學中往往習慣性地採取跨文化比較視域。

　　戴：您在中西文化交匯的香港成長，加上留美師從比較文學的先驅人物陳穎教授，廣泛閱讀了中西古今作品並進行深入思考，從大學至今五十餘年的文化環境和學術性格鑄就了您今日「圓覽古今、匯鑄中西」的廣闊視域。我們很想知道在這段求學歷程中，是何種機緣將您推上中國古代文論研究，尤其是龍學研究之路的呢？

　　黃：中學時讀過《文心雕龍》中的《物色》篇，大學時潘重規老師給我們講授《文心雕龍》，引起了我的興趣，也奠定了我日後系統研究的基礎。我發現《文心雕龍》體大思精、文辭雅麗、理論通透深刻，甚為歡喜。1968 年，讀大三的我就開始用《文心雕龍》中的理論撰寫批評當代作品的文章，刊載在《中國學生週報》的《小小欣賞》專欄中。例如我用《文心雕龍‧神思》篇中「積學儲寶、酌理富才」的理論說明作者學養積累的重要性，以此評點余光中的散文。到博士生階段，我師從陳穎教授。陳穎先生臺灣大學外文系畢業後，在美國印第安那大學攻讀博士學位，是美國第一個獲得比較文學博士學位的臺灣青年學者。陳老師的中國古典文學學養非常深厚，尤其諳熟中國古典詩詞和古典文論，他上課時常常提到中國古代文論經典之作《文賦》和《文心雕

龍》，也常常引用亞里斯多德、艾略特（T. S. Eliot）、錢鍾書的理論。這樣的親聆其教，進一步提升了我對比較詩學的研究興趣。

戴：我們注意到現代文學界存在這樣一種「怪相」，即很多做文學批評的學者不從事文學創作；而從事文學創作的作家不參與文學批評工作。長此以往，使得文學批評與文學創作成了互不相干的兩股跑道上的車，這對以上兩個領域的發展都是不利的。欣喜的是，我們注意到您在從事文學批評的同時還一直筆耕不輟地從事文學創作，您先後擔任過香港作家協會主席和香港作家聯會副會長，出版過散文集《突然，一朵蓮花》《大學小品》《我的副產品》《至愛：黃維樑散文選》《蘋果之香》《迎接華年》等大量文學作品。您以細膩、優雅的文筆呈現了獨有的感性情懷。請問您是如何看待文學界文學創作與文學批評不相容的這種「怪相」，在日常的創作和研究當中，您又是如何妥善處理感性的文學創作與理性的文學批評之間的矛盾？

黃：你又過譽了。首先，我覺得這種「怪相」的存在，可能是因為內地高校學者更專注於學科的發展，而香港高校的教學和科研間的學科制限相對寬鬆。從事現當代文學研究的學者，只要興趣使然，經系方同意就可開設古典文學方面的課程，反之亦然。其次，感性創作和理性研究是可兼通的。劉勰在《文心雕龍・論說》篇中分述「論」和「說」這兩種文體：「論者，倫也；倫理無爽，則聖意不墜。說者，悅也，兌為口舌，故言資悅懌。」可見，「說」就是喜悅，「說」這種文體，應該令人喜悅、予人樂趣，它的寫作特色包括用生動的形象（包括比喻）來說服對方。這與古希臘亞里斯多德在《修辭學》（*Rhetoric*）中教人演說時用具體生動的言辭、用比喻以達到說服人的目的，以及古羅馬賀拉斯（Horace）認為「文藝應該有益、有趣」的義理極肖。錢鍾書的「論」，乃在「論」之外加上了「悅」，也就是增加了生動性，增加了文采。他的很多論文可說是「論」、「說」合璧，其目的在使人「悅讀」後「悅服」。〔註1〕於我而言，寫論文時，我力求文字活潑，有姿彩、有個性，像美文一樣；在散文中，我力求內容有學問、有見地、有論文的思維。換言之，於前者，我以文為論；於後者，我以論為文。「以文為論」是余光中先生的個人主張和風格，我演繹其意，即論文應如劉勰的「言資悅懌」和賀拉斯的「有趣又有益」之意。因此不論論文或散文，我覺得都應儘量做到錢鍾書先生所提出的「行文之美，立言之妙」，其意與劉勰主張的「情采兼備」相通。因此，我認為感性的文學創作與理性的文學

〔註1〕黃維樑：《文化英雄拜會記》，香港：香港中文大學出版社，2018 年，第 27 頁。

批評並不矛盾，是可兼通的。試舉兩例，如我所欽佩的錢鍾書先生，他在創作研究性論文的同時，也做了很多優秀的舊體詩、短篇和長篇小說，他的《釋文盲》、《魔鬼夜訪錢鍾書先生》等雜文都卓越，這些雜文即是散文中含有較多議論的一種文體。再如余光中先生也是如此，他兼詩人、學者、譯者於一身。余先生手握彩筆七十載，金色筆寫散文，紫色筆寫詩，黑色筆寫評論，藍色筆翻譯，紅色筆編輯書刊。這兩位學者作家對我的影響都極為深遠。

二、為文用心的研索之路

戴：您在《序：讓雕龍成為飛龍》一文中曾說道：「作為中華文論龍祖的《文心雕龍》，被公認為中國古代文論的傑構，最宜優先成為重新詮釋、現代應用、向外輸出的文學理論。」〔註 2〕這是我最為欣賞的一句話，每每念誦於此，我都會有賡續龍學研究的使命感和自豪感。請問您為何如此鍾情《文心雕龍》，且一直有「讓雕龍成為飛龍」的宏願？

黃：很高興認識你這一位好學勤奮很有作為的「龍友」，或者說「龍妹」。「讓雕龍成為飛龍」源自 2000 年的一次《文心雕龍》國際研討會。新千年的那次盛會是在鎮江召開的，鎮江是劉勰的故里，劉勰生於斯，長於斯，他的這部曠世文論經典也孕育於斯。2000 年又恰逢龍年，各地「龍的傳人」彙聚於鎮江，我受邀在閉幕式上致辭，我說道：「鎮江可以凝聚多方面的人力、物力，發展成為龍學中心，眾多龍學者也可各盡所能，使龍學騰躍，包括向西方推介《文心雕龍》。雕龍一定可以變成一條『游龍』、一條『飛龍』，飛向世界。」翌日，即 4 月 5 日，《京江晚報》報導會議時，就以《讓「雕龍」成「飛龍」》作了標題——是頭版頭條的標題，道出了眾多與會者的心聲與責任。

戴：我注意到您的諸多專著中都會提及《文心雕龍》，您認為它的現代價值究竟在哪？

黃：談及《文心雕龍》現代價值的問題，我們先說說西方。20 世紀西方催生了許多文學理論，但這並不代表古希臘亞里斯多德的《詩學》和古羅馬朗吉努斯（Longinus）的《論崇高》（On the Sublime）等古典理論我們就不再使用，實際情況恰恰相反。《詩學》這部作品影響之大，如亞氏所論悲劇的定義（包括觀劇時「通過引發憐憫和恐懼使這些情感得到疏泄」）〔註 3〕，今天仍

〔註 2〕黃維樑：《序：讓雕龍成為飛龍》，《華文文學》，2007 年第 1 期，第 5～6 頁。
〔註 3〕亞里斯多德（著）：《詩學》，北京：商務印書館，2014 年，第 63 頁。

被引用，因為這是具有普遍性的理論。中國人觀看悲劇，應該也會如此。文學是人學，時代雖變化，但人性的變化並不大。說到《文心雕龍》，其《情采》篇開頭就說：「聖賢書辭，總稱『文章』，非采而何？」古往今來，哪部文學作品可以沒有文采？說到中國文學理論的體系問題，我先要批判王國維的一些言論。他認為西洋人精於分析與分類，中國人則不然；他說：「中國有辯論而無名學，有文學而無文法，足以見抽象與分類二者，皆我國人之所不長。」又說：「至分類之事，則除迫於實際之需要外，殆不欲窮究之也。」中國人的思維方式是這樣的嗎？中國古典文論是這樣的嗎？如果沒有分析與分類，更何來體系？《文心雕龍》就是重分析、分類、有體系的一個典型。劉勰的文學思想，通達恢宏，足以涵古蓋今，是一偉大的架構。〔註4〕這部承前啟後的文論寶典，蘊含諸多精見卓識，中庸而高明，其理論至今仍然適用。雖然並非無懈可擊，其體系可謂完整而嚴密，從《原道》至《序志》五十篇，論述了文學的起源、功用、體裁、想像、技巧、風格、批評方法等，基本上解說詳明、脈絡清晰，實不愧「體大慮周」之譽，可發展成為極具說服力的現代文論話語。如「六觀法」即可演繹、建構成為圓融宏大的批評理論體系。我曾將《文心雕龍》與西方文學理論名著如亞里斯多德的《詩學》、韋勒克和沃倫的《文學理論》（*Theory of Literature*）以及其他西方當代文學理論作比較，發現《文心雕龍》的視野比《詩學》廣闊得多，和《文學理論》同樣廣闊，可能更廣闊；好些其他當代西方文學理論也涵括了。《文心雕龍》的架構是非常宏偉的，〔註5〕要發揚中國文學理論，當然首選這部經典。

　　戴：您在《龍學西傳：向西方文論界推薦〈文心雕龍〉》一文中曾高屋建瓴地指出：「中國古代文論走向西方，必須入境問俗。我們應該重視西方現代學術界的科學性、分析性和系統性特徵。我們的皇牌是體大慮周、高明中庸，具有相當分析性、精確性和系統性的《文心雕龍》，而非聚訟紛紜的朦朧術語。」〔註6〕在此您意識到《文心雕龍》中科學體系的現代價值，但《文心雕龍》要在西方霸權式文論之林中脫穎而出，成為讜論高論，實屬不易。於是您

〔註4〕黃維樑：《從〈文心雕龍〉到〈人間詞話〉──中國古典文論新探（第二版）》，北京：北京大學出版社，2013 年，第 7 頁。

〔註5〕參見黃維樑：《中國古典文論新探》，北京：北京大學出版社，1996 年版，第 57～65 頁。

〔註6〕黃維樑：《龍學西傳：向西方文論界推薦〈文心雕龍〉》，選自《文心雕龍研究》（第五輯），保定：河北大學出版社，2002 年，第 19～20 頁。

縱橫捭闔、大膽嘗試古為今用，甚至中為洋用的方式，以補西方理論的不足。您在原來劉勰「六觀說」的基礎上，提出現代化的「六觀說」，並將其運用到分析內地、港澳等地的十篇文學批評當中，這種極具啟迪性建構有中國特色的文學理論體系的探索是建基於您前期大量中西文論比較研究基礎上的譚思銳見，是對當下中國文論「走出去」的一次有益且卓有成效的探索，您能否就此闡述一下這一創新理論體系構想的來由？

黃：再次多謝你的美言。我之所以提出建構有中國特色的文論體系是基於以下考量。當前眾多中華的文學研究者崇洋趨新，對西方文論馬首是瞻，照單全收；在國外，漢學家研究中國文論雖見成果，但難免有偏差；一般學術界、文化界對中國文論則只作極其有限的接受，甚至完全忽視。20 世紀的文學理論，中國出現多「入」而少「出」（甚至沒有「出」）的嚴重文化赤字現象。基於此，我認為中國文論要在當代國際文論界發出聲音，中國學者不能只守一隅，而應中西兼顧。應從比較文學的角度，對中國古典文論重新詮釋，並斟酌應用於實際批評，然後考慮向西方輸出，這方面可以《文心雕龍》為基礎，先行建構一個中西合璧的文論體系。我認為《文心雕龍》的理論，其中《知音》篇中的「六觀」說，對文學作品的評析，從體裁、結構到遣詞用字，各方面都兼顧到，是全書大體系中的一個小體系，雖然經歷一千多年，但其理論極具現代實用價值。由此，我提出以「六觀」說作為評騭當代文學作品的理論體系，並將其付諸實用，藉以彰顯中國古典文論歷久彌新的重大價值。

戴：有學者曾指出，中國古典文論研究的關鍵問題在於沒有真正做到「今用」，古典文論研究者很難把自己的研究心得與當代文學理論和批評實踐結合起來，而當代的批評實踐和理論研究則更多採用西方的文學理論、方法及術語。〔註 7〕古今文論的脫節使得古為今用的實踐尤為艱難。然而我們卻發現您是為數不多的既涉獵中國古代文論又關切當代文學批評的學者，您有著難能可貴的自覺意識，從古代文論中汲取具有現代適用性的批評方法並應用於現代文學批評，這種古今融合的創舉，不僅為中國古典文論的現代轉換及中國文論的海外傳播指明了可行路向。您專心致志，悉力以赴地發揚「龍學」。就您目前的研究而言，您認為《文心雕龍》中除了「六觀說」，還具有哪些有價值的理論可待挖掘、闡發並運用於現當代文學批評之中？

〔註 7〕蔣述卓：《論當代文論與中國古代文論的融合》，《文學評論》，1997 年，第 5 期。

黃：《文心雕龍・知音》篇中除「六觀說」外，還寫道：「知多偏好，人莫圓該。慷慨者逆聲而擊節，醞藉者見密而高蹈；浮慧者觀綺而躍心，愛奇者聞詭而驚聽。會己則嗟諷，異我則沮棄。」1500 年前的劉勰給我們提供了一種可行的方法論指導，他分別從「慷慨者、醞藉者、浮慧者、愛奇者」以及「會己者、異我者」等不同視角，對不同讀者不同「反應」（西方有所謂「讀者反應」[reader's response] 理論）的原因，加以解釋。劉勰這一理論，加強了我們對文學作品鑒賞現象的認識。我曾用《文心雕龍・麗辭》篇中的正對、反對理論對莎劇《鑄情》（*Romeo and Juliet*）劇本中的對偶語句，加以剖析和討論。我也很欣賞《論說》篇，認為它可作為當今寫作論文的綱領性指南。還有，我認為《時序》篇本身就是一個中國文學史綱，其中劉勰指出「文變染乎世情，興廢系乎時序」，也就是「文風的變化受時代社會的影響」；研究文學的人，誰不知道這是個大道理？諸如此類，不能備舉。總括而言，我認為《文心雕龍》具有實用性、恒久性、普遍性的重大價值。

三、《文心雕龍》海外傳播進路

戴：中西文論間的跨文化對話作為一種「跨語際實踐」（translingual practice），最終必然要回歸語言交際的實踐領域，即通過語言的翻譯去開啟意義接受的通道。但是西方是「語音使意義出場」的語言系統，和中國的「書寫使意義出場」的系統，分屬兩種相異的文化傳統，如何跨越語言和文化上的鴻溝，成為當前中國文論「走出去」急切地終極考問。請問您如何看待海外傳播的進路問題？當下我們究竟該如何做，才能使《文心雕龍》這樣的中國古典文論傑構在海外取得預期的傳播效果？

黃：這是一個很好的問題，我也一直在思考並不斷嘗試。近年來我主要做的事有三件；一是通過中西比較，指出《文心雕龍》這部經典中大量具有普遍性的文學理論，然後通過重組，構建宏大的、中西合璧的、具有中國特色的現代文論體系。這一方面，我已用中英文發表過論文，且出版了專著。然而，學術性著作的傳播面是非常有限的，因此第二件做的事，是普及，即精選《文心雕龍》中的重要篇章十八篇，採用自創的「愛讀式」版式排印出來。這方面的一個成果是我和萬奇教授聯合編寫的《愛讀式文心雕龍精選讀本》，書在 2017 年出版了。「愛讀式」排版有方便閱讀、容易理解、有利熟記的特點。此版式與一般傳統版式迥然不同：它採用「蝴蝶頁」版式（即書本

左、右兩頁合為一個整體），篇章文句分行編排（並清楚顯示對偶句式），文句的語譯、注釋（包括讀音）、導讀，都緊貼原文字句，與原文字句對應出現，讀者不用翻揭四處尋找，因此不僅可為讀者節省寶貴的學習時間，還可使其閱讀體驗變得輕鬆而愉悅，進而喜愛上經典原文，這在一定程度上也推動了經典作品的傳播與接受。此書的讀者對象是高中及以上文化程度有興趣於認識中國經典（包括文學理論經典）的讀者。（順便一提，我在香港和黃玉麟聯合編著的《愛讀文言經典十二篇》一書，在 2019 年出版，頗受歡迎。）第三件要做的事，也是普及，普及對象是英語界大學及以上程度的文科學生和學者。我的構思如下。沿用上面所說的「愛讀式」排版，讓精選的《文心雕龍》篇章在「蝴蝶頁」上，其原文和英文翻譯對應出現，相關的簡要注釋和導讀（當然是用英文寫的）也緊貼著原文。內容呢，由專家精選十到十五篇，多選文學通論的篇章，少選甚至不選「論文敘筆」那些，採用現成公認極佳的英文翻譯，或者綜合融匯現成不同英譯得其精髓，再修飾潤飾之，力求譯文精準流暢可讀。原文中特別偏僻的專門詞語（包括非重要的作家和作品名稱），以及特別深奧、費解的片段，可用較細字體排出，表示「初級」讀者可以略過，甚至這部分原文可以刪掉。這本書可名為 *Heart and Art of Literature (WXDL): A Primer*。Heart 指「文心」，Art 指「雕龍」；Heart 與 Art 二字押韻。為什麼加上「*WXDL*」呢？這是要讓比較有中國學問的讀者，知道這是本關於《文心雕龍》的書。「*WXDL*」是「*Wenxin diaolong*」的簡寫。至於書名的 Primer，它是「讀本」的意思。我希望這本書編寫成功出版了，加以推廣，在英語文化界，*Heart and Art of Literature (WXDL): A Primer* 或其簡稱 *Heart and Art of Literature*，像薄薄的一本 *The Poetics* by Aristotle 那樣天下通行。國內的雙語讀者，對此書應該也有興趣閱讀。

戴：我們注意到您是最早關注《文心雕龍》海外傳譯的學者，三十年前您就已撰文《美國的〈文心雕龍〉翻譯與研究》。請問時隔三十年後，再反觀國內外龍學研究現狀，您認為最大的變化是什麼？您認為在《文心雕龍》海外傳譯的過程中應還存有什麼問題？

黃：最近這些年我沒有特別關注並細讀各譯本，但我可簡單說說對翻譯的一些看法，特別是對《文心雕龍》翻譯的原則性看法。

古人言，「譯者，易也」。我認為可加一句，「譯者，異也」。我認同余光中先生的一番話：翻譯應力求信實，不能譯原文的話，也要譯原意；翻譯是一種

創作，「一種有限度的創作。」〔註8〕翻譯是一種傳播活動，目的是要讓讀者讀懂譯文，因此重「信」兼「達」，才是翻譯的大道。《文心雕龍》的「風骨」，好幾位學者都翻譯為「the wind and the bone」，這是譯出了「原文」了，但「原意」呢，其「原意」十分令人困惑。我認為《風骨》篇是個「瑕疵文本」（flawed text），難怪在「龍學」中，對這個詞語的解釋，眾說紛紜，多至數十種。我曾半開玩笑地說，這一篇可能是劉勰醉酒時寫的（我假設他在佛門裡也有喝酒），也可能是他「神思」模糊時草就的初稿。對於《風骨》篇，我摘取喜愛的「唯藻耀而高翔，固文筆之鳴鳳也」一二佳句，認為全篇不妨「割愛」。在構想的 *Heart and Art of Literature* 一書裡，不應有此篇，最多是在此書導言裡，提及這佳句。《文心雕龍》的翻譯，不「（容）易」也。「風骨」一類的詞語，永遠難以翻譯得令大家滿意。

戴：宇文所安（Stephen Owen）在《中國文論：英譯與評論》導論中指出三種譯介中國文論的方法：一是如劉若愚的《中國文學理論》般以一個理論架構將中國文論系統化；二是如魏世德（John T. Wixted）般探索某種詩體的流變；三是如余寶琳（Pauline Yu）般廣泛聯繫各類文論深入探討某個課題在詩學傳統中的發展。〔註9〕而宇文所安則嘗試以第四種方式去彌補對中國文學批評研究中文本和描述連貫性間矛盾的不足，即以選讀的方式，以時間為線索，通過文本解說中國文學思想。依您之見，《文心雕龍》及中國文論應如何有效外譯？

黃：我覺得這要從你的研究和著述的目的出發，如果只是作學術性研究，那不管從哪一方面繼續去鑽研都行。但現在談文化自信，就不能只用西方理論，而應該把中國理論加以回顧和應用，並加以推廣。不必認為凡屬西方都先進，我們都是後學，什麼都學西方。就我個人而言，我雖然一直受西方教育的影響，但我在 1982 年就開始撰寫用《文心雕龍》來分析文學作品的論文；我在那時就意識到中國古典文論的經久魅力，並不遜色於西方的文學理論。我認為中國文論首先應該我們自己用，然後再發揚。中國古典文論的對外傳播與接受，是一個非常值得深度思考的議題。例如我曾撰寫長文闡述我建立的《文心雕龍》「情采通變」文論體系，此文為拙著《文心雕龍：體系與應用》的第二

〔註8〕余光中：《余光中談翻譯》，北京：中國對外翻譯出版公司，2002 年，第 43 頁。
〔註9〕宇文所安著，王柏華、陶慶梅譯：《中國文論：英譯與評論》，上海：上海社會科學院出版社，2003 年，第 13～14 頁。

章。為了向英語學術界介紹這一體系，我把此文親自改寫成英文，以 Hati-Colt: a Chinese-oriented Literary Theory 為題，在川大的比較文學研討會上宣讀，在 2016 年 *Comparative Literature and World Literature* 期刊上發表。「Hati」是英文「Heart-art」（心─藝術）和「Tradition-innovation」（傳統─創新）的首字母縮寫。「Colt」則是「Chinese-oriented Literary Theory」的首字母縮寫。「Hati」和「Colt」易讀且有意義，「Colt」意為「小馬」或「新手」之意，寓意這一體系雖來自古典，但卻是一個新的嘗試。我期望通過對「Hati-Colt」體系的論述和介紹，能在國際上為中國文論發聲。

四、龍學及比較詩學的未來路向

戴：顧明棟教授曾給《諾頓文論選》推薦選文時，先推薦了劉勰、陸機等古代文論，編委會的反應就是所描述的「隔膜感」，造成這種「隔膜感」的緣由，部分來自於翻譯，部分來自於古代文論高度詩化的言述方式。最後他不得不用現代文論，選用了李澤厚先生的文章。對此您怎麼看？您能談一談中國古代文論如何擺脫失語和「誤讀」，啟動中國傳統文論，實現中西文論真正意義上的深層次的「生成性對話」？

黃：我認為中西文論進行「生成性對話」的前提，是彼此先有深入的瞭解。20 世紀西方文論為眾多中國學者所運用和追捧，我認為這種西化過了頭，我們應該回歸中國傳統，把中國自己的文學理論加以應用和發揚。20 世紀西方眾多的文學理論，關注的都是文學作品的思想，或者說義理，如心理分析、女性主義、神話原型論、後現代主義、後殖民主義、新歷史主義等，它們都不關涉文學作品的藝術性（創作技巧），都只把作品當做文獻（document）而非藝術的豐碑（monument）。就算是敘述學（narratology），也不評論作品的好壞，只研究作品所用的敘述手法。新批評（the New Criticism）幾乎是唯一的例外。它非常關注作品的藝術性，通過文本細讀（close reading）和修辭分析（rhetorical analysis）來考察文本。新批評家特別重視形象性語言（包括比喻、象徵等）的運用，並考察整個作品是不是一個有機的統一體（organic unity）。這些都涉及藝術性高低的評價，正是 20 世紀其他大多數西方文學理論所不關注的。《文心雕龍》十分關注作品的藝術性，就此而言，它特別值得我們重視。在當今流行的文學批評理論中，這條「雕龍」，與一般文學批評理論迥然不同；作品是藝術的「龍」，是要用高明技巧精雕出來的。舉例而言，我曾用《附會》、

《熔裁》篇的觀點，分析後指出《離騷》結構紊亂，認為這方面的藝術性不足。再如《文心雕龍》中的《熔裁》、《附會》等篇都論及作品的佈局、結構。劉勰認為一篇作品應該結構嚴謹，要做到字字珠璣。新批評派要求作品是「有機統一體」（剛剛提到的），要求 Each word functions（每一字詞都發揮作用），它和劉勰的說法異曲同工。我們有「比較詩學」（comparative poetics）這個學問。文學是一種形象的思維，形象思維就是把感情思想用形象的語言表現出來。西方亞里士多德在《修辭學》中所提出的生動、對比、比喻三大原則，與中國自古就有的「賦、比、興」三義之說，就有可比之處。其他例子極多，這裡不及詳述。

戴：錢鍾書先生在《談藝錄》的序中曾說過：「東海西海，心理攸同；南學北學，道術未裂」。錢先生在做文學論述時，旁徵博引，以海量式例證，說明東西方同心同理。而今您也提出「大同詩學」（common poetics）這一概念。請您談一談如何建構以《文心雕龍》為基礎的中西合璧的文學理論體系、中西比較詩學的未來走向，以及如何實現「大同詩學」這一構想。

黃：中西文化同異的問題，非常巨大，極為複雜。我一向不認同「中西方文化迥異」這一觀點。我贊同錢鍾書先生的說法：東海西海事事物物的基本性質或核心價值相同。我認為中西文化，就其異者而觀之，有百異千異；就其同者而觀之，基本理念如「仁義禮智信」之為美德，如文學之為語言藝術，之為「形象思維」，可謂大同。近年有「世界詩學」（world poetics）概念的提出，劉若愚、Earl Miner（孟而康）、王甯等都有意於建構這樣的詩學。錢鍾書似乎沒有這樣的心意，但從其《管錐編》等的論述看來，實際上是有這樣的一個「世界詩學」存在的。有大同的信念，這個詩學才具有世界性。「世界詩學」應該就是「大同詩學」（common poetics）。我的「情采通變」理論體系，就是高舉《文心雕龍》的大旗，璧合中西古今重要文學理論，建構而成的。這是我對建構「大同詩學」的嘗試。

戴：「後理論時代」解構了國際文論界長期存在的「西方中心主義」的思維定勢，為文學理論關注西方以外地區的發展掃清了障礙。〔註10〕《諾頓理論批評文選》（第三版）修改的兩個動向值得我們關注：一是增加了一位華裔文學理論家周蕾（Rey Chow）的理論；二是向傳統人文研究如古典理論、修辭學

〔註10〕王甯：《「後理論時代」中國文論的國際化走向和理論建構》，《北京大學學報（哲學社會科學版）》，2010 年第 2 期，第 85 頁。

和文科教育的回歸。〔註11〕這為中國文論走向世界提供了良好的契機。請問您對於「中國文論走向世界」有何建議？

黃：我認為中國自古就有體大慮周的文學理論瑰寶，是值得向外推介的。向外推介的文論既需有博大且高明的理論體系，也需包含現代意義的細節概念（小理論體系），可以說《文心雕龍》同時兼具以上兩種理論體系。劉勰以一系列文論範疇的論述成就了《文心雕龍》的理論建構，且達於「體大思精」、「包舉洪纖」的至境，此書成為經典。這是它之所以值得對外首推的原因。從事「中國文論走向世界」這項浩大工程，需要考慮翻譯、傳播、接受等一系列因素，更需要像你一樣的龍學後起之秀努力推動。目前我國經濟日益發達，國力日益強大，漢語的地位會越來越高，學習中華文化的外國人會越來越多；凡此種種，都有利於中國文化包括中國文論向外推介。那時，pianwen（駢文）、qingcai（情采）、tongbian（通變）等漢語名詞，就會像 tragedy、sonnet、symbol、irony 一樣，在文學教授和學生之中，脫口而秀出。

戴：再次感謝您接受本次採訪，我想經過努力，中國能實現「雕龍」成為「飛龍」的願望，中國文論「走出去」也一定會實現！

〔註11〕顧明棟：《邁向世界文論的堅實一步——閱讀新版〈諾頓理論與批評選〉》，《讀書》，2018 年第 10 期，第 117～119 頁。

中西比較・實際批評──
黃維樑《文心雕龍：體系與應用》評析

萬奇

一、黃維樑的港學、余學與龍學

　　《文心雕龍》是中華文論的元典，也是中華文化的寶典。雕「龍」者遍佈海內外，龍學（文心學）著作與論文不勝枚舉。儘管如此，也不能說對這部巨著的研究已經窮盡了。因為「往者雖舊，餘味日新」，其恆久性與耐讀性亦絕非尋常論著可比。問題的關鍵在於研究者能否另闢蹊徑，推陳出新。有感於此，香港黃維樑教授推出「新龍學（新文心學）」著作《文心雕龍：體系與應用》，令學林躍心而擊節。

　　黃維樑早年就讀於香港中文大學新亞書院。正值「黃門侍郎」之一潘重規先生講授《文心雕龍》，黃維樑選修此課，便對《文心雕龍》「讀而愛之敬之」，撰文著述，經常引用其中的語句。中大畢業後，黃維樑赴美留學，師從俄亥俄州立大學陳穎先生研習中國古代詩話、詞話，兼習英美與古希臘文學；同時與哥倫比亞大學夏志清先生過從甚密。俄大畢業後，黃維樑返回中大執鞭。在此期間，其與在中大任教的余光中、黃國彬、梁錫華志趣相投，文學觀念相近，被戲謔地稱為「沙田四人幫」。之後輾轉台灣、大陸、澳門等多地高校任教授或客座教授。

　　黃維樑的學術研究、寫作的重點有三：一是香港文學。有《香港文學初探》（香港華漢文化事業公司，1985 年；中國友誼出版公司，1987 年）《香港文學再探》（香江出版有限公司，1996 年）、《活潑紛繁的香港文學》（主編，香港中

文大學出版社，2000 年）、《活潑紛繁：香港文學評論集》（香港匯智出版有限公司，2018 年）等四部文集出版。二是余光中。有《火浴的鳳凰：余光中作品評論集》（編著，純文學出版社，1979 年）、《璀璨的五彩筆：余光中作品評論集（1979～1993）》（主編，九歌出版社有限公司，1994 年）、《文化英雄拜會記：錢鍾書、夏志清、余光中的作品與生活》（九歌出版社有限公司，2004 年；香港中文大學出版社，2018 年；新版更名為《大師風雅》，2021 年由北京九州出版社出版）、《壯麗：余光中論》（香港文思出版社，2014 年）、《壯麗余光中》（與李元洛合著，九州出版社，2018 年）等五部論著面世。三是《文心雕龍》與中國文論。有《中國詩學縱橫論》（台北洪範書局有限公司，1977 年）、《中國文學縱橫論》（東大圖書有限公司，1988 年；三民書局股份有限公司，2005 年）、《中國古典文論新探》（北京大學出版社，1996 年）、《從〈文心雕龍〉到〈人間詞話〉：中國古典文論新探》（北京大學出版社，2013 年）、《文心雕龍：體系與應用》（香港文思出版社，2016 年）、《愛讀式文心雕龍精選讀本》（與筆者合著，北京師範大學出版社，2017 年）等六部著作行世。他行走於港、余、龍三學之間，其獨特的學術取向源於他有一顆中國心、一顆香港心：

> 我數十年來治學，用力較多的有三個方面：香港文學、余光中、《文心雕龍》。研究香港文學基於一顆香港心。研究《文心雕龍》，發揚 1500 年前中國這部經典的文學理論，讓雕龍成為飛龍，則基於一顆中國心。研究余光中，似乎跟二心無關，細想不然。闡釋余光中的作品，指出其卓越的成就，此事或許蘊含我不自覺的動機：二十世紀的文學，不止有西方的葉慈、艾略特、喬艾斯、海明威、佛洛斯特、沙特、卡繆他們，還有咱們中華的傑出作家如余光中。這樣說來，我的「余學」也藏有一顆中國心。

而黃維樑的中國心、香港心是比一般中華大學更重視中國文化（包括香港文化）之新亞書院精神熏染的結果：「我認為自己的學術取向，與中國文化氣息濃厚的新亞書院，有一種親密的關係。我在『薰浸刺提』中得到母校精神的感染。」

《文心雕龍：體系與應用》主要由「有中國特色文論體系的建構」、「《文心雕龍》理論的現代意義」和「《文心雕龍》理論應用於文學作品的實際批評」三個部分組成。「有中國特色文論體系的建構」考察 20 世紀西方文論在中國的接受史以及中國文論在西方受到的冷遇和忽視，提出比照西方文論，以《文

心雕龍》為基礎建構中西合璧的文學理論体系；「《文心雕龍》理論的現代意義」闡述《知音》「六觀」說、《辨騷》、《時序》、《論說》及劉勰雅俗觀之歷久彌新的理論价值；「《文心雕龍》理論應用於文學作品的實際批評」將《文心雕龍》重要理論應用於古今中外的文藝作品上，對作品加以批評。另有餘論三章，分別指出趙翼《論詩》、班・姜森莎士比亞頌與《文心雕龍》相同、相近之處，最後以《讓「雕龍」成為飛龍：兩岸學者黃維樑徐志嘯教授對話〈文心雕龍〉》收尾，卒章顯其志。

二、中西比較：異中見同

　　中西比較詩學是近些年比較文學研究的熱門話題。某些研究者常常發表似是而非的看法。如：西方文論重模仿，中國文論重抒情；西方文論觀念清晰，術語準確，中國文論概念模糊，用語含糊；西方文論重分析，有體系，中國文論重感悟，無體系。由此得出中西文論迥然不同的結論。中西文論在概念範疇、理論表述等方面固然存在差異，但是如果對中西文論的認識，僅僅停留在二者差異上，甚至有意或無意誇大這種「異」，那就是捨本逐末的皮相之見了。正是看到這種認識的誤區，黃維樑指出中西文論是大同而小異，在其相關論文中多次引述錢鍾書「東海西海，心理攸同」的觀點。在他看來，中西文論的大同性主要體現在以下兩個方面。

　　一曰理論體系相容。在參酌中西文論的基礎上，黃維樑建構了兩種文學理論體系：一種是參照韋勒克等著《文學理論》體系建構的《文心雕龍》理論體系。該體系之綱領有三：甲「文學通論」、乙「實際批評及其方法論」、丙「文學史及分類文學史」。甲「文學通論」由「文學本體研究」和「文學外延研究」組成。「文學本體研究」的重心有四：作品構成的元素（《情采》）、文學的各種體裁（《明詩》至《書記》）、作品的修辭（《定勢》、《鎔裁》、《附會》、《章句》、《麗辭》、《比興》、《誇飾》、《事類》、《聲律》、《練字》、《隱秀》、《指瑕》）、作品的各種不同風格（《體性》）。「文學外延研究」的重心亦有四：文學對讀者的影響、文學功用、讀者對作品的反應（《原道》、《知音》有關論述），《原道》、《物色》篇所論的文學與自然的關係，《時序》篇所論的文學與社會、時代的關係，文學與其他學科的關係（《宗經》等篇）。乙「實際批評及其方法論」由「對具體作家、作品的批評」和「實際批評方法論」組成。「對具體作家、作品的批評」指《文心雕龍》對作家、作品的評論，「實際批評方法論」指《知

音》篇討論的批評理論和方法。丙「文學史及分類文學史」由「分類文學史」和「文學史」組成。「分類文學史」指《明詩》至《書記》二十篇，「文學史」指《時序》篇。三個綱領本於韋勒克等著《文學理論》之「文學理論」、「文學批評」、「文學史」三分法，「文學本體研究」和「文學外延研究」源於《文學理論》之「外延研究」和「內在研究」二分法。理論體系之組成則是《文心雕龍》各篇的內容。該體系是以中補西，或可謂之「西體中用」。

　　一種是以《文心雕龍》為基礎的「情采通變」文論體系。該體系之綱領有五：「情采」（內容與形式「技巧」）、「情采、風格、文體」、「剖情析采」（實際批評）、「通變」（比較不同作家作品的表現）、「文之為德也大矣」（文學的功用）。「情采」由「情」、「采」、「情經辭緯，為情造文」（內容與形式的關係）組成，相容西方悲劇 tragedy 理論與心理分析 psycho-analysis 等。「情采、風格、文體」由「物色時序、才氣學習」（影響作品情采、風格的因素）、「風格的分類」、「文體的分類」組成，相容西方基型論 archetypal criticism 和西方通俗劇理論。「剖情析采」由「文情難鑒，知音難逢」、「平理若衡，照辭如鏡」（理想的批評態度）、「『六觀』中的四觀」組成，相容西方讀者反應論 reader's response 及接受美學 reception aesthetics、阿里斯多德「結構」說、西方修辭學 rhetoric 及新批評 The New Criticism 等。「通變」由「『六觀』中的二觀」、「通變·文學史·文學經典·比較文學」組成，相容西方文學史理論。「文之為德也大矣」由「光采玄聖，炳耀仁孝」（文學對國家社會的貢獻）、「騰聲飛實，製作而已」（文學的個人價值）組成，相容西方馬克思主義 Marxism 等理論。五個綱領本於《文心雕龍》，以「情采通變」為主軸，其具體內容相容西方各種相關理論，是以中容西，或可謂之「中體西用」。

　　黃維樑建構的兩種理論體系儘管並不完全相同，但中西互補是它們共同的特點，彰顯了「中西合璧」的「大同詩學」之普世價值。

　　二曰批評理念相通。在具體作品批評中，黃維樑亦重視中西互釋互證。其表現有二：

　　（一）發掘《文心雕龍》批評的現代意義。在談到《辨騷》「故才高者苑其鴻裁，中巧者獵其艷辭，吟諷者銜其山川，童蒙者拾其香草」四句時，他指出：

　　　　不同氣質不同程度的讀者，受了《楚辭》不同的影響；換言之，
　　讀者之接受《楚辭》，各有不同。《辨騷》篇這幾句話，正屬於當代

「接受美學」（reception aesthetics）的範圍。一如艾薩（Wolfgang Iser）
說的，「接受美學」強調讀者反應對作品所起的作用：「完全不同的
讀者，可以受到某一作品的不同影響」。……《辨騷》篇「才高者」
那幾句所論，是作品與讀者之關係。

黃維樑援引「接受美學」理論闡釋《辨騷》篇「才高者」四句，揭示了其
中的現代價值，新意獨具。在說到《論說》篇「至於鄒陽之說吳梁，喻巧而理
至，故雖危而無咎矣」時，他認為：「這使人聯想到古希臘大學者阿里斯多德
在《修辭學》（Rhetoric）一書中，教人演說時用具體生動的言辭、用比喻，以
達到說服人的目的。阿氏《修辭學》專注的，正是說服人的藝術（the art of
persuasion）。」講究比喻運用，重視演說藝術，是中西的共同性；「東海西海」，
果然「心理攸同」。

發現西方文學批評的「中國特色」。本書第十六章《Ben Jonson 有中國特
色的文學批評：班‧姜森的莎士比亞頌和中西比較詩學》簡介班‧姜森的莎士
比亞頌，並從批評態度（公正公允）、批評原則（博觀）、關注作家學問、批評
尺度（自然、文采）、善用禽鳥之喻（天鵝與鳳凰）等多方面將之與劉勰《文
心雕龍》及其他中國詩文理論比較，發現前者與後者的相近或相通之處，從而
得出班‧姜森「寫的確為有中國特色的文學批評」的結論。不過，黃維樑並不
否認中西之異，但他認為「人類都是具有『基本根性』的『兩足動物』」，且「國
族、時代、社會的差異，並不影響文心、學理的大同。姜森的莎士比亞頌是有
中國特色的文學批評，同樣道理，劉勰、元稹的屈原頌、杜甫頌也可說是有
英國特色的文學批評。劉勰、元稹、姜森所寫的，都是有人類特色的文學批
評」。黃維樑剖析姜森的莎士比亞頌之中國特色，又說劉勰、元稹的屈原頌、
杜甫頌有英國特色，進而推出中西文評之大同（人類特色），慧眼獨具，見識
宏通。

三、實際批評：活古化今

二十世紀九十年代，大陸學界熱議「中國古代文論的現代轉換」話題。該
話題是針對中國文論的「失語症」開出的藥方，讚成者有之，反對者亦有之。
細察之，其中的問題較多：何為「失語症」？中國文論真的失語了嗎？什麼是
中國古代文論的「現代轉換」？能轉換嗎？如果能的話，又如何轉換？……平
心而論，放在當時的語境來看，「失語症」、「現代轉換」的提出有一定的合理

性；同時這也折射出中國學者自身的文化自卑與文化焦慮，這種自卑與焦慮始於近代遭受的屈辱以及西學東漸，或可謂之「近代情結」。彼時的「現代轉換」討論不可謂不熱烈，但似乎「述」多而「作」少，而黃維樑卻「嘗試以古法證論新篇」的實際批評（practical criticism），開拓了《文心雕龍》應用研究的新路，激活了中國古代文論，令學界耳目一新。

黃維樑所運用的「古法」主要是指《文心雕龍》的理論。在他看來，「劉勰的《文心雕龍》是我國古代文論著作的龍頭。它『體大而慮周』，理論高明而中庸，具有涵蓋中外的普遍性、貫通古今的恆久性；1500 多年前劉勰『雕』出來的這條龍，到今天仍然精美耐看，『靈動多姿』」。從本書來看，他主要應用了《知音》篇「六觀」法、《時序》篇「世情」論、《論說》篇「群言」論與「悅」論、《定勢》等篇章的雅俗論、《鎔裁》篇「本體‧鱗次」論與「截詞」論、《情采》篇「情采」論、《麗辭》篇對偶論等《文心雕龍》重要理論於古今中外作品的批評中。

在上述《文心雕龍》理論中，黃維樑使用最多的是「六觀」法。為了使「六觀」法更好地適用於批評實踐，他調整了「六觀」的次序，把「一觀位體，二觀置辭，三觀通變，四觀奇正，五觀事義，六觀宮商」更改為「一觀位體，二觀事義，三觀置辭，四觀宮商，五觀奇正，六觀通變」；並用現代詞彙詮釋「六觀」，形成新「六觀」法：

> 第一觀位體，就是觀作品的主題、體裁、形式、結構、整體風格；
>
> 第二觀事義，就是觀作品的題材，所寫的人、事、物種種內容，包括用事、用典；以及人、事、物種種內容所包含的思想、義理。
>
> 第三觀置辭，就是觀作品的用字修辭。
>
> 第四觀宮商，就是觀作品的音樂性，如聲調、押韻、節奏等。
>
> 第五觀奇正，就是通過與同代其他作品的比較，以觀該作品的整體表現，是正統的，還是新奇的；
>
> 第六觀通變，就是通過與歷來其他作品的比較，以觀該作品的整體表現，如何繼承與創新。

黃維樑的現代闡釋，保留劉勰「六觀」法原有的內涵，在此基礎上又有新的闡發；亦古亦今，為其「以古法證論新篇」的實際批評奠定了堅實的基礎。

黃維樑所批評的「新篇」，不僅指中國現代作品，也兼及中國古代詩文，

以至外國文藝。其批評的對象有屈原的詩《離騷》，有范仲淹的詞《漁家傲》，有余光中的散文《聽聽那冷雨》，有白先勇的小說《骨灰》，還有莎士比亞的劇本《鑄情》，以及韓國電視連續劇《大長今》……從古代詩詞到現代散文、小說，從文學文本到戲劇藝術，這條精美、靈動的文龍穿行其間，異彩紛呈，令人驚艷。他對《骨灰》、《大長今》的批評尤為精彩。

須知《文心雕龍》涉及的主要文類是詩與文。《文心雕龍》理論能否用於評論小說，這是一個頗具挑戰性的問題。黃維樑大膽地用「六觀」法解析白先勇的小說《骨灰》。他指出，《骨灰》的「位體」之主題是沉鬱、沉痛的，《物色》篇的「陰沉」、「矜肅」秋冬之氣，也可用來說明《骨灰》的調子；《骨灰》的「位體」之體裁屬於短篇小說；《骨灰》的「位體」之形式，就敘述觀點而言，則屬於第一身戲劇式手法。《骨灰》的「事義」非常豐富：就「事」而言，有抗日、內戰、學潮、大陸易手、反右、文革、平反，以至羅任重在台灣坐牢、在美國潦倒，龍鼎立的晚年去國，以及羅齊生那一輩的「保釣運動」等等；就義而言，有徒勞、荒謬、可哀、可笑等「重旨」、「複義」。《骨灰》的「置辭」稱得上肌膚細膩（對羅任重和龍鼎立的描寫是工筆細描），亦可見於對專有名詞的安排（羅任重和龍鼎立兩個名字，都具反諷意味），還包括對氣氛的營造。《骨灰》的「宮商」主要表現在整篇的節奏上：故事發展的節奏非常舒緩，好比是一個眾多樂器交響而速度緩慢的樂章。《骨灰》的「奇正」保留了白氏多數作品的特色：技巧是「正統」的；內容上一點不離經叛道。《骨灰》的「通變」主要表現為兩個方面：一方面師法《紅樓夢》工筆寫法、亨利詹姆士以降的小說敘述觀點理論、佛洛依德心理分析學說、以至象征、反諷和中國古典詩詞的凝練修辭等技巧，一方面是採摘、繼承各家之長所形成的新綜合體。其結論是：《骨灰》「白風」明顯，是當代一篇沉鬱耐讀的上乘之作。黃維樑巧用「六觀」法細讀《骨灰》，做到了「以古法證論新篇」，這項實驗表明，「六觀」法不僅可以評論古代的詩文，也可以用來衡量現代小說，極具普遍性實用價值。

繼用「六觀」法成功析論《骨灰》之後，黃維樑又采用《文心雕龍》「情采」說來析評《大長今》。他首先闡述了《文心雕龍》的「仁孝」之儒家思想，並將之擴充發展為仁、義、禮、智、信、忠、孝、廉、恥、勇。其次從《文心雕龍》「仁孝」之「情」出發，評析《大長今》中徐天壽之「仁」、朴明伊和韓白英之「義」、各種宮廷之「禮」、宮女和醫女誦讀經典之「智」、閔政浩之「忠」與「信」、中宗之「孝」……再次重點剖析本劇女主角大長今的智、勇、恥、

廉、義、孝、忠、信、禮、仁，指出她是「五美十德的聖者」。最後從《文心雕龍》「奇」、「悅」、「雅麗」之「采」出發，分析《大長今》劇情奇異與本體基調、「組群」結構與「辭淺」、用來「藻飾」的飲食與服裝、引起「悅笑」的姜德久夫婦、韓國晨朝的新鮮與美麗、大長今的溫柔與雅麗……黃維樑活用《文心雕龍》理論，剖《大長今》之「仁孝」之「情」，析《大長今》之「奇」「麗」之「采」，彰顯了本劇「炳耀仁孝，悅豫雅麗」的特色，是「東方人饒具意義的一個嘗試」。

　　黃維樑不僅用《文心雕龍》的理論來評析作品，也用之評人。他對德國「漢學家」顧彬的批評便是一例。顧彬多次貶抑中國當代文學，甚至說某些作品是垃圾；又批評中國作家不懂外文，連母語中文也不行。因此，他專門撰寫《請劉勰來評顧彬》一文批駁顧說。文章第一部分介紹「顧彬炮轟中國當代文學」的有關情況，第二部分則戲用魔幻手法，把天上文心閣的劉勰請下來，評論顧彬。劉勰先批評顧彬「會己則嗟諷，異我則沮棄」，評價作品失之理性；次駁斥顧彬懂外語才是作家的偏頗之論，以及「中國當代詩歌是外國文學的一部分」的「信偽迷真」之說；最後提出做學問要「積學以儲寶」，要觀千劍，操千曲，要「平理若衡，照辭如鏡」，並溫馨提示顧彬：「顧彬先生，博學審問慎思明辨吧。我和錢鍾書天天在文心閣、雕龍池相見，小心他用《圍城》筆法把你寫進這本諷刺小說的續篇。」文章融情入理，妙趣橫生，讀後令人拍案稱奇，只是不知那位劍眉深鎖的顧彬先生看後會有什麼感想，或許更加維特了吧。

　　海通以來，西風熏得學人醉。黃維樑卻逆風而行，以其實際批評的成果，證明了《文心雕龍》理論不但與西方文論相通，亦有闡釋古今中外作品的有效性。為學界「活古化今」樹立了典範。

四、讓雕龍成為飛龍

　　除實際批評外，黃維樑十分重視《文心雕龍》的普及與傳播。他與筆者合撰《愛讀式文心雕龍精選讀本》，就是面向廣大青年學子的普及讀本。該書精選《文心雕龍》十八篇，精簡地注釋之，精到地語譯之。在這「三精」之外，他發明了富有創意的「愛讀式」（簡稱 ADS；又稱 ABF，即 A-Reader Format）排印之，使得每個篇章能有「三易」：容易閱讀，容易理解，容易記憶。「愛讀式」的主要特色為：「原文文字凸出醒目；原文的句、段、篇完整地清晰地呈

現，兼顯示對偶句、排比句的句式；注釋、語譯、評點都貼近原文，不勞讀者前頁後頁地翻檢；這樣讀起來主次分明，且一目了然，達到『三易』的效果。」有此『三易』，讀書成為樂事，故曰「愛讀式」。

不僅如此，黃維樑認為，中國不能只有文化輸入而沒有文化輸出。《文心雕龍》應該飛向西方文論界，這是「21 世紀中國龍學者的一個責任」。為了「中為洋用」，他發表了多篇龍學（文心學）英文論文，包括：（1）「The Carved Dragon and the Well Wrought Urn——Notes on the Concepts of Structure in Liu Hsieh and the New Critics」；（2）「'Rediscovering the Use of Ancient Chinese Culture': A Look at Pai Hsien-yung's 'Ashes' through Liu Hsieh's Six Points Theory」；（3）Fenggu (Wind and bone; forceful and affective power in literature)；（4）「*Wenxin diaolong* and Western Critical Theories」；（5）「Hati-Colt: A Chinese-oriented Literary Theory」。黃維樑用英文發表龍學（文心學）論文，有助於把《文心雕龍》傳播到西方文論界，讓西方學者聽聽來自東方的龍吟。

綜上所述，黃維樑無論是應用《文心雕龍》理論於實際批評，還是普及、傳播《文心雕龍》，其目標只有一個——「讓『雕龍』成為飛龍」。筆者也熱切期盼這條精美耐看、靈動多姿的文龍飛向廣闊的中西文論天宇。

——2021 年 10 月 1 日初稿；10 月 2 日修改；10 月 6 日第二次修改；
10 月 8 日第三次修改；10 月 10 日第四次修改。

本文刊於中國文心雕龍資料中心編印的《文心學林》2021 年第 2 期；
刊於四川大學的《中外文化與文論》第 51 輯〔2022 年 10 月出版〕；
作者萬奇為內蒙古師範大學中文系教授。

戚良德和張然對黃維樑
「龍學」論著的評論

戚良德、張然

前言：

　　山東青年政治學院的張然教授，在山東大學戚良德教授主編《中國文論》第八輯（山東人民出版社 2020 年 11 月出版）發表《中國古代文論研究的兩創如何進行？——以《文心雕龍》的應用與傳播為中心》一文，全文長約一萬言，分為三節：「一、《文心雕龍》的當代應用」；「二、《文心雕龍》的當代傳播」；「三、讓古代文論「活」在當下」。此文直接論述黃維樑《文心雕龍》著作的，約 4000 字。《中國文論》第八輯由主編戚良德撰寫的「編後記」，對黃維樑龍學論著也有述評，篇幅近 2500 字。這裡摘錄兩篇文章的相關段落，並為二氏文章擬定標題。此外，原文中的注釋略去，內容省略部分用「……」表示，文章分節並加上小標題。這一輯《中國文論》的封二和封三刊載彩圖介紹黃維樑及其著作。黃維樑對戚、張兩位深表謝意。

一、黃維樑的「龍學」具傳統文化的「雙創」效用（作者：張然）

　　（[ ] 內文字為張然這篇論文的「摘要」）[中國古代文論研究近些年來活力不足，總體表現為研究熱度不高，社會關注度有限。在當今社會越來越多的聲音開始呼籲要讓中華優秀傳統文化「活」在當下的大環境中，習近平總書記提出的「兩創」方針成為不少研究、傳承中華優秀傳統文化的人們採用的「啟動」之法。實則，古文論研究也可借助「兩創」去「啟動」它在當下的生命力。縱觀古文論學界，《文心雕龍》研究在新趨勢上有一個苗頭便是對其現代之用的研究。有不少「龍學」研究者都把《文心雕龍》與當今文藝的實際發展情況

和當下的社會生活相聯繫，這種當下之用普遍帶有對《文心雕龍》內涵作轉化和發展的特點。目前，此類研究及實踐已取得了不少成果。借助這些成果，分析《文心雕龍》在應用與傳播過程中與「兩創」方針的共同之處，用以小見大之法說明對古代文論進行創造性轉化與創新性發展是完全可行的。]

（一）《文心雕龍》：最宜優先向外國輸出的文論

……「中國《文心雕龍》學會第十四次年會」於 2017 年在內蒙古呼和浩特市召開，此次年會中有一議題是往年所沒有的，那就是「《文心雕龍》應用、普及與傳播」。作為首次進入年會的議題，這無疑顯示了「龍學」的最新研究趨勢。在該年會論文集中，與此議題相關的論文有二十四篇。其中有一篇論文名為《〈文心雕龍〉：體系‧應用‧普及》，作者是著名學者黃維樑教授。對「龍學」較為熟悉的人都知道，黃維樑非常推崇《文心雕龍》。在他看來，「體大慮周、高明而中庸的《文心雕龍》公認是中國古代文論的傑構，最宜優先成為重新詮釋、現代應用、向外輸出的文學理論。」

黃維樑對《文心雕龍》能有這種認知，源於他對《文心雕龍》充分的自信。實際上，正因為研究者們對博大精深、源遠流長的中華文化有發自內心的認同，對《文心雕龍》這一傳承了一千五百餘年的古文論，堅信她擁有不竭的生命力，「龍學」研究才能繼續「活」在當下。堅信《文心雕龍》可以「活」在當下的黃維樑，憑著這種對「龍學」的熱情和自信，努力找尋《文心雕龍》與現實相融通的可能性。為此，他屢次使用《文心雕龍》於古今中外作品的實際批評之中，並在此基礎上建構起一套理論體系。他認為這種對古文論的「使用」是讓中國的文學批評在國際爭得一席之地的有效途徑。

黃維樑曾自述：「對文學理論的研究，我的興趣很大，可窮一生之力而為，但我卻不甘心只研究理論，更希望把理論研究之所得，落實於對作品的批評。」從目前他的「落實」情況來看，《文心雕龍》的相關理論「落實」得最好，尤其是「六觀」說。當然，需要強調的是，黃維樑的「落實」是分了兩個步驟，第一是對古代文論的義理做現代闡釋，這種思路正是一種對古文論的「創造性轉化」，即讓高深的古之文言「落」入顯白的今之白話，以利於現代人的理解和應用。黃維樑「落實」的第二個步驟是將經過現代闡釋的古文論義理用到當下，做實際批評，這無疑是對劉勰文論思想有益的拓展與延伸，屬於古代文論研究的「創新性發展」。通過他所做的實際批評，劉勰的文論思想勢必會增強它在當代社會的影響力和感召力。以他使用最多的「六觀」說為例，

他有「現代的六觀說」：

> 第一觀位體，就是觀作品的主題、體裁、形式、結構、整體風
> 格；
> 第二觀事義，就是觀作品的題材，所寫的人、事、物種種內容，
> 包括用事、用典等；以及人、事、物種種內容所包含的思想、義理；
> 第三觀置辭，就是觀作品的用字修辭；
> 第四觀宮商，就是觀作品的音樂性，如聲調、押韻、節奏等；
> 第五觀奇正，就是通過與同代其他作品的比較，以觀該作品的
> 整體表現，是正統的，還是新奇的；
> 第六觀通變，就是通過與歷來其他作品的比較，以觀該作品的
> 整體表現，如何繼承與創新。

可見，經過黃維樑的現代闡釋，以主題、題材、修辭、音樂性等名詞示人的「六觀」說已然更易為現代人所理解。當然，黃先生的現代闡釋不止於此，他還在中西文論比較的視域下，指出事義、置辭、宮商可形成美國新批評學派所謂之「local texture」即局部、組成部分、局部肌理，而位體則是「logical structure」即全體、整體大觀、邏輯結構。此種中西文論比較的研究方法延伸到了他對每一觀的具體闡釋之中：對位體，他認為新批評派「organic unity」即統一有機體理論與其相通，敘事學理論可以作為位體理論的延伸；對事義，他認為馬克思主義、心理分析學說、女性主義、後殖民主義、離散文論等等皆可與其「中西合璧」；對置辭，他認為今天修辭學的四種重要辭格——對仗、比喻（兼及象徵）、誇張、用典，可與之互相發明；對宮商，他以西方詩學所說「poetic foot」（音尺）、「rhyme」（韻）、「rhythm」（節奏）、「poetic」（詩體）等概念來探討；對奇正，他指出，在中西文學史中，奇與正的現象及爭論長期存在；對通變，他認為此中蘊含的繼承與創新與艾略特所謂「傳統與個人才華」說相通。

（二）《文心雕龍》用於中外古今作品的實際批評

在上述現代闡釋的基礎上，黃維樑使用這套「現代的六觀說」對古今中外的一些作家作品、電視劇等做了評析。其出版於 2016 年的《文心雕龍：體系與應用》一書專設第三部分「《文心雕龍》理論應用於文學作品的實際批評」，在這一部分中，他擇取最具代表性的六個實際批評的實例，較為全面地展示了他是如何把一千五百餘年前的「六觀」說用到當下的。從古代范

仲淹的《漁家傲》到當代余光中的《聽聽那冷雨》，從純粹的文學作品白先勇的《骨灰》到絕對的影視作品韓劇《大長今》，從對莎士比亞作品《鑄情》做評析到對德國漢學家顧彬做評價，「六觀」說在黃維樑的手中被給予了大跨度、多元化的使用，雖然學界偶有學者對其屢次「古為今用」的嘗試表達不同的意見，如認為其評論「難免給人『對號入座』的機械印象」，但沒有人會否定他在促進當代文論與古代文論融合，發揚民族傳統文化精華方面的實踐精神和功績。

黃維樑除了利用「六觀」說做專門的實際批評外，《文心雕龍》中的其它觀點也時常被他拿來做理論分析及作品批評的利器。如他用劉勰有關結構佈局的觀點：「規範本體為之鎔，剪截浮詞謂之裁」、「三準」說、「外文綺交，內義脈注」等去評價詩歌的結構是否合理、嚴謹；利用劉勰「取鎔經旨，亦自鑄偉詞」的觀點來闡釋他對新詩與舊詩兩者之間繼承與創新的關係。總之，由於他對《文心雕龍》的推崇與熱愛，劉勰的諸多文學思想都已浸潤到了他的批評語言體系中。他自然而然地闡發著劉勰的文學觀點，使用著彥和的批評方法，這對於文論界一直熱議的古代文論現代轉換的話題具有重要啟發意義。尤其是他通過使用「六觀」說堅持不懈地做實際批評，他認識到「《文心雕龍》的六觀法，提供了一個可以放諸四海而皆準的方法學典範」「是可以用來衡量古今中外各種作品，極具普遍性實用價值的。」如果沒有這麼多年來的實際批評實踐，恐怕是難以得出這種結論的。

同時，他的這種通過實踐得到真知所蘊含的意義已不僅僅是對《文心雕龍》而言了，蔣述卓曾感慨：「古文論研究關鍵的問題在於沒有真正做到『今用』，古代文論的研究者很難把自己的研究心得與當代文學理論和批評實踐結合起來。」黃維樑恰恰在這個「很難」的問題上「難」能可貴做出諸多實打實的「今用」，無疑，這對整個古文論研究都是極具意義的。黃維樑所做之實際批評就是要讓古代文論可以「活」在當下。

張少康先生曾高度評價，黃維樑對《文心雕龍》的研究「的確給我們以『重新發現中國古代文化的作用』之深刻啟示」。這種「重新發現」無疑是啟動了古代文化在當下的生命力，它之所以能夠被「重新發現」得益於黃維樑可以把它與現代文化及生活相溝通，幫它融入了當代，服務了生活。「兩創」方針同樣是以對古代文化的「重新發現」為旨歸，通過當代人對古代文化的「重新發現」再次堅定文化自信，激發人們對博大精深、源遠流長的中華文化的

認同，從而促進人們對中華民族文化理想、文化生命力和創造力的高度信心。可以說，黃維樑努力踐行實際批評背後的學術目的與「兩創」方針的施行目標是一致的，古文論研究者不妨在積極借鑒同仁學術成果的同時，從「兩創」方針的角度對古文論如何「活」在當下作更多有益的思考。……

（三）《文心雕龍》：創造性轉化、創新性發展

可以說，黃維樑所說《文心雕龍》「可轉換、可轉化、可採用」這一特性，即指它能夠創造性轉化和創新性發展。中華文明可以連續不斷，與我們先人與今人始終堅持「苟日新，日日新，又日新」的創造和創新原則有關，《文心雕龍》能夠在當代成為古文論研究領域的顯學，亦與「龍學」研究者們的創造與創新學術思路有關。當然，憑藉中國古文論豐富的資源，不只有《文心雕龍》可以創造性轉化和創新性發展，還有許多經典的古文論思想可以「兩創」，這尤其體現在具體的文藝鑒賞與批評領域。……

《文心雕龍》在資訊層面的傳播，主要是對文本資訊、學術資訊的傳播。但在當代，《文心雕龍》資訊層面的傳播出現了新的特點，即對《文心雕龍》的文本或思想的再書寫漸漸有意識地在撰寫、編排方面向易讀的方向發展，這明顯帶有普及意味。顯而易見，這種普及是對《文心雕龍》文本內容有益的創造性轉化。如黃維樑與萬奇合編的《愛讀式文心雕龍精選》，編者自述其書具備「三易」特點：容易閱讀、容易理解、容易記憶。編者認為唯有此，普通的讀者才能愛讀。從易讀到愛讀，這需要傳者對所要傳播的資訊進行揀選，《愛讀》一書便選擇了最重要的篇章，並對所選資訊進行「平易近人」的闡發，其注釋、語譯也都以精簡為標的。

再如由戚良德先生主編的《中華優秀傳統文化讀本》，該書出版於 2017年，以廣泛傳播中華優秀傳統文化為目標。《文心雕龍》作為其中一章，語言簡潔明瞭，帶有明顯的向大眾普及的傾向性。而致力於實現中華優秀傳統文化發揚光大的「兩創」方針，其關鍵是找對實施的路徑和方法，尤其對於繼承傳統文化的年輕人，要讓他們產生認同感，需要摒棄居高臨下的說教模式，拿捏知識傳授的難易程度，改變給予知識的方式方法，以說明他們入門。無論是《愛讀式文心雕龍精選》還是《中華優秀傳統文化讀本》，它們在對《文心雕龍》文本內容的處理上都有「易」的傾向，這種適合大眾的創造性轉化必定會對《文心雕龍》的傳播起到良性的助推作用。

二、「雕龍」應可在國際成為珍寶（作者：戚良德）

十六年前，筆者在《〈文心雕龍〉與中國文論話語體系》一文中曾有這樣的說法：「準確把握《文心雕龍》這一獨特的中國文論話語體系，仍是一個十分艱難的工作和未完成的任務；而在此基礎上進一步認識《文心雕龍》之於中國文論話語體系的關係和意義，則不僅是『龍學』進一步發展的迫切要求，更是中國古代文論研究取得突破性進展的一個關鍵。」……我們這本小小的《中國文論》之所以以《文心雕龍》的理論體系來設置欄目，也是這種自覺行動的一個體現；但又不能不說，「把握《文心雕龍》這一獨特的中國文論話語體系」，進而建構中國文論話語體系，仍然是任重道遠的。

（一）黃維樑建立一個「現代化」、宏大的「情采通變」體系

……本期隆重推出的第一篇宏文是黃維樑教授的《〈文心雕龍〉的推廣和應用：我的嘗試》，這既是主動應用《文心雕龍》獨特文論話語的範例，也是有意建構中國文論話語體系的生動實踐。正如黃教授所說，百年龍學成果頗為豐碩，「龍學」已然成為顯學，「但一般而言，龍學的成果及其影響，只限於龍學者的『群組』裡」，因而「龍學」的「推廣和應用」還有廣闊的空間，依然大有可為。「《文心雕龍》不是過時的老古董，其學說和現代西方理論多有相通和契合之處」，如何進一步推廣發揚龍學，如何應用這部不朽經典的理論，便是值得認真嘗試的。黃先生通過中西比較，指出這部經典有普遍性的文學理論，「《文心雕龍》不但『體大慮周』，而且理論極具恒久性、普遍性，有巨大的現代價值」，他通過重新組織，為它建立了一個宏大的、中西合璧的、「現代化」的理論體系，即所謂「情采通變」體系。

為了向英語世界介紹這一體系，黃先生把論述「情采通變」的長文改寫為英文，以「Hati-Colt: A Chinese-oriented Literary Theory」為題，其中「Hati」是英文「Heart-art」（心—藝術）和「Tradition-innovation」（傳統—創新）的頭字母縮寫；「Colt」是英文「Chinese-oriented literary theory」（中國為本的文學理論）的頭字母縮寫。黃先生說：「Hati 的聲音容易讀出來（不像 NBC、CBS 那類縮寫要逐個字母讀出聲音）；Colt 亦然，而且有意義，意為『小馬』或『新手』，寓意是這個體系雖來自古典，卻是個新的嘗試。擬定這個英文名稱，可說是『用心良苦』吧。」黃先生特別指出：「我們應當提出有中國特色的文論話語，最好自成體系，成立『中國學派』。我力量非常微薄，卻願意嘗試；這個有中國特色而且是中西合璧的『情采通變』體系，這個『Hati-Colt』，就是

『自發研製』出來的一個體系。」筆者認為，這就不僅是「用心良苦」的問題，而且是極富膽識和充滿智慧的了。

　　誠然，《文心雕龍》一書寫於一千五百年前，「作者自然無法預見當代全球各地的種種文學現象，以及由此歸納演繹出來的文學理論；因此，上述新建構的體系，頗有增益補充的需要；而各種增益補充的觀點，大可納入這個泱泱大體系裡面」，同時，黃先生認為，「20世紀西方文論百家爭鳴，然而，諸如心理分析學說、女性主義理論、後殖民主義等，都不重視文學作品的文學性（藝術性）；說到文學性，《文心雕龍》的種種見解，基本上位居至尊，西方古今很多理論都難以倫比」，這無疑是令人鼓舞的。

（二）黃維樑對《文心雕龍》的「學以致用」

　　黃先生另一個重要的嘗試和貢獻是對《文心雕龍》的「學以致用」：「把《文心雕龍》的理論應用於文學作品的實際批評，是我數十年來的縈心之念，我一直在嘗試。……白先勇的《骨灰》是現代小說，我用《文心雕龍》的『六觀法』來析評；余光中的《聽聽那冷雨》是現代散文，我同樣對待。《文心雕龍》的理論，當然適用於析評古代的詩歌，如屈原的《離騷》，如范仲淹的《漁家傲》——這些我都寫成了論文。我還用劉勰『剖情析采』之刀，對待西方的不同文體，如馬丁‧路德‧金（Martin Luther King）的演講詞《我有一個夢》（I Have a Dream），如莎士比亞的戲劇《羅密歐與朱麗葉》。我又有論文題為《炳耀仁孝，悅豫雅麗：用〈文心雕龍〉理論析評韓劇〈大長今〉》。」這些大膽而富有創意的嘗試，將古今「文心」貫通為一體，不僅給人耳目一新之感，而且切實推動了《文心雕龍》與中國文論話語體系的現代建構。

　　正如黃霖先生所說：「黃維樑教授已寫過多篇論文用《文心雕龍》等傳統的文論來解釋中外古今的文學現象，很有意味。可惜的是，大家習慣於戴著西方的眼鏡來看中國的文學，反而會覺得黃教授的分析有點不倫不類了，真是久聞了異味，就不知蘭芝的芳香了。我們現在缺少的就是黃教授這樣的文章。假如我們有十個、二十個黃教授這樣的人，認認真真的做出一批文章來，我想，傳統理論究竟能不能與現實對接，能不能活起來，就不必用乾巴巴的話爭來爭去了。」

　　除了專文、專著之外，黃先生還經常在各種書寫中「宣傳」劉勰的理論，讓「文心」放光、使「雕龍」現身，以此引起更多人注意劉勰的偉大著作。黃先生說：「我在文學理論或實際批評的書寫中，盡量應用《文心雕龍》的理論，

哪怕有時只用一二語句而已。這樣的做法，可使學習《文心雕龍》的人，知道此書有很大的實用價值，因而更為重視它。我的嘗試，乃為了向中華各地的人文教學界普及此書，向國外的文學理論界發揚此書。《文心雕龍》是活的理論著作，其應用性能甚高，其重大價值要傳播到遠方，讓『雕龍』成為『飛龍』。」正因如此，「知我者甚至可以這樣說：『黃維樑下筆不離《文心雕龍》！』」應該說，「龍學」大家庭的成員已有不少，但如此熱愛「文心」、普及「文心」，並全力推動「文心」走向當代世界者，其惟先生乎！黃先生提醒我們，「在國家硬實力軟實力都大幅度提升的時代，『龍的傳人』當各盡所能，憑著日益加強的文化自信，發揚這部曠世的文論經典。」而當「『龍的傳人』在學術上堅毅勤苦奮鬥後，『雕龍』應可在國際成為珍寶，以至憑著東風成為『飛龍』周遊天下各國，為世人歡喜迎接。」顯然，這是「龍學」大家庭所有成員的共同心願。……

其他評論摘錄

說明：

　　本書乙編第四部分轉載了 2016 年以來 8 篇學者對黃維樑《文心雕龍》論著的評論或訪談（其中有一篇發表於 2016 年之前，是例外），以下是 8 篇之外見諸多種資訊多篇評論的摘錄。所摘錄的評論，開頭 5 篇是 2016 年以前的，其餘為之後。有的評論篇幅甚長，這裡只能撮述其內容並摘錄若干片段。2016 年以前的評論篇目，請參看本書甲編「附錄 7」；這裡所摘錄 2016 年以前的評論，都是甲編所沒有收入的。所知所見有限，相關文章的資料並不齊全。

　　1. 周汝昌（紅學家，《文心雕龍》學者）在《中國文論「藝論」三昧篇》中寫道：「《北京大學學報》本年（1996）第 3 期發表了兩篇論文：黃維樑教授（香港中文大學）之論「六觀」與興膳宏教授（日本京都大學）之論《隱秀篇》，二文皆研治「龍學」《文心雕龍》之新作，各有千秋。首先一義，即黃維樑於近時本世紀西方學者對於文論可列二十餘種名目（流派，主義），而其間開中國之音，故建議應將《雕龍》偉著介紹於西方以及全世界之學苑文林，方今天下皆知中華之人早在齊梁（6 世紀）已臻如此高度成就，而且光焰不磨，完全可以應用於現代文學之賞析評估。此議極是。」

　　2. 張少康（北京大學中文系教授）著的《夕秀集》（北京，華文出版社，1999）中《〈文心雕龍〉研究的現狀與問題》一文寫道：「黃維樑在《文心雕龍》的比較研究方面，取得了可喜的成果，他試圖從研究《文心雕龍·知音》篇的『六觀』出發，來建立具有中國特色的文學批評學，是很有意義的一種嘗試。」

3. **黃曼君**（華中師範大學教授）主編的《中國二十世紀文學理論批評史》上、下兩冊（北京，中國文聯出版社，2002）第 897～901 頁專論黃維樑的文論、文評；節錄相關語句如下：「他後來又出版了《中國古典文論新探》，著重研究劉勰的《文心雕龍》，並和西方的文學理論批評作比較，對我們重新發現中國古代文化的作用有新的啟示。」

4. **鄧時忠**（時為四川大學博士生）在《黃維樑及其「中西互釋」觀》（此為曹順慶主編的《中西比較詩學史》[成都：巴蜀書社，2008] 第四章第五節，頁 329～337）寫道：黃維樑在研討會上發表《讓雕龍成為飛龍──〈文心雕龍〉理論「用於今」「用於洋」舉隅》，對「發揚『龍學』」具有特殊的意義」；「此文備受與會學者褒揚，稱讚『這種嘗試富有新意，也是很有意義的工作』。」（附註謂參見周興陸《探索中國文論研究的科學性、創新性》，載《社會科學報》2005 年 8 月 18 日第 3 版）（頁 335）鄧時忠又寫道：黃維樑的「比較詩學觀點，在大陸和台港學術界產生了共鳴。他不僅是中西詩學的互釋互證的積極倡導者，而且更是一個『以中釋西』的大膽實踐者，錢鍾書先生的『東海西海心理攸同』的觀點，被他創造性地運用在當今的中西比較詩學研究之中。」（頁 337）

5. **曹順慶**（四川大學文新學院院長）主編的《中外文論史》（四卷本，成都，巴蜀書社，2012）寫道：「香港的黃維樑先生調整原「六觀」的次序，並參照現代的作品分析，提出一個現代式的「六觀說」，對我們今天理解「六觀」法的實際批評價值頗有啟示。其大致內容如下：[……] 這個現代式的六觀說，基本上符合劉勰「衡文」的精神。[……] 正如黃維樑先生指出的：「六觀說 [……] 誠然面面俱到，既審視作品的字辭章句，也通覽整篇作品的主題、結構、風格，更比較該作品與其他眾多作品（劉勰強調「操千曲而後曉聲，觀千劍而後識器」）的異同，這真是有微觀有宏觀，見樹又見林，顯微鏡與望遠鏡並用的批評體系。這在中國少有甚或沒有，在西方，自亞里斯多德的《詩學》到十九世紀的諸批評名著，似乎也是少有甚或沒有的。」（頁 1777～1779）

6. **網上**「《文心雕龍》論文參考文獻」（中圖分類號：102；文獻標識碼：A；文章編號：1006-0677 [2013] 5-0104-08）：「黃維樑在古典文論研究領域可以說是獨樹一幟的學者，他橫貫東西，縱觀古今，以獨特的視角重新闡釋中國古典文論的精髓，正如張少康先生所說 [……]。黃維樑的中西比較文論，顯示出其研究的深度和廣度。他對中國古代的詩論、詞論、文論都十分熟悉，他

的《中國詩學史上的言外之意說》、《王國維〈人間詞話〉新論》對中國古代文論中的重大理論問題都做了充分研究，將《文心雕龍》和西方文學理論從多角度進行了對比。其次，他以發現和弘揚中國古代文化的現代作用為己任，深入研究劉勰的文學批評理論，聯繫新批評派的文學批評理論來分析「六觀」說，並以此為方法寫下了許多生動的批評文章，這也是本文的研究重點。再次，黃維樑的文章深入淺出，文筆流暢細膩，風格幽默獨特，不像一些「食洋不化」的學者，文章中處處是晦澀難懂的西方名詞術語。［……］以范仲淹的《漁家傲》為例［介紹黃維樑用六觀法的分析評論……］」這篇網上文章，長達二千多字。其結論曰：「適合《文心雕龍》論文寫作的大學碩士及相關本科畢業論文」用作參考範例。

7. 2017 年 8 月 5～6 日，黃維樑在呼和浩特出席由內蒙古師範大學萬奇教授主持的《文心雕龍》會議，一位來自臺灣中國文化大學的嚴紀華教授，對黃氏表示感謝之意。原來她讀了黃氏的著作，把其提倡的「六觀法」等理論應用於研究與教學，成效好，得到大學頒發的創新獎。這讓黃氏對「雕龍化作飛龍」加強了信心。

8. 安琪（內蒙古師範大學）在《北方文學》2017 年第 21 期發表文章，其摘要寫道：「本文將以黃維樑先生提出的『情采通變體系』為思路，並以其中重新排序的『六觀』法為框架，對二十世紀英國詩人艾略特的詩作《荒原·死者葬儀》進行論析。」

9. 彭笑遠（北京青年政治學院社科部）在 2018 年某日發表《「愛讀式」令你易讀、愛讀——〈文心雕龍精選讀本〉評介》一文。

10. 肖瑤（南京大學文學院）《黃維樑〈文心雕龍〉研究述論》（長約 2 萬 3 千字，刊於《文心學林》2019 年第一期，頁 121～144）分為四部分：一、融通中西的嘗試；二、打通古今的努力；三、融合理論於實踐的探索；餘論。肖瑤講述並分析黃著的種種內容，謂黃氏的研究「視野較廣，立足點較高，應用性較深，可謂匠心獨運、別創一格」（頁 122），「對現代文藝學方面面作了深刻而精確的概括與總結」（頁 123）；其論著「重新煥發了中國文論的魅力」（頁 124）；其「全新」的「情采通變」體系是「真正糅合中西的中國特色文論體系」（頁 125）；黃氏「作出諸多視角獨特、開學界先河的比較」（頁 132）；「黃氏在其論文中極為追求個性與文采，在創作實踐中尋求個人風格的形成，穿插於論說體中對仗。比喻的修辭屢見不鮮，其批評具有感性的思維方式與形

象性的表達力」（頁 134）；黃氏析范仲淹《漁家傲》一文「無疑是六觀這一批評標準最為簡單、基礎的架構與應用」，「黃氏這一具有理論色彩的評論模式絲毫不亞於英美新批評」（頁 139）；黃氏「富有個性的美文」「使其實際批評免於〔一般論文的〕隔膜感與機械化傾向」（頁 141）。

11. 劉晉梅（陝西漢中陝西理工大學文學院）《論黃維樑〈文心雕龍：體系與應用〉的學術價值》（刊於《安康學院學報》2019 年 8 月第 31 卷第 4 期，頁 125～128）的《摘要》寫道：「當今學術界對於《文心雕龍》的研究多圍於中國古代文學領域，未能將其與西方文論充分結合，黃維樑的《文心雕龍：體系與應用》另闢蹊徑，將《文心雕龍》中的文學理論與西方文論對照結合，並廣泛運用於古今中外文學作品的分析之中。黃先生此書學術視角新穎別致，採用了縱橫對比的學術方法，體現了他志存高遠的學術態度，具有極高的學術價值。」

12. 2019 年 11 月 18 日黃維樑主題為「《文心雕龍》與中華文化自信」的學術講座，於四川師範大學文學院二樓 213 會議室舉行；曾思敏（四川大學文新學院）做了報道，文章約 1500 字。此文介紹講者黃維樑教授，以及講座內容重點：《文心雕龍》具有深刻的現代意義和價值，是「中華文化的珍貴遺產，也是人類共有的精神財富」，我們應「積極發揚這部曠世文論經典」。文末寫道：「黃教授語言幽默，講解深入淺出，引經據典信手拈來，整場講座氣氛熱烈，同學們都深深的沉浸在黃教授的講授中。講座結束後，同學們積極與黃教授合影留念。」

13. 陶文鵬（《文學遺產》原主編）2020 年 1 月 30 日在給黃維樑的微信上寫道：「喜讀《文心雕龍：體系與應用》，〔七絕一首〕寄著者維樑先生：東西碧海匯胸中，筆瀉瓊瑰鮫室空。妙用六觀論文學，雕龍躍起變飛龍！」

14. 2020 年第一期《文心學林》頁 1～2 文章題為《黃維樑教授參觀中國文心雕龍暨文選資料中心》，報道「5 月 11 日，黃維樑教授攜夫人、愛子來中國文心雕龍資料中心參觀，並捐贈了近年來的多部著作」；此次參觀由鎮江市圖書館古籍部主任彭義陪同，「黃教授對中心所藏的豐富資料感到非常振奮」，對持續編印《文心學林》、收集資料、提供服務「表示讚同」。此報道附二張參觀時拍攝的照片。

15. 網上有文章介紹黃維樑萬奇合作編著的《愛讀式文心雕龍精選讀本》，文章主題是「《文心雕龍》論文寫作」（文長 3000 字，時間是 2021 年 4

月 18 日）。此文詳細介紹本書的編寫緣起和特色，強調其與眾不同的、創意的排印方式，使得每個篇章能有「三易」即容易閱讀、容易理解、容易記憶的優點；又介紹兩個作者的學術背景，並抽樣說明對《文心雕龍》幾個篇章的「愛讀式」處理。本書精選的十八篇，「可謂是必讀篇目，是普通讀者進入龍學的津梁；而對這精選出的十八篇的注釋和語譯中，處處體現出注譯者的學術功力和讀者意識。」此文指出：黃、萬兩位希望本書讀者愛讀《文心雕龍》，「還研究它，把握它體大慮周、高明中庸的內容，發揚它的理論，並活用於文學批評，讓這尊『雕龍』在中西文學理論的天宇，成為一條『飛龍』。」

16. 安琪（內蒙古師範大學文學院）撰寫論文，其摘要寫道：「本文將以黃維樑先生提出的「情采通變體系」為思路，並以其中重新排序的「六觀」法為框架，對三國時期曹魏文學家嵇康的論作《聲無哀樂論》進行論析。」（以上據「樂論範文」：科目：mpa 論文；2021 年 4 月 17 日）

17. 王蒙（原文化部長）2021 年 4 月 13 日在給黃維樑的微信上寫道：「最近再次學習維樑兄論雕龍成為飛龍一書〔指《文心雕龍：體系與應用》〕，獲益良多，拍案稱快，五體投地，讚頌恨遲。」

18. 網上「大學畢業論文〉論文題目〉材料流覽」主題：《文心雕龍論文寫作》（時間：2021-04-21）摘要：「《文心雕龍》研究作為一門顯學是當代學界的熱點領域，具有多方面的文化價值。黃維樑以其跨文化視野，在方法上和具體論見上都給該領域帶來了新的氣象，具有極大的借鑒價值。文章分析了黃氏如何以《文心雕龍》中的「六觀」為衡尺評析古今中外作品。」

附　錄

黃維樑《文心雕龍》會議、講座、著作年表（2016 年起）

前言：

2015 年及以前資料，請參看本書「甲編」的「附錄 5」：「黃維樑所撰《文心雕龍》論文篇目」。知見有限，這裡所載資料不免有遺漏。

2016 年 7 月初參加四川大學主辦的「第七屆中美雙邊比較文學國際學術研討會」，發表論文《"Hati-Colt": a Chinese-oriented Literary Theory》。在會議前的 7 月 1 日在講習班演講：「Literary Criticism and Literary History: Ideas from Wenxin diaolong (The Heart and Art of Literature)」（「文學批評與文學史：《文心雕龍》的啟示」），會議論文後來刊載於 Comparative Literature & World Literature vol.1, no.2（2016）。

2016 年 10 月醞釀、寫作、修訂多年的龍學專著《文心雕龍：體系與應用》由香港文思出版社出版。書中《「情采通變」：以〈文心雕龍〉為基礎建構中西合璧的文學理論體系》一章長 5 萬字，為重頭之作。此文刊於四川大學出版的《中外文化與文論》第 35 輯（2017 年 6 月出版）；在香港的《文學評論》雙月刊連載，從 2016 年 8 月出版的總第 45 期開始。本文刪節版本刊於《中國文藝評論》2016 年第 9 期。（本條目原見於本書甲編「附錄 5」，這裡刊的是本條目修訂版。）

2017 年 4 月 13 日在首都師範大學演講《1500 年前的文論現在還管用嗎？——〈文心雕龍〉新論》；4 月 14 日在中國藝術研究院演講「古典文論的現代

應用——《文心雕龍》新論」。

2017 年 7 月《愛讀式文心雕龍精選讀本》（與萬奇合作編撰）由北京師範大學出版社出版面世。對出版界用「愛讀式」排版方式編印語文教科書和經典著作，抱有很大的期待。

2017 年 8 月 5～6 日出席在內蒙古師範大學舉辦的「中國《文心雕龍》學會第十四次年會」，發表題為《文心雕龍：體系、應用、普及》的文章。

2017 年：《比較文學與〈文心雕龍〉——改革開放以來香港內地文學理論交流互動述說》刊於是年 9 月出版的《香港文學》；刊於《中國文藝評論》是年 8 月號（刊出時標題有異，內容也稍有刪節）。

2017 年 9 月 15 日在北京師範大學文學院以《今天我們如何愛讀〈文心雕龍〉》為題演講，文學院網頁 9 月 22 日對此加以報道。

2018 年 5 月：《普及文化經典的新方式——從《愛讀式文心雕龍精選讀本》說起》刊於《羊城晚報》。

2019 年 8 月 23～26 日參加桂林中外文藝理論學會、文化與傳播符號學分會、中國新聞史學會符號傳播學研究委員會、四川大學文學與新聞學院合辦「2019 年文化與傳播符號學研討會：文化・傳媒・設計」會議，宣讀論文《符號學「瑕疵文本」說：從《文心雕龍》的詮釋講起》。

2019 年 11 月 18～20 日參加四川大學紀念楊明照先生 110 年誕辰國際學術研討會，宣讀論文《〈文心雕龍〉的推廣和應用：我的嘗試》；送出《文心雕龍：體系與應用》二十餘冊給與會者。

2019 年 11 月 18 日下午 3～5 時在成都四川師範大學獅子山校區演講《文心雕龍與中華文化自信》，百餘人課室滿座，站立者十多人，張叉教授為講座主持人。

2022 年 10 月 21～23 日以線上方式參加安徽師範大學主辦的「中國《文心雕龍》學會第十六屆年會暨國際學術研討會」，22 日在主題發言節段宣讀論文《〈文心〉之為德也大矣——試論《文心雕龍・序志》冥冥中為當今學位論文「緒論」章的「規矩」》。

對「黃維樑《文心雕龍》論著」的評論或訪談篇目

說明：

以下除了第一第二兩則之外，都是 2016 年及以後的資料。之前的資料，請參看

本書甲編的「附錄7」。又，由於所知所見有限，這裡的資料並不完整。

1. 徐志嘯：《「請劉勰來評論顧彬」》。刊於《文匯讀書週報》2011 年 4 月 1 日第 8 版。

2. 楊大為：《黃維樑〈中國古典文論新探〉簡論》。刊於《華中師範大學研究生學報》2011 年 04 期。

3. 香港《大公報》2016 年 11 月 2 日介紹黃維樑出版新著《文心雕龍：體系與應用》。

4. 杭州師範大學潘建偉教授 2017 年 2～3 月通過電郵及電話訪問本人，完成的訪談錄以《永葆文心，致力雕龍——黃維樑教授訪談錄》為題，題目和內容都涉及《文心雕龍》，刊於台灣《華人文化研究》第 5 卷第 1 期（2017 年出版）；刊於《書屋》2018 年 7 月號；刊於《香港文學》2018 年 7 月號。

5. 肖瑤：《黃維樑〈文心雕龍〉研究述論》（文長 2 萬 3 千字）。刊於《文心學林》2019 年第一期，頁 121～144。

6. 劉晉梅：《論黃維樑〈文心雕龍：體系與應用〉的學術價值》。刊於《安康學院學報》第 31 卷第 4 期（2019 年 8 月），頁 125～128。

7. 陳志誠：《有心而具創見的精采之作——讀黃維樑著〈文心雕龍：體系與應用〉》。刊於 2017 年 4 月 17 日香港《明報》的《明藝》版；刊於《文心學林》2017 年第一期，頁 103～106。

8. 江弱水：《「大同詩學」與「大漢天聲」——評黃維樑〈文心雕龍：體系與應用〉》。刊於臺北《國文天地》2019 年 1 月號。

9. 鄭延國：《劉勰的當代知音——讀黃維樑〈文心雕龍：體系與應用〉》。刊於《文心學林》2019 年第二期，頁 172～178。

10. 鄭延國：《「中為洋用」一典型》。刊於 2020 年 3 月 1 日《北京晚報》的《知味》版。

11. 江蘇大學戴文靜教授 2019 年 12 月 8 日來訪，談《文心雕龍》的英文翻譯和向外推廣；其後戴教授完成《比較文學視域裡中國古典文論現代應用的先行者——黃維樑教授訪談錄》一文，刊於《華文文學》2020 年第 6 期。

12. 戚良德和張然：《對黃維樑「龍學」論著的評論》。刊於戚良德主編《中國文論》第八輯（山東人民出版社 2020 年 11 月出版）。

13. 萬奇：《中西比較・實際批評：黃維樑〈文心雕龍：體系與應用〉評析》。刊於《文心學林》2021 年第二期；刊於四川大學的《中外文化與文論》第 51 輯（2022 年 10 月出版）。

黃維樑著作書目

（一）學術論著

1. 《中國詩學縱橫論》，台北，洪範書店，1977。
2. 《清通與多姿——中文語法修辭論集》，香港文化事業，1981。又，台北，時報出版，1984。
3. 《怎樣讀新詩》，香港，學津書店，1982。增訂新版，2002。又：台北，五四書店，1989。
4. 《香港文學初探》，香港，華漢文化事業公司，1985，1988。又，北京，中國友誼出版公司，1987。
5. 《中國文學縱橫論》，台北，東大圖書公司，1988；2005。
6. 《古詩今讀》，香港中文大學出版社，1992。
7. 《中國古典文論新探》，北京大學出版社，1996。
8. 《香港文學再探》，香港，香江出版有限公司，1996。
9. 《文化英雄拜會記——錢鍾書夏志清余光中的作品與生活》，台北，九歌出版社，2004。
10. 《中國現代文學導讀》，台北，揚智文化，2004。
11. 《期待文學強人——大陸台灣香港文學評論集》，香港，當代文藝出版社，2004。
12. 《新詩的藝術》，南昌，江西高校出版社，2006。
13. 《從文心雕龍到人間詞話》（《中國古典文論新探》增訂版），北京大學出版社，2013。
14. 《中西新舊的交匯——文學評論選集》，北京，作家出版社，2013。
15. 《壯麗：余光中論》，香港，文思出版社，2014。
16. 《文心雕龍：體系與應用》。香港：文思出版社，2016。
17. 《文化英雄拜會記——錢鍾書夏志清余光中的作品與生活》，香港中文大學出版社，2018。
18. 《活潑紛繁：香港文學評論集》，香港，匯智出版有限公司，2018。

19.《壯麗余光中》（與李元洛合著），北京，九州出版社，2018。

20.《海上生明月——談金庸和胡菊人》，香港，獨家出版有限公司，2021。

21.《大師風雅——錢鍾書夏志清余光中的作品與生活》，北京，九州出版社，2021。

（二）散文

1.《突然，一朵蓮花》，香港，山邊出版社，1983。

2.《大學小品》，香港，香江出版有限公司，1985。

3.《我的副產品》，香港，明窗出版社，1988。

4.《至愛：黃維樑散文選》，北京，中國文聯出版公司，1995。又：香港作家出版社，1995。

5.《突然，一朵蓮花》（新版），上海人民出版社，1996。

6.《蘋果之香》，新加坡，SNP 綜合出版有限公司，2000。

7.《突然，一朵蓮花》（又一新版），香港，山邊社，2003。

8.《迎接華年》，香港，文思出版社，2011。

9.《大灣區敲打樂》，香港，文思出版社，2021。

10.《文學家之徑》，杭州，浙江古籍出版社，2022。

　　　　　　黃維樑尚有十餘種編著或編輯的書，不在此列出。

全書後記

　　這本《文心雕龍：體系與應用（增訂版）》分為甲編和乙編，甲編是原書，乙編是新增的內容。甲編和乙編的架構差不多，兩者的第一、第二、第三部分，標題和所收文章性質都相同。乙編第一部分納入的論文，是英文寫的，為什麼這樣？該文文首已有交代。乙編和甲編架構上有不同之處，一看其目次就明白，這裡不多說。以下要表述的全是感恩的話。

　　大半生的學術生涯，我要表示感謝的人和事實在太多，這裡集中於跟《文心雕龍》有關的。首先感謝當年在香港讀書，中大中文系由潘重規先生講授《文心雕龍》課程。從讀書到教書，我對「龍學」一直審問慎思明辨，積學儲寶；文化界學術界先進邀我撰文，請我參加文學理論研討會，我寫下研讀心得赴會宣讀。所寫龍學論文獲得發表、出版的機會。累積篇章，整理編輯，結集成書，香港藝術發展局資助出版經費，乃有 2016 年由香港文思出版社推出的《文心雕龍：體系與應用》一書（以下簡稱《文心體用》）。

　　這其間要感謝的學術界文化界的朋友，香港的，台灣的，內地的，澳門的，以至亞洲、歐洲、美洲其他各地的，幾乎是寰球的了。如果用毛筆逐一寫感謝信，必定筆禿墨乾；逐一用手機點讚呢，表情包會用盡，手指會酸軟。

　　《文心體用》印刷量原定 500 冊，製作公司糊里糊塗多印刷了二三百冊。香港出版的書，不能發行到內地；此書沒能「鯉躍龍門」，北上神州，而大多數的「龍學者」都在神州，此書的推銷如何是好？書面世後不久，我寄了一冊給上海一著名大學的出版社，希望獲得出書的機會（該大學有幾位教授對我的龍學論文有關注有好評）。得到的消息是樂意出版，同時希望作者樂意補助四、五萬元的費用。我知道書號值錢，而且越來越值錢，但對我這個不富有的

退休老教授而言，既沒有「不出版就完蛋」（Publish or perish）的精神壓力，也就不想付費出書了。

香港的「文思」是個小規模出版社，卻有頗好的發行渠道。一兩年下來，這本「枯燥」的文學理論書籍，竟然賣出了接近一百冊。不能賣到香港以外地區，於是送：寄送給一些同行；在參加研討會時贈送給多位龍兄龍弟龍姐龍妹。想不到幾年之後，「雕龍」化作「神龍」，不見首尾，幾乎沒有存書了。

我擔任四川大學文新學院的客座講座教授多年，關注學院的消息。年初知道學術院長曹順慶教授又一次徵集書稿，以納入其「花木蘭」叢書。我響應這個集結號，如木蘭從軍出征，奉上《文心體用》請求入伍，希望審閱獲得通過出書。月前佳音傳來，「文戰」的老兵於是奮力整理編輯書稿，開始了此書增訂版的作業，「單幹戶」腦力勞動起來。獲得「如潮好評」的魔幻寫實散文《我的文君》（1994年拙作）中的「文君」，久已變化為「靚媽」，只主持中饋，不兼任文書的外務。我呢，則不必理會家務那「外務」，而可以全力對應文事這「內務」，對此我是常懷感恩之心的。

目前這個增訂版分為甲編和乙編，乙編十多萬字的內容是新加添的。我又一次承受生命中應該承受之輕與重。尋找，整理，編輯，撰寫，文字，文字，文字……余光中先生有妙文題為《我是余光中的秘書》，顧題思義，可知他的「額外」的、非創作性的種種文字事工有多繁重。拾詩人牙慧，我曰「黃維樑是黃維樑的秘書」、「黃維樑是黃維樑的研究助理」。兩個身份通力合作，「龍的傳人」又一次不倦勞動。乙編分為六個部分，還有「附錄」。所有長長短短篇章的「埋堆」，都先經過一番尋覓、互懟和協調，不少摘錄的引文且是我「欲速不達」地敲敲打打出來的。編輯文章時，要做到「定與奪，合際涯，彌綸一篇〔編〕，使雜而不越」（借用《文心雕龍·附會》語，劉勰說的是作文而非編書），怎能不盡心盡力？

說到這裡，感謝「秘書」和「研究助理」之際，我更要非常感謝眾多的舊雨和新知；他們為我的龍學專著和論文寫評論，何其辛勞，而我何其幸運得到諸位的種種鼓勵加油。向來評論我龍學論著的文章，都是同行同道主動撰寫的，不少是我不認識的陌生知音。只有一篇例外。幾年前內子用半嚴肅半諧謔的口吻對一位學者說：「你就該為你老師寫篇書評。」宗教的經典這樣說：「上帝說要有光，就有了光。」凡間有雷同的效應：要有書評，就有了書評。內子「喊話」寫書評，我事先並不知情。

　　本書的編排，甲編、乙編的架構基本上相同。一個不同之處是乙編輯錄了八篇好評拙作的文章。事實上《文心體用》以及之前之後的篇篇龍學拙作，都基本上獲得十分正面的評價。如今收錄這些文章，固然是為自己臉上「貼金」，也可說是珍重同行們辛勞閱讀和寫作的成果。有一篇二萬三千字的評論（哈哈，一二三！），一位名為肖瑤的研究生寫的，評者與作者互不認識。我讀了她的文章，非常感動，乃在打聽到聯繫方式之後，寫信表示感謝。我在她的文章上面，一頁一頁又劃線又批註，把我特別認同的評語標示出來，讓她知道黃維樑是劉勰的知音、肖瑤是黃維樑的知音，而且黃維樑也是肖瑤的知音。我把對此文的「評註」也寄給了肖瑤同學。

　　讀到陳志誠、鄭延國、徐志嘯、戚良德、萬奇、江弱水、戴文靜、張然等諸位先生女士的文章時，也有類似的表白，只是沒有像對肖瑤那樣寫得詳細而已。文學批評的文章，向來只有極小眾的讀者，而這些同行認真讀了我的作品且寫了評論。（我心中多年來有兩個令人驚喜又驚懼的數字：小但其實不小的，是根據戚良德教授的統計，百年來龍學種種論著多達兩億字；大而且幾近天文數字的，是最近有一年我國出版的人文科書籍多達 34.5 萬種——真是萬種「風情」怎生叫人閱讀！）我這樣的讀後表白，或可當作一種同行間的相濡以沫吧。

　　肖瑤之篇極長，本書容納不下，只好在乙編第六部分的《其他評論摘錄》中，抄錄幾個小片段。同一篇《摘錄》中，還有很多同行的評語，有很多讚譽，我都要表示我深深的感恩，特別要感謝王蒙、陶文鵬等多位前輩。大小說家、前文化部長王蒙先生曾在微信給我極為慷慨的點評；因為太浪漫主義了，我矛盾掙扎了很久，才艱難地決定納入《摘錄》。我臉上貼的數十張金箔，越積越厚了。我與難逢的知音相遇，我厚顏接受一篇篇一段段金石良言，只能表達難言的萬分感謝。

　　諸位先生女士撰文述評我的龍學著作，我也撰文述評同行的龍學著作，即乙編第四部分的那幾篇文章。《文心雕龍·知音》認為寫文學批評應該「無私於輕重，不偏於憎愛；然後能平理若衡，照辭如鏡」。實際做起來殊為不易，我們只能力求如此。無論你評我或者我評你，一篇篇的文章、一本本的專著，基本上都是為了把《文心雕龍》的心彰顯得更透亮、更能夠打動人，把這條龍的雕工看得更清楚、更值得欣賞；目的都是弘揚中國傳統這部最傑出的文論經典。

　　我慶幸、感恩數十年來一直有參與弘揚的機會。在本書甲編的「後記」我表達過對許多同行友朋的感謝；現在這全書的最後，我自然更要感謝曹順慶院長和他領導的小組接納本書收入花木蘭的「比較文學」系列。容我補充一句：這本書的篇章，構思時撰寫時，都念念不忘通過中西比較彰顯《文心雕龍》多方面的巨大價值，我用的是比較文學的眼光。還要感謝花木蘭北京工作室的兩位編輯女將：楊嘉樂和宗曉燕。當然也要向杜潔祥教授致意，原來他一直在主持「花木蘭」；這位永遠的護花使者，是我在佛光大學教書時就認識的。在宜蘭林美山那些年，是我研究和撰述《文心雕龍》最勤奮的歲月；為此我要衷心感謝佛光大學的創校校長龔鵬程教授，他引領我到佛光。

　　最後要預先感謝的，是本書面世後的讀者：在《文心雕龍》兩億的論述文字中，本書有幸得到您的青睞。還希望得到您的指教。

寫於 2022 年 10 月下旬，在深圳福田